一九五三年一月出生于湖南省。一九六八年初中毕业后赴湖南省汨罗县插队务农，一九七四年调该县文化馆工作，一九七八年就读湖南师范学院中文系。先后任《主人翁》杂志副主编（一九八二年）、湖南省作家协会专业作家（一九八五年）、《海南纪实》杂志主编（一九八八年）、《天涯》杂志社长（一九九五年）、海南省作协主席（一九九六年）、海南省文联主席（二〇〇〇年）等职。

主要文学作品有：短篇小说《西望茅草地》《飞过蓝天》《归去来》等，中篇小说《爸爸爸》《鞋癖》等，散文《世界》《完美的假定》等，长篇小说《马桥词典》《日夜书》《修改过程》，长篇随笔《暗示》《革命后记》，长篇散文《山南水北》《人生忽然》；另有译作《生命中不能承受之轻》《惶然录》。

曾获中华优秀出版物奖、鲁迅文学奖、萧红文学奖、华语文学传媒大奖年度小说家奖、美国纽曼华语文学奖等重要奖项，另获法兰西艺术与文学骑士勋章。作品有四十多种译本在境外出版。

大道之问

随笔集

韩少功 著

上海文艺出版社

自序

眼前这一套作品选集，署上了"韩少功"的名字，但相当一部分在我看来已颇为陌生。它们的长短得失令我迷惑。它们来自怎样的写作过程，都让我有几分茫然。一个问题是：如果它们确实是"韩少功"所写，那我现在就可能是另外一个人；如果我眼下坚持自己的姓名权，那么这一部分则似乎来自他人笔下。

我们很难给自己改名，就像不容易消除父母赐予的胎记。这样，我们与我们的过去异同交错，有时候像是一个人，有时候则如共享同一姓名的两个人、三个人、四个人……他们组成了同名者俱乐部，经常陷入喋喋不休的内部争议，互不认账，互不服输。

我们身上的细胞一直在迅速地分裂和更换。我们心中不断蜕变的自我也面目各异，在不同的生存处境中投入一次次精神上的转世和分身。时间的不可逆性，使我们不可能回到从前，复制以前那个不无陌生的同名者。时间的不可逆性，同样使我们不可能驻守现在，一定会在将来的某个时刻，再次变成某个不无陌生的同名者，并且对今天之我投来好奇的目光。

在这一过程中，此我非我，彼他非他，一个人其实是隐秘的群体。没有葬礼的死亡不断发生，没有分娩的诞生经常进行，我们在不经意的匆匆忙碌之中，一再隐身于新的面孔，或者是很多人一再隐身于我的面孔。在这个意义上，作者署名几乎是一种越权冒领。一位难忘的故人，一次揪心的遭遇，一种知识的启迪，一个时代翻天覆地的巨变，作为复数同名者的一次次胎孕，其实都是这套选集的众多作者，至少是众多幕后的推手。

感谢上海文艺出版社，鼓励我出版这样一个选集，对三十多年来的写作有一个粗略盘点，让我有机会与众多自我别后相逢，也有机会说一声感谢：感谢一个隐身的大群体授权于我在这里出面署名。

欢迎读者批评。

韩少功

二〇一二年五月

目录

大地之书

3　　守住秘密的舞蹈

28　　渡口以及波希米亚

42　　笛鸣香港

51　　岁末恒河

62　　你好，加藤

77　　草原长调

86　　万泉河雨季

99　　人在江湖

109　　大视角下的小故乡

大道之问

- 121　知识，如何才是力量
- 146　当机器人成立作家协会
- 161　个人主义正在危害个人
- 183　重说道德
- 199　"自我学"与"人民学"
- 204　佛魔一念间
- 217　"阶级"长成了啥模样
- 238　民主：抒情诗与施工图
- 249　人情超级大国
- 264　文化：迭代与地缘两个尺度

大地之书

守住秘密的舞蹈

总统的尴尬

飞行三个半小时,转机等候四小时;

再飞行十四小时,转机等候五小时;

再飞行九小时……差不多昏天黑地两昼夜后,飞机前面才是遥遥在望的安第斯山脉西麓,被人称为"世界尽头"的远方。

随着一次次转机,乘客里中国人的面孔渐少,然后日本人和韩国人也消失了,甚至连说英语的男女也不多见,耳边全是叽叽喳喳的异声,大概是西班牙语或印第安土语,一种深不见底的陌生。但旅行大体还算顺利。只是不再有机场提供行李车,行李传送带也少得可怜,以致旅客们拥挤不堪热汗大冒,一位机场人员还把我和妻子的护照翻来翻去,顿时换上严厉目光:"签证!"

我有点奇怪,把美国签证翻给他看,告诉他数月前贵国早已开始对这种签证予以免签认可。

他似乎听不懂英语,又把护照翻了翻,将我们带到另一房间，在电脑上噼里啪啦查找了一阵，没查出下文；翻阅一堆文件，还是没找出下文，最后打了一个电话，这才犹犹豫豫地摆摆头，让我们过了。

这哥们对业务也太生疏了吧？

这几个月里他就没带脑子来上过班？

接待我们的 S 先生听说这事哈哈一笑，说智利的空港管理已属上乘，拉美式的乱劲儿应该最少。想想不久前吧，中国总理前来正式访问，女总统亲自主持的迎宾大典上也大出状况，音响设备播放不出国歌。有关人员急得钻地缝的心都有。中国总理久等无奈，只好建议，不要紧，我们来唱吧。女总统于是事后向歌唱者们一再道歉和感谢：你们今天真是帮了我一个大忙啊。

这一类事见多了也就没脾气了。临到开会了会议室还大门紧锁，钥匙也不知放在何处。好容易办妥了留学签证和入学手续，上课一天后却不知去向。约会迟到不超过半小时的，已是这里最好的客户。领工资后第二天还能在酩酊大醉中醒来上班的，已是这里最好的员工。你能怎么样？一位在墨西哥打拼多年的广东 B 老板还说，有一次，几个有头有脸的墨方商业伙伴很想同中国做生意，他把他们带到广交会，特地设一豪宴，替他们联系了局长、副市长什么的，但等到最后也没等来求见者。更气人的是，事后问他们为何失约，为何关手机，他们在夜总会玩得正爽，笑一笑，就算是解释了。

B 老板说，笑笑还是好的呢，不然他们会搬出九十九个理由来证明自己根本没错，比如，中国人为什么要做金钱的奴隶？

其实拉美人不都是这样粗枝大叶、吊儿郎当、寻欢作乐甚至好吃懒做，不都是"信天游""神逻辑"的主儿。但放眼全世界，连智利这样高度欧化的国家也有盛典上的离奇尴尬，其他地方掉链子的还会少？

军人政权频现大概也就事出有因了。在过往的百年动荡里，大凡后发展国家都挣扎于农业文明溃烂过程中的贫穷和愚昧，面对社会"一盘散沙"的难题。要聚沙成塔，要化沙为石，要获得一种起码的组织化和执行力，如果不依重政党（如俄国、中国等）和宗教（如伊朗等），大概就不能不想到军人了。当混乱与高压的两害相权，总得挑一个轻。当自由与温饱无法两全，光在理论上把它们捏拢了搓圆了，又管什么用？军队是一道整齐而凌厉的色彩，具有统一建制、严格纪律以及强制手段，配以先进通信工具，还有大多数领军人的较高学历。一旦遭遇社会危机，这道色彩便最容易在各种力量的竞争中脱颖而出，成为碎片化社会最后的应急手段。于是，城头变幻大王旗，炮声是最有效的发言，右翼的布兰科（巴西）、翁加尼亚（阿根廷）、阿马斯（危地马拉）、阿尔瓦雷斯（乌拉圭）、德·弗朗西亚（巴拉圭）等，左翼或偏左翼的贝拉斯科（秘鲁）、卡斯特罗（古巴）、阿本斯（危地马拉）、贝隆（阿根廷）等，都是穿一身戎装走向国家政治权力巅峰。

中国人所熟悉的切·格瓦拉，记忆中定格为头戴贝雷帽的那位现代派耶稣，日后被流行文化不断炒卖的那位正义男神，献身于玻利维亚山地战场，其实也是这众多故事中未完成的一个。

与格瓦拉不同，智利前陆军总司令皮诺切特得到了美国中情局的支持。他用坦克攻下了国防部，然后下令两架英国造的"猎鹰"战斗机升空，至少向总统府所在的拉莫内达宫发射了十八枚导弹，一举剿灭了民选总统阿连德——这件事曾在中国广为人知。这一幕狂轰滥炸，我在四十多年后聂鲁达博物馆的小电影上才得以目睹。播映厅里突然浓烟四起。观众面前的飞机俯冲尖啸。当时头戴钢盔的总统拒绝投降，操一把 AK-四七，率几十个官兵正在做最后抵抗，再一次留下现代骑士的悲壮身影。作为他的密友，获得诺贝尔文学奖的社会主义者，聂鲁达却帮不上什么忙。

他所能做的，就是坐在我眼下抵达的这个海滨别墅，这个著名的船形爱巢，在政变的十二天后郁郁而终。他留下了第三任漂亮的妻子和桌上大堆的革命诗和爱情诗。

有意思的是，皮诺切特以密捕和暗杀著称，欠下了三千多（另一说是两万多）条人命的血债，日后受到国际社会几乎一致的谴责。但他的经济政策在智利一直陷入争议。至少很多人认为，正是他治下十七年的强制改革，使自由化行之有效，赢得了经济提速，奠定了日后繁荣的基础——这样说，是不是不够"政治正确"？是不是涉嫌给恶名昭昭的军人独裁洗地？其实危地马拉人评价他们的前总统阿本斯也是如此。尽管很多人厌恶那位左翼军头的土地改革、没收买办资产、反殖反美的外交政策，恨不能将其批倒斗臭，但大多数还是承认，至少是私下承认，他左右政局的十年（一九四四——一九五四）算得上该国历史上最为光辉的十年——这事又能不能说？

眼下，无论左翼右翼，将军、校尉们的背影都逐渐远去，太多往事成了一笔糊涂账。很多当事人已不愿向后人讲述当年。何况流行的这主义那主义，已把往事越说越乱，越说越说不清了。

"谁是皮诺切特？"一对智利青年男女面面相觑，没法回答我的问题，只能在酒吧里继续玩手机。

"甲级联赛里没一个这样的球星啊。"另一位睁大眼睛。

我没法往下问。

拉莫内达宫在窗外那边一片清冷，早已消除了墙垣上的累累弹痕，只有一群鸽子腾空而起悠悠地绕飞。

群楼的天际线那边

飞机降落哥伦比亚首都波哥大，夜幕缓缓落下了。时间还早,但这个七百万居民的大都市已静如死水,连中央闹市区的街面也空空荡荡,除了昏昏路灯下三两黑影闪现,大概是流浪汉或吸毒者。商家们都已关门闭户,到处一片黑灯瞎火,连吃个三明治的地方也没法找。我们没备随身食品,看来今天得苦苦地饿上一夜了。

一个特别漫长和寂静的夜晚。

受饿的原因不难猜想。第二天一早,发现宾馆大门以紧锁为常态,保安大汉须逐一验明客人身份才放行出入。几乎每个小店都布下了粗大的钢铁栅栏,用来隔离买卖双方,以致走入店铺都有一种探监的味道。陪同我们的S女士感叹,哥伦比亚诞生了文学巨匠加西亚·马尔克斯,却以毒品和犯罪率闻名于世。不要说街头抢劫,就是入室打劫,我的妈,她刚来两个月就有幸领教过一回。

在她的指导下,我们绷紧神经,全面加强戒护,但百密难免一疏,躲过了初一没躲过十五。到麦德林的第三天,时时紧捂的挎包还在,单反相机等也一五一十安然无恙,但就在挤上轻轨车的瞬间,导游的手机还是不翼而飞。

他是热心前来带我们观光的一位前外交官。

我们觉得很对不起他。

我们由轻轨转乘缆车,很快就腾空而起,越过屋顶和街市,进入了麦德林楼群天际线的那一边。恍若天塌地陷,轰的一声,浩如烟海的棚户区突然在眼前炸开,顺着山坡呼啦啦狂泻而下,放大成脚底下清晰可见的贫民窟,一窝又一窝,一堆又一堆,一片又一片,似乎永无尽头。砖头压住的铁皮棚盖,偏偏欲倒的杂货店,戏耍街头的泥娃子,扭成乱麻的墙头电线,三五成群的无业者,还有随处可见的污水和垃圾……梅斯蒂索(混血群体)的妖娆脸型和挺拔身姿,就是高鼻、卷发、翘臀、长腿的那种,出入这一片垃圾场，注解了欧洲血脉的另一种命运，足以让很多中国人恍惚莫名，也惊讶不已。

据联合国机构估计，超过四分之一的拉美城市居民住在这种建筑的"矮丛林"[1]，构成了包围一座座城市的贫困海洋，其中以里约热内卢和墨西哥城的巨大规模最为壮观。照理说，巴西和墨西哥，两个地区强国被很多拉美人一直视为"次等帝国主义"，二鬼子似的角色，够风光的，够牛气的，它们尚且如此，麦德林这一角又算得了什么？连阿根廷这个二战结束时的世界经济十强之一，拉美的白富美和高大帅，也野蛮地逆生长，从一个发达国家一路打拼成发展中国家，一度下探至年人均产值两千多美元（二〇〇二年），麦德林又能怎么样？

显而易见的是，失败的农业政策抛出了失地农民大潮，虚弱的工业体系又无法将其吸纳，只能把他们冷冷地阻挡在此。各种相关的改革半途而废。说好的"涓滴效应"并未显灵，利润并未自动得到扩散和分享，至少未能越过城市群楼的天际线。都市资产阶级这匹小马，"还未发育就已经衰老"（加莱亚诺语），怎么也拉不动贫民窟郊区这辆大车。

一座摩登建筑光鲜亮丽，鹤立鸡群，冲着我们放大而来。导游说，这并非本地贩毒集团的善举（这样的善举有过一些），而是欧洲某国援建的一个图书馆。这事当然值得鼓掌和献花——教育扶贫不失为国际会议上的高尚话题。但图书馆情怀可感，一尊高冷的知识女神却有点高不可攀，与四周棚户区的生硬拼贴让人困惑。想想吧，当西方强国数百年来强立各种城下之盟，把拉美脆弱的国家主权像钟表零件一样一个个拆卸，靠一种低价购买资

---

[1] 引自《拉丁美洲：被切开的血管》，加莱亚诺著，王玫等译，人民文学出版社，二〇〇一年版。

源/高价倾销商品的简单模式，包括用炮舰和奴隶制开启这种模式，用银行家、技术专利、跨国公司、国际货币基金组织延续这种模式，从这里吸走了海量的土地、黄金、白银、矿石、蔗糖、石油、木材、咖啡之后，再戳几个孤零零的情怀亮点，是否更像富人的道德形象工程，不过是捐赠者玩一把风度自拍？

几个图书馆真是法力无边，能释放神奇的爱和知识，一举化解掉这遍地黑压压脏兮兮的经济发展废料？

即使它们能哺育出来一些大学生，谁能保证他们不会再一次迅速流失，不过是为强国及时供应的小秘或"码奴（程序员）"？

"中等收入陷阱"，就是最先用来描述拉美的流行概念。这种含糊的说法常把板子打在穷国自己身上，只说其一不说其二，似乎并未揭破事情的最大真相。很多拉美人不会忘记，获过诺贝尔和平奖的美国总统西奥多·罗斯福曾自豪地宣告"我拿到了运河"，引来美国听众们的如潮欢呼。这话的意思是，他成功地肢解了大哥伦比亚，实现了巴拿马的分离，获得了一条连接两大洋的战略性通道。作为对受害国的补偿，美国只是支付了二千五百万美元。

差不多也就是一个图书馆的价格。

西蒙·玻利瓦尔（一七八三——一八三〇）被誉为"南方的华盛顿"，以一生见证了拉美的旧痛新伤，一次次资本盛宴留下的满目苍凉。这位被委内瑞拉、秘鲁、哥伦比亚、厄瓜多尔、玻利维亚、巴拿马六国所共尊的民族之父，眼下已化为广场上神色忧郁的雕像。他曾目睹油田和矿井积尘弥漫，街道满是泥泞，商店已成瓦砾，旧楼房千疮百孔。一些失业者携带钢丝锯潜入臭水潭，把废弃的油管或井架一节节锯下来，当废铁变卖以聊补生计。一座座被掏空的矿区陆续坍塌，把美丽山峰塌得面目全非，只剩一个空架子。据说每到风雨之夜，人们就能在这里听到往日机器的震天轰鸣，听到当年神父为死亡奴工们做弥撒的呼号，看到天空闪电中一张张布满血污的脸。

孤独的雕像当年还看见了复活节前的情景，原住民在游行队伍中演示一种奇怪仪式，一种恐怖的集体受虐狂热。他们背负沉重的十字架艰难前行，用鞭子猛烈抽打自己，抽得自己全身皮开肉绽，似乎在渴求死神早一点降临。"太好了！我感到天越降越低，末日要降临了！我信仰虔诚！我盼望接受审判！"一个印第安后裔喜极而泣地这样呼喊。

民族之父闭上了眼睛，临终前对一位叫乌达内塔的将军说：

我们永远不会幸福。
永远不会！

似乎是印证雕像的那一预言，很多拉美人日后不幸沦为罪犯。有人说，法律在拉美"得到尊重但不必执行"。在正义和罪恶之间，一些游击队形象模糊，出没于山地或丛林，用血与火发泄深仇大恨，偶尔或经常靠毒品交易支撑财务（有些政府也如此）。共产主义，自由主义，民族主义……他们旗号各别，但似乎并未把旗号真当回事，没怎么过脑子，无法将其落实为有效的社会建设。"大猩猩中尉""讨厌鬼""秃鹰""红皮人""吸血鬼""黑鸟""平川让人恐惧"……他们的首领绰号也大多这样，更像是出自神话、梦幻以及醉酒，有怪力乱神之风。不用说，随着全球思潮的转向，随着政府军逐渐增添了震爆弹、直升机、卫星制导技术，流寇们不大容易成气候，有关故事正越来越少。

如果"共产主义""自由主义""民族主义"这些外来词不好使，多少有点水土不服，总是用着用着就串味，那么天主教当然是更便捷的思想资源。天主教在拉美树大根深。一九六八年第二届拉美主教会议正是在麦德林召开，其文件中首次出现"解放"一词，涉及和平、公平正义、贫困、发展主义等尖锐话题，形成了"解放神学"的起点，亦为三年后古铁雷斯神父《解放神学》皇皇巨著的先声。这种神学强调穷人立场和社会行动，无疑是一种贫民窟的神学，宗教中最有现实关怀的一脉，最接近当代人文社会科学的一脉，其影响波及非洲和亚洲。梵蒂冈教廷后来也对其给予部分包容。

不过，政教分离的传统毕竟在那里，正如我在麦德林的一座教堂里，曾听到神父如此循循善诱："可怜的人，亲爱的兄弟姐妹，你们不要害怕自己经受那么多痛苦。贫穷只是伤害了你们的身体，你们的灵魂却永远是自由的。""有那么一天，相信吧，你们也能飞往幸福的天堂。"显然，这种"解放"不还是远离人间而仍在天堂？

神父们披挂长袍，能抗议，能济贫，能抚慰众生，但他们能分身无数天地通吃，具体处理好金融危机、铁矿贸易、IT技术、英阿两国争夺马岛之战这样的俗事？或者，能助产一种强大的社会思潮和社会运动，像当年新教伦理那样，助产"资本主义精神"（马克斯·韦伯语），进而翻开整个世界历史新的一页？像当年写下《太阳城》的康帕内拉修士和写下《乌托邦》的莫尔修士那样，助产一种共产主义理想，再现苏维埃运动的世纪赤潮？

我很好奇。

我只知道，贫民窟的神学，最终得用贫民窟的事实来检验和亲证。

南北渐行渐远

尤卡坦半岛的平原天高地阔，墨绿色热带丛林一望无际。常常是数百公里之内渺无人烟，也没有公路服务区和加油站。长途大巴不但要备足燃油，还须自备厕所，因为乘客一旦离开车厢，哪怕只走出七八步，也会立刻遭遇毒蚊的包围和攻击——看似宁静的风景里其实杀机四伏。

如果中途抛锚，唯一的脱险办法就是打电话，等待警方的拖车。

玛雅文化遗址奇琴伊察就坐落在这片丛林。这里有金字塔、天文台以及环形足球场。如果说医学曾领跑古老的印加文化，那么玛雅文化的强项无疑是天文学、建筑学以及艺术了。足球场的声学结构至今成谜。也就是面对石砌的四方看台，不知得助于何种巧妙的建筑设计，裁判位置上发出的人声，竟能清晰地传达给远远的球员，丝毫不输北京天坛的回音壁，相当于原始的扩音器。玛雅先民们的赛制也惊世骇俗：经过多番苦战后，当球队队长将球踢进高高的石圈，胜负决出，全场欢呼，这位明星队长得到的最终奖赏，竟是戴上花环后旋即被砍头——众多砍下的头颅已雕刻于石碑，组成了漫长碑廊，至今仍在昭示荣耀和幸福。

那一种幸福观，那一种逻辑和文明，只能让大多现代人惊疑。

玛雅有过巨大而繁荣的城市，但与印加文明、阿兹特克文明的命运相似，这一切长期被湮灭，直到很久后才得以部分发现。这也许是因为有关典籍和文物流散，也许是掩盖历史更有利于反衬外来殖民者的救世功德。确实，殖民者来了，从海平面那边来，带来了奇异和高效的犁、玻璃、火药、轮子、滑膛枪、大帆船，同时也带来了无情的战争屠杀，还有意外的生物灾难——据巴西人类学家达西·里贝罗在《印第安人与文明》中估计，由于对新的疾病没有任何抵抗力，近半数印第安人在接触白人后就苍蝇般地一堆堆死去。

不过，五千万（另一说为六千万）印第安人的消失主要发生在北美——否则，南边就不可能留下这么多混血的后代，不会流淌着这么多褐色面孔。一位读过《马桥词典》的读者说，这里有关混血的命名特别多。描述白男配褐女有一个词，描述白女配褐男又有一个词。描述混血二代配一褐另有其词，描述混血二代配一白也另有其词。还不够烦琐是吧？他们描述混血三代配一白或一褐，居然还是各有其词……他说，这与你那书中提到的海南岛渔民涉鱼词汇量特别大，可谓异曲同工。

据《全球通史》指认：殖民者在拉美杀人，比北美那边杀人相对要少。这一点值得重提。相对于培根、孟德斯鸠、休谟等新派精英一脸的冷傲，拒绝承认自己与新大陆"卑贱的人"同类，坚持三六九等人种分类的"科学"，倒是保守的梵蒂冈有点看不下去。教皇保罗三世于一五三七年发布圣谕，称印第安人为"真正的人"，建议以归化代替杀戮——这似乎对天主教所覆盖的拉美影响甚大，也戳痛了启蒙新派的一根软肋：几近给殖民暴力铺垫过理论依据。不出所料，后来有人怀疑这一圣谕的真实性，甚至怀疑相关说法不过是出于天主教对新教的嫌隙与成见，一如所有批评资本主义的言论，只要是出自梵蒂冈，都可能被疑为别有居心。怀疑者以此维护"启蒙 vs 保守"的标准化现代史观。但无论如何，档案馆里天主教传教士们（如卡萨斯等）的信件，载有对新教人士暴行的明确痛斥[1]，却是事实。上述有关混血的词汇遗存，也不失为相关证据。

在这种情况下，一个混血的拉美，一个褐色（为主）的拉美，与地图上那个白色（为主）的北美，逐渐形成了令人惊心的

---

1 见《全球通史》，斯塔夫里阿诺斯著，吴象婴等译，北京大学出版社，二〇〇六年版。

明显色差。哪一方杀人更多,眼下往摩肩接踵的大街上随便一看便知。

好吧,多杀和少杀都是杀,两大教派的道德总账也许不必细算。有意思的是,还是依《全球通史》的说法,有其利必有其弊,正因为南方殖民者杀人相对少,获得了大量廉价的劳动力,于是更容易远离劳动,更容易生活腐败。这真是又一次历史之手的戏弄。当北美十三个殖民地里热火朝天胼手胝足大生产之际,拉美的富人们在这里却有太多的黄金和白银,太多热带的肥田沃土,而且身处印第安人稠密区,有太多仆役可充当"白人的手和脚"……承蒙主恩,这样的好日子,当然只剩下闲逸、玩乐、艺术了。对于他们来说,改革和开拓不是什么急需,"技术女神不讲西班牙语"也没什么了不起。他们在深宅大院里花天酒地,看日升日落秋去春来,浑然不觉南北人口的明显色差,正一步步转换为南北经济的落差。

两个美洲从此分道扬镳,渐行渐远。

哥伦比亚安第斯大学 P 教授对我愤愤地说:"技术?这里有什么技术?统统没有!"我以为自己听错了,后来才知并无大错。对方的意思是,拉美看上去越来越像"西方"的一大块郊区。在这一片文盲充斥的广阔地域,几十个国家捆在一起,其科研投入总量也仅及美国的二百分之一。地区经济巨头阿根廷,研发支出占国内生产总值的比重也不及韩国的六分之一。就大部分国家而言,工业还处于初级加工的低端,大学里的理工系科很不像样,或干脆就没有,怎么也办不起来。巴西的钢铁、汽车、飞机一度领跑拉美经济,但也挡不住来自美国、德国、日本、韩国的进口品大规模覆盖,从天上到地下,眼看就要占领消费者们的全部视野。

但这并不妨碍人们穷且快活着,散漫且浪漫着。事情也许是这样，浪漫的另一面本就是散漫？闲得无聊、远离俗务、意乱情迷从来就是艺术的小秘密？好了，不管怎么说，拉美算得上五光十色的激情高产地。这是一个吉他的拉美，伦巴舞和桑巴舞的拉美，诗人帕斯的拉美，秘鲁领巾和巴拿马大草帽的拉美，麦当娜[1]和嘻哈音乐的拉美，盛装狂欢节的拉美，魔幻现实主义小说人才辈出的拉美……墨西哥在多次民调中，还显示出全球最高的国民幸福指数。没错，在这里走错路都能撞上美女，见识她们各种动人的线条，包括前汹涌后昂扬的妖艳S，以至世界性的历届选美活动中，来自委内瑞拉和波多黎各的冠军频现。在绿茵场上，贝利、罗纳尔多、梅西等巨星所带来的拉美旋风，一再让全场球迷热血沸腾，鼓号齐鸣，声震如雷，天崩地裂，似乎不把球场折腾出东倒西歪之感，那就不叫看球；看球后不去鼻青脸肿口吐血沫地打一架，那也不是真正的球迷。干，干，干，往死里干，干那个猪屁股，你大爷来了就得这样干……他们所拥戴所欢呼的光辉雄性们，那些肌肉奔腾的豹子，因此屡屡得手，至少拿下国际足坛半壁江山（还未算上同有拉丁文化背景的西班牙、意大利、法国那些球星）。

  涂鸦也是一种典型的散漫行为。它源于美国纽约的布朗克斯区，不过那个破街区恰好属于拉丁裔居民聚居区，就文化版图而言，相当于拉美的延伸——出于历史的原因，拉美有不少大大小小的文化／血缘飞地，遗落在美国那边。出入那里的臭小子们，简直如同原始人，随处涂画已成恶习，居然把象牙塔艺术从高贵的画院和博物馆里一把揪出来，放归草根大众，变成即兴的、不要钱的、狂放不羁甚至暴力的色彩。他们操着油彩喷枪探头探脑，

1　麦当娜出生于美国，但作为意、法移民后裔，全家信奉天主教，有更多拉丁传统的背景和元素。

喷出各种猥亵的、欢乐的、神秘的、天真的、愤怒的、恐怖的、绝望的、淫荡的、忧伤的匿名墙绘。巨鳄与精子齐飞。骷髅与鲜花共舞。骂娘与圣谕对飙。奇怪的是,这种放大版的"厕所艺术",近乎艺术黑社会帮派的勾当,竟很快风行全美洲,传染到全球各地,几乎改变了所有都市的景观。一些惯犯还暗中联络,划定战区,分头出击,速战速决,一夜之间把某个城市的主要墙面全部重新涂鸦一遍——此之谓 All City Bomb,他们得意扬扬的"炸街"!

看这些墙绘,不免想起墨西哥的马科斯——其实也是一个"炸街"高手。这位哲学教授曾醉心于毛泽东和葛兰西的理论,出任萨帕塔解放军"副司令",却从不说司令是谁,留下一个空白的符号。接下来,他蒙面、戴墨镜、挂耳麦、披挂子弹袋、操几种流利的外语,擅长使用儿童画和民谣,自称同性恋者和后冷战时代的共产党,又留下一个迷彩的符号。他领导了墨西哥恰帕斯州的原住民起义,于二〇〇一年三月十二日那天一度攻入首都,引来十多万民众欢呼,狠狠地"炸"了一次街,"炸"了一次世界。连总统也不能不对他客气三分。但他的子弹袋里全是假弹,战士们手里也全是些木头刀枪,简直是一场起义秀的道具。用观察家们的话来说,用国际文化界最流行的概念来说,那不过是冲着万恶的资本主义世界,打了一场后现代主义的"符号战争"。

在纪录片《有一个地方叫恰帕斯》中,他回忆自己的一天:[1]

就像降落在另一颗行星。语言,环境是新的。你好像是外部世界的局外人。每一件事情都告诉你:离开。这是一个错误。你不属于这里。而且是以一种外语说的。但是他们让你知道,这里的人民,他们的行为方式;这里的天气;它下

---

[1] 见戴锦华、刘健芝主编《蒙面骑士》,上海人民出版社,二〇〇六年版。

雨的方式；这里的阳光；这里的土地；它变泥泞的方式；这里的疾病；这里的昆虫；思乡病。你被告知，你不属于这里。如果那不是噩梦，那是什么？

这就是我们的日子，死者的日子。

几乎是魔幻现实主义作家们的语言。

事实上，他就是一个作家，出版过小说《不宁的死者》和诗歌散文集《我们的词语是我们的武器》。也许很多人不习惯这种语言，听不大明白，不易进入艺术化的政治，即那种博尔赫斯化或马尔克斯化的政治。但从墨西哥城万人空巷的盛况来看，从国内外媒体和艺术家们血脉贲张的激动来看，很多当地人倒是特别能听懂这种语言，与他灵犀相通。

虽然这种语言与政治家缜密和冷冽的思考相去甚远，与严密的组织、周密的谋略、可持续的政治运动相去甚远。

最终也未能争回多少原住民的土地。

故事从拉丁欧洲开始

德国学者韦伯曾把欧洲一分为二，在《新教伦理与资本主义精神》这本书里，称"几乎没有什么例外地可以发现这样一种状况：工商界领导人、资本占有者、近代企业中的高级技术工人，尤其是受过高等技术培训和商业培训的管理人员，绝大多数都是新教徒"。与此同时，"天主教徒很少有人从事资本主义的企业活动"[1]。

1　引自《新教伦理与资本主义精神》，马克斯·韦伯著，于晓、陈维纲等译，生活·读书·新知三联书店，一九八七年版。

他的前一句，指向北方的英国、德国、瑞士以及北欧地区；后一句则指向南方的意大利、西班牙、葡萄牙、大部分法国等地。毫无疑问，在他的眼里，一条线画过去，前一个是"新教欧洲"，其优势是"理性化""理性化""理性化"（重要的事情说三遍），多见"集中精神""律己耐劳""责任感""严格计算""讲究信用""精明强干""冷酷无情的节俭"等人格特点，因此成为现代资本主义的伟大源头。至于后一个"天主教欧洲"，怎么说呢，完全是另外一回事了。

考虑到他的"天主教欧洲"与拉丁语族和拉丁文化的覆盖区大面积重合（爱尔兰等地除外），这一地域大概也可称为"拉丁欧洲"。

不妨暂且这样约定。

很多东方人习惯于把欧洲打包处理，不注意韦伯的这一划分，就像很多西方人分不清中国的儒家和道教，分不清京剧和越剧，分不清山东人和广东人的脸型。这样的"西粉"或"中国通"都委实太多。韦伯大概最恼火这种混淆。事实上，从总体来说，新教欧洲一开始就压根儿瞧不起拉丁欧洲，甚至敌视这些无纪律、缺乏自觉性、只知寻欢作乐的懒汉，一些既不懂洛克（政治学）也不懂斯密（经济学）更不懂康德（哲学）的家伙。看看那些夸夸其谈情绪不定的破落骑士吧，多血质，好冲动，异想天开，只会"信天游"和"神逻辑"，充其量只配泡在剧场或酒店里玩一把激进艺术。那真是艺术吗？西班牙的《堂·吉诃德》和意大利的《十日谈》，早已透出了这种没落社会的气息。美酒、狂欢、奢侈品、巴洛克风格等，不过是这种精神衰亡的回光返照。在英、美输出的知识谱系里（见诸百度百科所列"字典上的解释"），弗拉明戈不仅仅被定义为西班牙歌舞，还被贬为一种可疑的人生态度："追求享乐，不事生产，放荡不羁""生活在法律边缘"——新教人士的嫌恶感已呼之欲出。可以想象,如果不是发现了新大陆,突然有了一大块缓冲空间,北方那些勤奋而冷峻的工业家,总有一天忍无可忍,肯定要把这些拉丁佬逐出欧洲——就像双方曾在共同的十字架下,横扫环地中海地区,联手把伊斯兰教成功地挤压出去。

历史没有出现那一幕,也许纯属偶然。

一五八八年,英国大败西班牙。一八一五年,英国大败法国。法国代办事后还在酒会上被英国外交大臣当面羞辱:"好了,胜利的荣耀属于你们,不过随之而来的灾难和毁灭似乎毫无荣耀可言。恰恰相反,工业、贸易以及与日俱增的繁荣肯定属于我们!"

法国代办吞下了整个拉丁欧洲的羞辱。

此时欧洲人正在一窝蜂不断拥向新大陆。新教人群主要向北,拉丁人群主要向南,两个欧洲搞了一次分头对口输出。大体情况就是这样。新教人群胸怀上帝优等子民的使命感,还有实现理想的满满自信,在北方杀出了一片空荡荡的天地。即使买来一船船的非洲黑奴,人手还是明显不够。人工价格随之一直居高不下。依某些史家的说法,没有比美国人更爱发明机器的了,没有比美国人更爱劳动的了,其重要原因之一就在这里[1]。"劳动是最好的祈祷。"新英格兰人确实是这样说的。无耻的乞讨必须禁止,富人再有钱也必须自己动手干活,《英国济贫法》和《基督教指南》(巴克斯特[2]著)就是这样分别规定的。在这种情况下,新移民的生活图景逐渐别具一格。牛仔裤——打工仔的工装裤,后来几乎成为全民流行服,大败旧贵族的口味,却洋溢着劳动的自

---

[1] 引自《全球通史》,斯塔夫里阿诺斯著,吴象婴等译,北京大学出版社,二〇〇六年版。
[2] R. 巴克斯特(一六一五——一六九一),著名清教神学家。

得和光荣。总统穿上它去盖房子,议员或教授穿上它来割草,都特别方便合适。高脚凳——适应一种半站半坐的姿势,一种没打算全身放松和持久放松的匆匆状态。喝一杯廉价啤酒或杜松子酒然后就要去干活的大忙人,最习惯这种屌丝支架,使之很快流行于各地酒吧,然后进入美国的大学、电台以及政府机构。还有快餐,特别是汉堡包——网上曾有一个段子如此调侃,"舌尖上的美国"无非就是大汉堡、小汉堡、圆汉堡、长汉堡、厚汉堡、薄汉堡……这说得很损。不过美国人的口味确实不能恭维。法国、意大利人眼中的这种"狗食"(笔者一位法国朋友语),居然一吃两百年,吃得一年四季一个样,吃得全国到处一个样,居然还吃得兴高采烈。哪怕身家万亿的大亨,比尔·盖茨和扎克伯格那种,一口气裸捐了万贯家财,也能把这单调得不能再单调的干粮吃得津津有味。唯一的解释:他们在这里不仅是吃汉堡,而且是吃习惯,吃性格,吃文化,吃人生信仰,吃"天职"情怀,吃先民们"冷酷无情的节俭"(韦伯语)传统,吃新教伦理和资本主义精神的生理遗传——还能有别的解释?

韦伯并不否认新教欧洲与天主教欧洲之间文化的相互渗透,逐渐变得北中有南,南中有北,你中有我,我中有你。他也不否认资本主义正在被骄奢贪纵所败坏,一步步打了折扣。但"理性化"加上"劳动狂",显然是他眼中新教伦理的价值核心,圣徒式资本主义的最大奥秘。

在这个意义上,美国发生于十九世纪的南北战争,不过是两个欧洲的故事上演二点〇版,是双方披上新马甲,在新大陆换一个场地再度交手。此时的美洲南北已分化为两个截然不同的世界。虽然李将军手下军官们的素质明显胜出,但骑士时代已经过去,代之而起的是经济学家们深思熟虑的历史新篇。新英格兰地区以强大的工具理性和经济产能,最终击溃了南方各州的冒险家、投机商、封建庄园主。战争的结果，是工业资本主义以关税法、宅地法以及幸运搭车的废奴法案，完全主导了美国的历史进程。不仅如此，这还无异于从墨西哥那里夺得加利福尼亚、内华达、犹他、科罗拉多、亚利桑那、新墨西哥以后，新教美国以制度和文化的胜利，确证了对拉丁佬们的全面优势，迅速巩固了南方的新边界。

墨西哥大幅度南移边界，得到的补偿只不过是一千五百万美元，外加三百二十五万美元的债务减免，差不多又是一个图书馆的价格。

再度交手的结果早有定数。

眼下，站在美国的南方海岸，一步跨到茫茫大海那边似乎也很容易，就像电子信号和喷气飞机去哪里都容易。墨西哥的坎昆，就是一个美国人常去的地方。一个以前的小渔村，转眼已变身为灿烂的国际旅游城市，宾馆区高楼竞立，差不多上千家一望无际，顶级品牌的酒店五光十色应有尽有。更有一些会员制的休闲庄园禁制森严，深不可测，豪车出入，一般的奔驰和宝马在那里都有点拿不出手。作为美国的"后花园"，美式英语是那里的通用语，白人们搭载着邮轮或私人飞机蜂拥而去，塞满了海滩、餐馆、大街、高尔夫球场。褐色的本地人当然有，但几乎都是小心翼翼的侍者，迅速闪避的保安员、清洁工、行李员、服务员、司机、船工，一旦碰到你的目光，便会友好地摇手和微笑。

生意这样火，旅游经济形势大好，他们为什么不笑？

比起很多失业者，他们得到小费后为什么不笑？

不过那种笑的规格统一，来得太密集和太迅速，不像是出于好客的天然，倒是出自某种训练和规定，不能不让人略有迟疑。也许，笑不应是单向的，不能是职业化的，得有些具体理由才对。在一般情况下，他们最好也把自己当成VIP，从邮轮或私人飞机上走下来的世界公民，轻松一些就好，平和沉静一些就够。遇到冒犯时大睁圆眼，用印第安土语大发一顿脾气，可能更给人亲切之感。

那样的南方其实更让人开心。

我心里这样说。

不要为我哭泣

"谁是皮诺切特？"

谁是洛克、斯密、康德……以及那个马克斯·韦伯？说那些老帮菜烦不烦？——很抱歉，女士们先生们，提到这些名字不合时宜，令人扫兴。很多人不会对这些感兴趣，不觉得这与他们所热爱的西方有一毛钱关系。

恰恰相反，在他们看来，事情很简单，太简单，"西方"就是不累人的好事，就是好事呀好事呀好事。西方就是摩天楼，就是豪华别墅，就是夜总会，就是 D 罩杯性感妞，就是动作大片，就是戴上墨镜去旅游，就是时尚消费杂志，就是最新款的平板电脑和智能手机，就是戴一顶华丽帽子的巴黎女郎感觉，束一条名牌领带的伦敦绅士感觉，喷几个顶级乐团的赫赫大名然后有登上世界文明顶峰的感觉。网上已有女大学生贴出广告，她愿意应招援交，价格可以面谈，服务一定超值，原因是她要买一支 iPhone 6。

我无话可说。

拉美人一定觉得这种小广告似曾相识。我知道，在很多欠发达地区，或前殖民地区，或文化低理性地区，更不要说这三种状况叠加的地区，都有西方阴影下的众多梦游者。有些小资、文青、学渣一旦想"开"了，走出这一步并不难。越穷就越想消费，越消费就越觉得自己穷。西方那个广告中的五彩天堂都快把他们逼疯了。非洲曾有一个词 Been To（到过），戏指那些最爱同西方攀点关系的小新派，因为他们嘴里最多出现 I have been to……这样的句子，炫一下自己在欧美的游历。我也特别想发明一个词，一个缩合词，像英语中的 China 与 America 合成为 Chimerica（中美国），来描述某种半土半洋、又土又洋、内土外洋、土穷酸洋时尚的夹生状态，一种对西方气喘吁吁两眼红红的爱恨交加。

这话的意思是，一部西方史很大程度上已被他们误解，被他们鸡零狗碎地淘糨糊。西方最好的东西，或者说现代西方文明的价值核心，即韦伯眼里的"理性化"和"劳动狂"，正被他们齐心合力地扼杀——且不说这两条是否留下了重大盲点。这就是说，即便是依据韦伯对西方偏爱型的理解，小新派们也最像一伙反西方分子，"到过"们、"看过"们、"听过"们是隐藏最深的西方文明掘墓人。

因为他们恰恰是不理性，不劳动，厌恶理性，厌恶劳动。

他们甘冒学业荒废的风险，性病和艾滋病的风险，也要一支 iPhone 6。这个账怎么算也万分离奇。

接下来的事不难想象。不需要太久，当他们发现自己挤不上现代化快车，失败者最方便的心理出路，就是去神秘兮兮的雨林、天象、传说、术士、荣耀祖先、哈里发神学那里寻求抚慰，然后揪出一个不可或缺的魔头，对眼下糟糕的一切负责。作为一种韦伯眼中失去灵魂的资本主义，消费迷狂已如美妙的吸毒、华丽的自杀、声威赫赫的虚无，不仅制造出太多失败者，不仅放大了他们的失败感，而且正大批量培育他们的冷漠、无知、浮躁、偏执、绝望，为事态的另一个前景做好准备。英国作家奈保尔早就注意到，很多伊斯兰极端分子其实够摩登的，至少是曾经够摩登的，满脑子时尚资讯不少，对新潮电器熟门熟路，刚去宾馆开房以便偷窥泳池洋妹，流出世俗化的哈喇子，一转眼却可能变成虔诚教徒和蒙面杀手[1]。这样的瞬间变脸耐人寻味。据媒体报道，前不久巴黎的"一一·一三"恐袭案中，主凶之一哈斯娜"对伊斯兰教义其实毫无兴趣"，倒是喜欢牛仔帽，喜欢好烟好酒，经常挎上新男友在夜店里瞎混。另一主凶阿巴乌德接受过私立教育，可见不怎么差钱，也是经常出手阔绰，是个在酒吧和夜总会生了根似的"花花公子"。

中国成语：学坏三天，学好三年。很明显，夜店消费主义离夜店恐怖主义只有一步之遥，都是三天之内可以轻易上手的业务。换句话说，金钱并非有效的防暴装置，更非极端思潮的解药。事情倒像是这样：消费主义的虚火有多旺，恐怖主义的势能其实就有多大。在瞬息万变的生存竞争中，极端贪欲最容易变为极端空虚，狂热谄媚最容易变为狂热怨恨，西方的铁粉最容易成为西方的寇仇——区别可能仅仅在于：

前者还混得下去，后者混不下去了。

前者对弱者冷漠，后者开始把冷漠范围覆盖强者——并且碰巧（也是必须）为冷漠找到了一个神圣的名义，比如宗教或民族的名义。

就宗教和民族而言，拉美与西方多少有些亲缘关系，打断骨头连着筋，因此再闹翻也像个穷亲戚，属于某种内部人的分裂，离血腥的"圣战"稍远——正如他们在历史上一次次远离了世界大战。这当然是幸运。但对于某些梦游者来说，这也是痛醒的一再延迟。在我抵达拉美的半年前，爱德华多·加莱亚诺先生去世了。他的一本《拉丁美洲：被切开的血管》，喷涌出对现实炽热的反思和批判，对"拉美化"这种全球最严重贫富分化的痛切

---

[1] 见《信徒的国度》，V.S. 奈保尔著，秦於理译，南海出版公司，二〇一四年版。

剖示。这本书曾在波哥大长途汽车上被一个姑娘诵读,先是给女友读,然后给全体乘客大声读。作为一本禁书,在军政府大屠杀的日子里,它还曾被一个圣地亚哥的母亲偷偷珍藏于婴儿尿布之下,以便带给更多的读者。在布宜诺斯艾利斯,一个没钱买书的大学生竟在一周之内跑遍附近所有书店,寻找尚未卖出的这本书,一段段接力式地读完它,直到自己缩在墙角读得泪流满面……这也是拉美,让人屏住呼吸的一个褐色板块,一种逼近的梦醒国度。当 A 女士对我说她最自豪于哥伦比亚人的"精神"时,我想到了这一切。

回头看去,他们所传承的拉丁语族,一种源远流长的文化巨流,至少曾孕育过一七八九年的法国大革命,一九三六年的西班牙共和保卫战,还有几个世纪来拉美此起彼伏的民族解放斗争,没有任何理由低估这种文化的血性和能量。

没有任何理由低估这一切对人类的启迪。

Don't cry for me—Argentina!

飞机越过安第斯山脉,其时耳机里正传来麦当娜的歌唱,电影《贝隆夫人》的主题曲,曾在电影拍摄现场让四千多名围观民众泪光闪闪的一缕音流:

> 阿根廷,不要为我哭泣,
> 事实上我从未离开过你。
> 在那段狂野岁月中,
> 我一直疯狂拼争。
> 我信守我自己的诺言,
> 不要将我拒之千里。

……

贝隆夫人出身卑微，小时候绰号"小瘦子"，是一个穷裁缝的私生女，十五岁那年当上舞女，成为社交场所知名的交际花，直到遇上贝隆将军，后来的改革总统。贝隆推动了国家工业化，抗拒英、美强权，为下层民众力争社会福利，得到她的全心支持。即便丈夫后来下台蹲进监狱，她也决不言弃，仍奔波于全国各地，为平等和民主呐喊，为妇女争取投票权，为失业者、单亲家庭、未婚母亲、孤寡老人、无家可归者维权抗争，被誉为"穷人的旗手"。但正是这一切触怒了上流社会，"婊子贝隆""艾薇塔婊子"等词曾经充斥大小媒体。"婊子！""婊子！""臭婊子！"……贵族男女和无知市民们一次次投来香蕉皮和鞋子，要把她轰下台去。

直到三十三岁她永远倒下的那一天。

阿根廷，不要为我哭泣。她擅长舞蹈，熟悉华尔兹和狐步，也是弗拉明戈的"阿根廷玫瑰"。源于西班牙安达卢西亚地区的这种舞蹈，眼下经常跳成了一种艳俗的商业表演，一种单薄的欢乐或色情诱惑。其实，这种舞是复杂的、纠结的、撕裂的、尖锐的，热情又痛苦，敞开又隐秘，倾诉又沉默，目光中交织了鼓励和禁止。舞者们并无芭蕾的清纯，也无华尔兹的高贵，倒是有一种孤冷和顽强的风格，往往是耸肩，昂首，眼神落寞甚至严厉，与舞伴忽远忽近，若即若离，手中响板追随靴跟踏出的铿锵顿挫，用令人眼花缭乱的眉梢、指尖以及腰身回望内心沧桑。按一位中国作家[1]的说法，真正的弗拉明戈很难看到，从不会出现在剧场，只有经朋友私下联络，人们才可能进入夜幕下某处不起

---

1 见《鲜花的废墟》，张承志著，新世界出版社，二〇〇五年版。

眼的小巷小门，在一个不太大的房间里，坐在少许"内部人"中，听直击人心的吉他声砰然迸发，地下宗教仪式般的肢体暗语已扑面而来。

舞者通常是中年妇人。黑裙子突然绽放遮天之际，她们的命运就开始了。

她们假定你读懂了暗语。

二〇一五年十二月

○ 最初发表于二〇一六年《十月》杂志，已译为西班牙文境外发表。

渡口以及波希米亚

一

一个跨国流动的族群，幽灵般在欧洲各地出没。英国人称之为吉卜赛人，俄罗斯人称之为茨冈人，西班牙人称之为弗拉明戈人，法国人则称之为波希米亚人……他们的深肤色和大眼睛，他们在流浪旅途上的吉他、歌舞、水晶球、大篷车、猴子或小黑熊，形成了到处流淌的悲情与浪漫。

他们把自己称为罗姆（Rom），即吉卜赛语言中的"人"。

法国人眼中的这些波希米亚，像乔治·比才歌剧《卡门》中的女主角，普希金长诗《茨冈》中的草原人，当然是来自以前的波希米亚王国，即大致重合当今捷克的地块。其实，最早的吉卜赛人据说来自波斯、印度——布拉格大学的 W 教授告诉我，只是波希米亚国王曾对这些流浪者给予庇护收留，签发旅行关防文书，因此给了他们又一个故乡。

曾与捷克合为一国的斯洛伐克，至今保持了全球最高的罗姆人比例，但数百万波希米亚先民毕竟早已流散四面八方，把故地让给了更多白种人。他们为什么要走？为什么总是以路为家走向地平线？也许，作为他们最后的故乡，中欧平原这一地区缺少足够的粮食。这里一马平川，绿荫满目，风景优美，却没有春夏季风这一重要条件，没有生成淀粉和发达农业所必需的"雨热同季"，因此只能靠放牧、采猎维持较低的人口保有率。也许，中欧平原这一地区也缺少高山、大河、沙漠、海峡等天然的军事屏障。在一个冷兵器时代，一个几乎全靠人肉方阵相互铣削以决定胜负的时代，辽阔的波希米亚夹在西欧、斯拉夫、奥斯曼几大板块之间，任列强的战车来回碾压，太像一片天然的角斗场，一项大量删削人口的除数，很多弱势者只好一走了之。

有意思的是，这些卑微的流浪者似乎一直在承传欧洲艺术之魂，以至 Bohemian，一般译为"波希米亚"，既有早期的人种意义，也有后期的地域意义，至今仍是自由、热烈、另类、性感、优雅、颓废的集大成符号，一种生活时尚的多彩密码。

吉他、涂鸦、梵香、石木手链、周游世界的冒险，似乎总是释放出民间的神秘野性。流苏、褶皱、大摆裙、大理石花纹的重色调，包括深蓝、深黑、大红、大绿、橘红、玫瑰红以及"玫瑰灰"，则透出中世纪的晦涩，蓄聚了岁月的大起大落与层层叠叠。这种艺术情调是欧洲最柔软的一块。连傲慢的现代资本在这里也很大程度上丧失了美学抵抗力。BOBO（布波族）流行全球，作为流行文化的小资版，在很多人心目中竟形成了波希米亚（B）+布尔乔亚（B）的最佳组合。所谓嬉皮与雅皮兼容，自由与财富两全，像资本家一样有钱，又像艺术家一样有闲、有品位、有率性自由——已成小清新、小确幸们最大梦想的调色盘。据说一个标准 BOBO 的形象就是这样：既有蓬乱的头发又有无比讲究的内裤，既有天价皮质上衣又有超便宜的牛仔裤，既有后现代的极简主义全套家具又有老掉牙的裸铁风扇和青瓷大碗，既有出入名流会所的脸面又能接受大麻……热情万丈地做一把公益事业也时有可能。他们是一些奢华的另类，高贵的叛徒，满嘴文艺腔的当代英雄，反抗主流却早已暗中领导主流。

波希米亚终于从街头巷尾进入了沙龙和时尚杂志封面。

但他们离罗姆人的出发地已有多远？

二

当年弗兰兹·卡夫卡也许就是这样走出了查理大学，斜插过小树林，经过那家印度人的餐馆，下行约两百步，再经过那个德国人的钟表店，进入瓦茨拉夫广场。在街口拐角处，他照例看见了操弄手摇风琴的卖糖老汉。

他也许继续沿着碎石铺就的老街向前，在一盏盏煤气街灯下走过，嗅到了那家土耳其店铺里咖啡和甜圈饼的熟悉气味，然后远远看见了市政厅大楼高高的尖顶，还有旁边的伯利恒教堂。他照例捂嘴咳嗽了，咳到自己几乎头痛欲裂的时候，听到了钟楼上自鸣钟应时的当当敲响。

一辆马车摇摇晃晃窜下来，溅起街面积水并惊飞几只鸽子，引来某个临街阳台上的狗吠。他几乎绕过了老城广场。就在广场那边，赫然耸立的市政厅大楼上，人们再熟悉不过的四个人物塑像，分别象征这片土地上四类群体："欲望""虚荣""死亡""贪婪"，其中最不堪的"贪婪"当然派给了犹太人——卡夫卡恰恰就是这样一个犹太崽，在这些街巷蛇行鼠窜，是这个广场上受到羞辱和指控的一个阴暗灵魂。

布拉格一片红瓦黄墙，群楼荟萃，千塔竞立，集众多教堂、城堡、宫殿、剧院、碑塔、雕绘老桥于伏尔塔瓦河两岸，任罗马式、哥特式、文艺复兴式、巴洛克式、洛可可式、新古典主义、新艺术运动等各种建筑风格争奇斗艳百花齐放，完全是一个巨大的历史博物馆，一个晚霞下的金色童话。它曾被无数参访者誉为欧洲最美丽的城市之一，欧洲文化的聚宝盆之一。然而奇怪的是，卡夫卡在这个童话里活得并不安宁——我已在这里至少参观了他五六个旧居，都是隐在窄街小巷里的那种，采光明显不足的那种。我惊讶他的青春如此破碎，把一个窝不断地搬来搬去，东躲西藏似的，惊弓之鸟似的。是要躲避父亲、躲避某个女人，还是躲避市政厅大楼上那种日日示众的指控？

他是一个富商的儿子，却曾蜗居于黄金小巷，其实是各类杂役混居的连排宿舍，低门矮窗，狭小如穴，并在破房子里写出著名的《乡村医生》。这后面的苦涩隐情不能不让人猜想。他曾给父亲写过一封多达百多页的长信，但始终没有将信发出，直到自己死后才被人发现。这后面的故事也想必让人唏嘘和心酸。不管怎么样，种种迹象表明，他活得越来越腼腆、沉默、孤独、脆弱、惊慌、神经质，在照片上的表情如同死囚。

他在美丽的布拉格不过是一个影子，一种破碎而凌乱的若有若无，以至全世界轰然震撼的那一天，他写下一篇著名的日记，只有一句话：德国对俄国宣战了，下午去游泳。

这是一九一四年八月二日。德国此前一天向俄国宣战，以配合奥匈帝国向塞尔维亚的进攻，标志着第一次世界大战全面爆发。这场大战最终席卷三十多个国家和地区，导致一千万人丧生，三千万人伤残，并大大改写了欧洲地图。中欧最辉煌的时代由此一去不返——这是指继神圣罗马帝国坍塌之后，哈布斯堡王朝覆灭之后，短暂的奥匈帝国也再遭肢解。作为满地碎片之一，波希米亚从此走上孤弱之旅。

很难想象，面对这样一场历史风暴，故国家园大难临头之际,卡夫卡仍然冷漠如冰人,只是提上泳镜和泳裤走向河岸。他是不是太冷血了?是不是太缺乏社会热情和公共知识分子的责任感?不过,一个犹太少年蜗居在杂役们的破房子里,连自己的父亲也沟通不了,连自己的婚姻也屡屡失败,又拿什么去撼动国家战争机器分毫?特别是身处中欧这地方,无论是德意志那样的西方强邻,还是俄罗斯那样的东方大国,都无不汹涌着对犹太人的敌意,无不出现排犹、仇犹的暗潮。他这只小蚂蚁又能做些什么?满眼望去的基督徒们几乎都相信是犹太人出卖和杀害了耶稣,都相信犹太人应对欧洲的黑死病承担罪责,更相信犹太人正在以"贪婪"吸走众生之血,这种恶感每天就昭示于市政厅那座大楼。那么德国战胜俄国,或俄国战胜德国,对于他来说有什么太大的区别?中欧最常见的双头鹰旗徽,不管西望还是东望,又能望来一些什么?

这个影子选择游泳,选择个人主义,显然不那么令人费解。

正是从这里开始,卡夫卡成为文学史的一个重要节点。他以《判决》《审判》《城堡》《洞穴》等作品,与爱尔兰的詹姆斯·乔伊斯、法国的普鲁斯特一道,后来成为现代主义文学的鼻祖和图腾,开启了以自我和感觉为核心的二十世纪美学大潮,孕育了日后遍及全球的文艺青年。

他生长于欧洲的"渡口"(布拉格一词的原义),也许并非巧合。公无渡河,公竟渡河。其水泱泱,其天茫茫——就像大批波希米亚人从这个渡口开始流落他乡,卡夫卡不过是沿着笔头里涓涓不绝的蓝墨水,从这里开始逃亡于内心自我。

三

个人主义美学的故乡,承受了二十世纪太多的灾难,上演了一出出现代史上惊心动魄的逆转大戏。

一九三八年十月五日,阿道夫·希特勒指挥下的德国军队战车隆隆,尘土蔽天,闪电式地成扇形突破边境线,一举占领苏台德地区,踹开了第二次世界大战序幕。德国人来了!德国人来了!……人们望风而逃。可为什么是德国?德国不正是中欧居民多年来一直向往的福地吗?不正是新教活跃的解放区,而且是本地同道惨遭天主教镇压之后的投奔之地吗?不正是现代大牌科学家、哲学家、音乐家们扎堆式井喷,而且是中欧少年争相前往求学的希望之地吗?不正是新式工业产品层出不穷绚丽夺目,以至商人、技工、企业家们津津乐道的模范之地吗?连卡夫卡也在学习德语,准备前往德国深造或就业。没料到经济危机一来,"老师"便翻然变脸。自一九三七年德、意、日三国最终结成法西斯同盟,走完《反共产国际协定》签署的最后一步,同盟最优先做的事,就是在慕尼黑会议上逼英、法两国妥协,切下苏台德这一块肥肉。

这一地区有大量德语人口,小说家赫拉巴尔的《我曾经侍候过英国国王》,也描述过德裔孩子如何被其他族裔孩子侵凌的故事。历史总是复杂的。英、法等听任这一变局发生,听任波希米亚流血和呻吟,也不一定没有他们的难处。但强权的逻辑一旦确立,战争机器一旦咆哮,任何形态的文明社会也不会比原始部落更少一些残忍。

受害的首先是弱势一方。德军即便把这里当作满洲国式的"被保护国",也开始把大批犹太人、反抗嫌疑者投入集中营和刑场,仅在布拉格西郊一个村子就杀光一百九十九名男人,差一点杀光全部孩子(仅有八个年龄最小的被领养)——后来由国际社会设定的六一国际儿童节,就是为了纪念这一惊天惨剧。

其实,受害的最终也少不了强势一方。就在这个苏台德,数年后因纳粹德国战败，竟有二百二十三万德语居民被新政府驱逐出境，其财产全部被没收充公——只要比较一下中国建三峡水库，耗时多年，耗资千亿，广泛动员十九个省的物力，也只安排了水库移民一百五十万——就不难明白远超此数的德语难民是个什么概念。他们净身出户，哭号于途，一时间死伤万千，并且从此沦为一块记忆空白，断不会有什么国际节日以为抚慰。

混乱的剧情还在继续。一九六八年八月二十日晚，布拉格机场同意一架苏联民航客机因"机械事故"临时迫降，不料客机一降落，冲出机舱的却是数十名苏军特种兵，直扑指挥塔台和其他制高点。几分钟后，一个满员空降师乘三十多架运输机，在战斗机和轰炸机掩护下，以每分钟一架的节奏空降布拉格。由苏、匈、保、东德近三十个师组成的华约地面部队，分四个方向越过边界，合围捷军营地，逮捕执政党领袖杜布切克。一夜之间天翻地覆，让国民们再一次震惊得目瞪口呆。这些苏联佬来干什么？他们的坦克凭什么黑烟滚滚，竟在瓦茨拉夫广场和查理广场横冲直撞？如果说当年德军入侵，还依仗着西方科学、工业、学术和文化的骄人气焰，那么苏联佬呢，那些愣头愣脑的大头兵，太像顿河流域的牧民和西伯利亚的农夫，一群无知的乡巴佬，是来卖土豆还是来看马戏的？

诚然，苏联建立了世界上第一个穷棒子的政权，并从纳粹手里解救过半个欧洲；苏联把人造卫星最早送上太空，让美国也不能不忌惮几分；是苏联的经验让中、东欧这些红色友邦也普遍建立了国营工厂、廉租国民公寓、少年宫和工人俱乐部、福利性的医疗、教育、供暖、供水、供电系统，以至早期的小说家米兰·昆德拉同志也像很多青年一样，曾热情讴歌红色的新生活。但在一些自视高雅的欧洲精英看来，社会主义的乡巴佬终究魅力不够，一旦耀武扬威就更让人没法忍。正像昆德拉后来在小说

《生命中不能承受之轻》中描述的,人们对入侵者的反抗成了一幕"狂欢的节日"。这就是说,他们并未动刀动枪,甚至主要不是去怒斥,倒是围绕坦克起哄,吹口哨,大跳华尔兹,大跳踢踏舞,朗诵歌德或荷尔德林的诗篇,用扩音器播放德沃夏克和莫扎特的名曲。漂亮的姑娘们还爬上坦克,不由分说地搂住兵哥哥照相,向兵哥哥献花和献吻……整得对方面红耳赤不知所措。

与其说这是反抗,不如说更像戏弄,像取笑,像一种居高临下的文化蹂躏。事实上,英语 slave(奴隶)一词源于中世纪拉丁语 sclavus(斯拉夫人),是一个卑贱民族的语言胎记。特别是那些更低下一等的东斯拉夫人,叫喊"乌拉"一类蒙古语,当然更像是来自蒙古(或称亚细亚)的野蛮物种,要赢得中欧、西欧的尊重并不容易——这是二十世纪意识形态冷战所掩盖的另一个剧本。相比之下,虽然布拉格也有不少斯拉夫裔,但千百年下来,它毕竟一度是神圣罗马帝国的皇宫所在地,是哈布斯堡王朝的工业心脏和天主教重镇,其繁荣程度曾远超巴黎和伦敦,在文明等级的排序下一直深藏着强烈的历史记忆和内心自尊。正是在这个意义上,作为政治冲突、经济落差、文化异质等诸多矛盾总爆发的一个剖面,"布拉格之春"在很多人眼里不过是一种文化回归事件,一种身份苏醒事件,是迟早都要到来的又一次欧洲史断裂。

类似情况也发生在此前的匈牙利。

可惜的是,文化蹂躏并不能驱退乡巴佬的坦克。布拉格这一次照例表现了抗议、不合作、沉默与冷目、地下电台舆论战,但除了查理大学一个学生企图自焚抗议,辱国现实似乎并未得到多少物理性的改变。这种情况竟一直持续到二十多年后苏联自行解体,多少有些沉闷。人们如果稍微把目光移开一下,在同一个历史时期,同是被苏军侵占的阿富汗,既没多少科学也没多少工业的一个亚洲小国,却能坚持长达七年的游击战,仅凭借他们的头巾、赤脚、馕饼、肩扛火箭筒以及一册《古兰经》，就打得外来的现代化强大军队灰头土脸，到处丢盔弃甲，最终被迫签约撤军而去——与之相比的布拉格，是否少了点什么？你们的团结呢？你们的独立、勇敢以及顽强呢？

时值"布拉格之春"四十八周年纪念日，我在瓦茨拉夫广场观看庆典，也只看到一些二流摇滚歌手，在舞台折腾出一些夸张姿态，唱出一些虚头巴脑的爱呀愁呀明天呀，赢得台下稀稀拉拉的掌声。背景上再现的黑白老照片，当年的坦克和旗帜，在又一轮洛可可化的历史缅怀之下显得过于陌生，有点不搭调。

不难理解，昆德拉当年就对这个民族表达过困惑：

一六一八年，捷克的各阶层敢作敢为，把两名奥皇钦差从布拉格城堡的窗子里扔了出去，发泄他们对维也纳君主统治的怒火。他们的挑衅引起了三十年战争，几乎导致整个捷克民族毁灭。捷克人应该表现比勇气更大的谨慎吗？回答也许显得很简单：不。

三百二十年过去了，一九三八年的慕尼黑会议之后，全世界决定把捷克的国土牺牲给希特勒。捷克人应该努力奋起与比他们强大八倍的力量抗衡吗？与一六一八年相对照，他们选择了谨慎。但他们的投降条约导致了第二次世界大战，继而丧失自己的民族自主权几十年，甚至长达几百年之久。

他们应该选择比谨慎更多的勇气吗？他们应该怎么办呢？

如果捷克的历史能够重演，我们当然应该精心试验每一次的其他可能性，比较其结果。没有这样的试验，所有这一类的考虑都只是一种假定性游戏。

Einmal ist Keinmal。只发生一次的事，就是压根儿没有发生过的事。捷克人的历史不会重演了，欧洲的历史也不会重演了。捷克人和欧洲的历史的两张草图，来自命中注定无法有经验的人类的笔下。历史和个人生命一样，轻得不能承受，轻若鸿毛，轻如尘埃，卷入了太空，它是明天不复存在的任何东西。

昆德拉就是在苏联坦克前想起这些的。

四

美国史学家卢卡克斯（John Lukacs）回望二十世纪，称"这是一个短暂的世纪。它从一九一四年到一九八九年，仅持续了七十五年。"

作者划定这个七十五年，显然是要凸显一九一四年（第一次世界大战爆发）和一九八九年（柏林墙倒塌）这两个时间节点。前一个节点意味着，资本主义在前半个世纪遭遇重挫，包括两次世界大战以来法西斯主义土崩瓦解，殖民主义地盘丧失殆尽；后一个节点则意味着，社会主义在后半个世纪也遭遇重挫，包括苏联解体和整个东欧红色版图的全面易帜——那一段真是戏剧性的一日一变啊。记得法国电视台的主持人每播完一条东欧国家的新闻，总是忍不住补上一句："各位观众，还没有中国的消息。"

他似乎觉得，中国的消息近在咫尺，就可能在下一秒。

一前一后，风水轮流转。作为两次大规模的现代制度探索，两种苦涩的历史教训，二者构成了人类二十世纪的主要遗产。不无巧合的是，这两次大震荡都曾以捷克为最初震源之一。捷克总是成为神奇的历史起点。

只是这一震源区，各方应力反复交集之地，倒是一直显得平静，显得温和与柔软。似乎很多当事人已习惯了忍受多于抗争，散弱多于团结，犬儒多于铁血，因此既没有多少行动也没有太多思想，很容易被史学家们的目光跳过去。

他们的前人可不像是这样的。布拉格广场上矗立着胡斯的雕像——那位布拉格大学的老校长，比马丁·路德更早的宗教改革家，年仅四十五岁被腐败天主教会处以火刑的新教先烈，一直在登高回望，思接云天，斗篷呼啸而去，其悲怆的目光触抚人间，构成了英雄主义一大丰碑。他眼中的疑惑似乎是：你们波希米亚的血性、能量、历史主动性如今安在？

也许，很多当事人都像卡夫卡那样，转过背"游泳"去了，亦如昆德拉后来一本书名所宣示的，"庆祝无意义"去了。

一种逻辑关系在这里也令人疑惑：

在这里，是太多历史灾难催生了个人主义，还是太多个人主义反过来诱发了历史灾难？

与十九世纪的文化潮流相比，二十世纪显然出现了更多退场者，更多"游泳"者，即去政治化、去社会化的孤独灵魂。不论是阴郁的卡夫卡，还是奢华和逍遥的"布波"一族，二十世纪的"文青"们更多一些颓废和虚无的精神底色。这些人避开了各种宏大叙事的专断与胡夸，常在文学艺术这一类个人化事业上别有活力，心细如丝，异想天开，独行天下，包括在捷克这一弹丸之地形成瞩目的文化高地。哈谢克、卡夫卡、赫拉巴尔、伊凡·克里玛、昆德拉、哈维尔……光是享有广泛国际声誉的文学家，在这里就能数出一大串，远非众多其他国度能比。

但这一冲击波也留下了大片的精神废墟。事情似乎是这样：只要往前多走半步，心细如丝就是过敏症，异想天开就是幻想症，独行天下就是自闭症……而这正是当代很多"文青"常见的人格特点，是大批高等院校正在输出的才子形象，也差不多是费尔南多·佩索阿在《惶然录》中说的："在今天，正确的生活和成功，是争得一个人进入疯人院所需要的同等资格：不道德、轻度狂躁以及思考的无能。"

于是，"国家不幸诗家幸"，历史的悖论再次让人吃惊，一块文化高地放在另一个坐标系里，就可能是一片随风飘荡的落叶，一种无奈的国运滑落，在经济、政治、科学技术等方面的能见度越来越低。捷克几乎就是这样。它不仅与斯洛伐克分拆，再遭一次沉重的破碎；连捷克人一直引以为傲的斯柯达汽车，民族工业最亮丽的百年名片，整个国民经济的支柱，也于一九九一年落于德国大众公司之手。

斯柯达易主之日，很多布拉格工人和市民潸然泪下，很多司机在街头一齐鸣笛，发出他们民族品牌的最后一声倾诉。时任国家总统的文学家哈维尔，倒是在与大众公司总裁大谈"全球化"的美好前景，正如他后来确信"民族国家的消亡"，宣称"民族主义是一面最危险的旗帜"。

也许他对国民们的安抚并非完全无据。特别是在中欧平原这里，国家边界总是多变，所谓民族从来都是你中有我，我中有你。中欧地区最常见的双头鹰旗徽，意味着这里与东、西两端根脉相连，在历史上既倾心西方也属意东方。当年哈布斯堡王朝女皇玛丽娅·特蕾西娅说"让别人去打仗，我们结婚吧"。她把十几个女儿分别嫁往欧洲各国王室，想必就有一种到处结亲戚的跨国主义愿景，想把整个欧洲过成一家人。

呵呵，那个"欧洲的丈母娘"尚有如此情怀，哈维尔为什么就不能做一个新时代的对外团结大叔？

哈维尔大叔受到了西方的赞许。二〇〇三年捷克派出八十名军事警察参加伊拉克战争，比德、法的拒战态度更让美国欢心，被美国国防部长誉之以"新欧洲"。可惜的是，美国所主导的全球化并不总是一个浪漫故事。也就是一二十年后,令众多精英才子目瞪口呆的是,英国冷冷地宣布"脱欧",美国特朗普上台强悍地宣称"美国优先",世界各地突然间政治强人竟出,重新绷紧国家利益的神经。如此看来,哈维尔当年的一厢情愿还是有点文艺腔了。或者说,知识界主流力图给二十世纪一个抒情化的结局,还是过于简单和天真。

人们该继续"庆祝无意义"吗?

该继续"游泳"去吗?

当然可以。

但短暂二十世纪(仅七十五年)之后的世界,一头是消费主义的物质化压迫日益加剧,另一头是极端化的宗教、邪教力量大举回潮,无不以原子化的个人主义为心理基因。个人主义也是容易上瘾的,甚至是权力、资本、宗教上瘾的新一代隐形根源。个人主义不论是扑向"物化",还是遁入"神学",都像是福柯(Michel Foucault)意义上的"人之死"。世界卫生组织不久前宣布抑郁症发病率约为百分之十一,预计到二〇二〇年可能将成为仅次于心脏病的人类第二大疾患,其中二〇〇五年至二〇一五年十年间的患者数猛增百分之十八点四,每年造成高达一百万患者的自杀,其相当多数更像是一种极端个人主义的生物/化学反应。在这些自杀者的个人资料里,我们经常看到满是文艺腔的逃避心态和厌世言语。

这也许不是一种巧合。

查理大桥是布拉格最为辉煌的一个建筑经典,苔藓年深月久,雕像琳琅满目,是外国游客日日川流不息之处。乞丐和卖艺者也就盯住了这里。衣衫褴褛的画家、乐手、民俗艺人大多出手不凡。特别是男女提琴手一听就是专业水准,琴弓之稳,指位之准,情绪之细腻和精微,让不少游客如闻天籁惊讶不已——到底是欧洲！到底是波希米亚啊！他们纷纷朝地上的帽子里扔下三两个硬币。

可美丽的波希米亚是不该用硬币打发的。不是吗？

我没有投下硬币，只是在人流中匆匆而过。我情愿被他们看成是一个吝啬的亚洲佬，一个对艺术无动于衷的野汉子。

二〇一七年二月

最初发表于二〇一七年《钟山》杂志。

笛鸣香港

进入香港后的第一印象,就是不少高楼瘦长如棍,一根根戳在那里顶着天,让观望者悬心。

在全世界都少见这种棍子,这种用房屋叠出来的高空杂技。它们扛得住地震和狂风吗?那棍子里的灯火万家,那些蛀入了棍子的微小生物,就不曾惊恐于自己的四面临虚和飘飘欲坠?

我这次住九楼,想一想,才爬到棍子的膝部以下,似乎还有几分安稳。套间四十多平方米,据说市值已过百万。家居设施一应俱全,连厨房里的小电视和小花盆也不缺。但卧房只容下一床,书房只容下一桌一椅,厨房更是单人掩体,狭窄得站不下第二人。我洗完澡时吓一大跳,发现客厅里竟冒出陌生汉子。细看之后才松了口气,发现对方不是强盗,不过是站在对角阳台上的邻居,透过没挂上窗帘的玻璃门,赫然闯入我的隐私。

他不在客厅里,但几乎就在客厅里,朝我笑了笑,说了句什么,在玻璃门外继续浇洒自家的盆花。

他是叫海曼还是汤姆?

我不知该如何招呼。

港人多有英文名字——多族裔机构里的职员更是如此。这些海曼或汤姆在惜地如金的香港，如果没有祖传老宅或千万身家，一般都只能钻入这种小户型，成天活得蹑手蹑脚和小心翼翼，在邻居近如家人的空间里，享受着微型的幸福与自由。也许正是这一原因，港人擅长螺蛳壳里唱大戏，精细作风举世闻名。在这里，哪怕是一条破旧的小街，也常常被修补和打扫得整洁如新。哪怕是廉价的一碗车仔面或艇仔饭，也总是烹制得可口实惠。哪怕是一件不太重要的文件副本，也会被某位秘书当成大事，精心地打印、核对、装订、折叠、入袋、封口……所有动作都是一丝不苟按部就班，直至最后双手捧送向前，如呈交庄严的国书。

正因为如此，香港缺地皮，有世界上最大的人口密度、高楼密度、汽车密度，却仍是很多人留恋的居家福地。海曼们和汤姆们，即自家族谱里的阿珍们和阿雄们，哪怕在弹丸之地也能用一种生活微雕艺术，雕出了强大的现代服务业，雕出了曾经强大的现代制造业，雕出了或新潮或老派的各种整洁、便利、丰富、尊严以及透出滋补老汤味的生活满足感。毫无疑问，细活出精品，细活出高人，各种能工巧匠应运而生，一直得到外来人的信任。有时候，他们并不依靠高昂成本和先进设备，只是凭借一种专业精神与工艺传统的顽强优势，也能打造无可挑剔的名牌产品——这与内地某些地方豪阔之风下常见的马虎潦草以及缺三少四，总是形成了鲜明的对照。

一些称之为 mall 的商城同样有港式风格。它们是巨大的迷宫，有点像传统骑楼和现代超市的结合，集商铺、酒店、影院、街道、车站、学校、机关以及公园于一体，钩心斗角，盘根错节，四通八达，千回百转，让初来者总是晕头转向。它们似乎把整个城市压缩在恒温室内，压缩成五光十色的集大成。于是人们稍不留心，就会产生自己在酒店里上地铁，在商铺里进学堂，在官府里选购皮鞋的错觉。想想看，这种时空压缩技术谁能想得出来？这种公私交集、雅俗连体、五味俱全、八宝荟萃、各业之间彼此融合、昼夜和季节的界限消失无痕的建筑文化，这种省地、节材、便民、促销的建筑奇观，在其他地方可有先例？

一代代移民来到这里打拼，用影碟机里快进二或快进四的速度，在茫茫人海里奔走、交际、打工或者消费，哪怕问候老母的电话也可能是快板，哪怕喝杯奶茶或拍张风景照也可能处于紧急状态。"你做什么？""你还做什么？""你除了这些还做什么？"……熟人们经常一见面就劈头三问，不相信对方没有兼职和再兼职，不相信时间可以不是金钱。显然，这种忙碌而拥挤的社会需要管理，近乎狂热的逐利人潮需要各种规则，否则就会乱成一团。十九世纪末的英国人肯定看到了这一点。他们面对维多利亚港湾两侧乱哄哄黑压压的割占之地，面对缺地、缺水、缺能源但独独不缺梦想的香港，不会掏出什么民主，却不能不厉行法治。他们把香港当作一个破公司来治理。米字旗下的建章立制、严刑峻法、科层分明、令行禁止，成了英伦文化在香港最需要也最成功的移植。"政府忠告市民：不要鼓励行乞！"这种富有基督新教色彩的警示牌，大悖佛家和印度教的理法，也从欧洲舶来香港街头。

一次很不起眼的招待会，可能几个月前就开始预约和规划了。电话来又电话去，传真来又传真去，快递来又快递去，参与者必须接受各种有关时间、地点、议题、程序、身份、服装、座位、交通工具、注意事项之类的敲定。意向申明以后还得再次确认，传真告知以后还得书函告知，签了一次字以后还得再签两次字，一大堆文牍来往得轰轰烈烈。不仅如此，一次主要时间只是用于交换名片、介绍来宾、排队合影再加几句客套话的空洞活动结束之后，精美的文牍可能还会尾随而至：关于回顾或者致谢。

不难想象，应付这种繁重的文牍压力，很多人都需要秘书。香港的秘书队伍无比庞大，当然事出有因。

也不难想象，港人在擅长土地节约之余，却习惯了秘书台上日复一日的巨量纸张耗费，让环保人士愤愤不满。

但没有文牍会怎么样？

口说无凭，以字为据。没有关于招待、合同、动议、决策、审计、清盘、核查、国际商法等方面的周到字据，出了差错谁负责？事后如何调查和追究？追究的尺度和权利又从何而来？从这种意义来说，法治就是契约之治，就是必须不断产生契约的文牍之治——虽然文牍癖也有闹过头的时候，比方说秘书们为某些小事累得莫名其妙。

车载斗量的文牍，使香港人几乎都成了契约人，成了一个个精确的条款生物和责任活体。考虑到这一点，在庞大秘书行业之后再出现庞大的律师队伍之类，出现数不胜数的诉讼和检控，大概也不难理解了。

有一位老港人向我抱怨，称这里最大的缺点是缺乏人情，缺乏深交的朋友。光是称呼就得循规蹈矩不得造次：Mister，先生就是先生；Doctor，博士就是博士；Professor，教授就是教授——大学里的这三个称呼等级森严，不可漏叫更不可乱叫，以至只要你今天退休，你的"×教授"称呼明天立马消失，相关的待遇和服务准时撤除，相处多年的秘书或工友也忽如路人，其表情口气大幅度调整。这种情况——包括不至于这般极端的情况——当然都让很多内地人和台湾人深感不适，免不了摇头一叹：人走茶凉啊。

但人走茶凉不也是法治所在吗？倘若事情变成这样：人走了茶还不凉，人不在位还干其政，还要来看文件，写条子，打电话，参加会议，消费公款，甚至接受前呼后拥，有关契约还有何严肃性和威慑力？倘若人没走茶已凉，人来了茶不热，有些茶总是热，有些茶总是凉，那么谁还愿意把契约太当回事？

契约人就不再是自然人，须尽可能把感情与行为一刀两断，用条款和责任来约束行为。这样，缺乏人情是人生之憾，却不失为公法之幸，能使社会组织的机器低摩擦运转。面子不管用了，条子不管用了，亲切回忆什么的不管用了，虽然隐形关系网难以根除，但朋友的经济意义大减，徇私犯科的风险成本增高。香港由此避免了很多乱象，包括省掉了大批街头的电子眼，市政秩序却井井有条，少见司机乱闯红灯，摊贩擅占行道，路政工人粗野作业，行人随地吐痰、乱丢纸屑、违规抽烟，遛狗留下粪便……官家的各种"公仔（干部）"和"差佬（警察）"也怯于乱来。哪怕是面对一个最无理的"钉子户"，只要法院还未终结诉讼，再牛的公共工程也奈何它不得。政府只能忍受巨大预算损失，耐心等上一年半载，甚至最终改道易辙。

因为他们都知道，法治治民也治吏。违规必罚，犯禁必惩，一旦出了什么事，就有重罚或严刑在等着，没有哥们儿或姐们儿能来摆平，也难有活菩萨网开一面。那么，哪个鸡蛋敢碰石头？

无情法治的稍加扩展就是无情人生——或者这句话也可反过来说。

这样，人情与秩序能否兼得？在难以兼得之时我们又如何痛苦地选择？

这当然是一个问题。说起来，香港人并非冷血，每日茶楼酒馆里流动着的不全是社交虚礼，其中很大一部分仍是友情。特别是节假日里，家庭成了人性取暖的最佳去处，合家饮茶或合家出游比比皆是，全家福的图景随处可见，显现出香港特别有中华文化味道的一面。父慈子孝，夫敬妇贤，其情殷殷，其乐融融，构成了百姓市井的亲情底色。

这些人不习惯当差时的西装革履，更喜欢休闲便装；不习惯道貌岸然，更愿意小节不拘自居庸常——包括挂着小腰包光顾赛马场和彩票。与之相联系的是，他们的阅读大多绕开高深，指向报上的地方新闻和娱乐八卦，还有情爱和武侠的小说。他们使用着最新款的随身听、数码相机、便携宽频多媒体，但大多热心于情场恩仇和商界沉浮一类粗浅故事——这是通俗歌曲和通俗电影里的常见内容。内地文化人对此最容易耸耸肩，摇摇头，讥之为"文化沙漠"。其实这里图书、音乐、书画、电影的同比产出量绝不在内地之下，大量人才藏龙卧虎。稍有区别的是，他们的文化主题常常是"儿女情"而非"天下事"，价值焦点常常落在"家人"而不是"家国"，多了一些就近务实的态度，与内地文化确实难以全面接轨。黄子平教授在北京大学做报告的时候，强调香港文学从总体上说最少国家意识形态，是一个特别品种，值得研究者关注。据他说，学子们对这个话题曾不以为意。

　　学子们也许不知道，他们与大多港人并没有共享的单数历史。在百年殖民史中，港英当局管理着这一块身份暧昧的东方飞地，既不会把黄肤黑发的港人视为不列颠高等同胞，也不愿意他们时常惦记自己的种族和文化之根，那么让他们非中非英最好，忘记"国家"这一码事最好——这与一个人贩子对待他人儿女的态度，大体相似。这种刻意空缺"国家"的教育，一种大力培养打工仔和执行者而非堂堂"国民"的百年教育，也许足以影响几代人的知识与心理。

　　再往前看，香港自古以来就是天高皇帝远，"帝力于我何有哉？"这里的先辈们难享国家之惠，也少受国家之害，遥远朝廷在他们眼里实在模糊。当中原族群反复受到外来集团侵掠或统治，那里的国家安危与个人的生死荣辱息息相通，国与家关系密切，一如杜甫笔下的"国破山河在"多与"家书抵万金"相连。这是一种整体利益与个体利益高比率重叠的状态，忧国、思国、报国之情自然成了文化要件，"修齐"通向"治平"的古训便有了更多日常感受的支持，有了更强的逻辑力量。与此不同，香港偏安岭南一角，面对大海朝前望去，前面只有平和甚至虚弱的东南亚，一片来去自由、国界含混、治权凌乱的南洋。在这样的地缘条件下，如果不是晚近的鸦片战争、抗日战争以及九七回归，他们的心目中那个抽象的"国家"在哪里？"国家"一词对于很多人来说，是否显得模糊而遥远？

大多数港人也修身，也齐家，但如果国家若有若无，那么"治国平天下"当然就不如"治业赚天下"更为可靠实用了。这样，他们精于商道，生意做遍全球，但不会像京城出租车司机们那样乐于议政，不会像中原农民们那样乐于说古。内地文化热点中那些宫廷秘史、朝代兴衰、报国志士、警世宏论、卫国或革命战争的伟业，在这里一般也票房冷落。国家政治对于很多港人来说是一个生疏而无趣的话题。更进一步说，如果国家的偶尔到场，不过是用外交条约把香港划来划去，使之今天东家，明天西家，今天姓张，明天姓李，一种流浪儿的孤独感也不会毫无根由。

殖民地及其他侵占地都是精神和文化的流浪儿——香港不过是他们中比较有钱的一个。想一想，这个流浪儿是应该责难还是应该抚慰？他们的文化在经受批评之前是否应该先得到几分理解？

一九九七年，很多港人在五星红旗下大喊一声："回家啦——"但这个家，对于他们来说还是比较陌生，比如，有相对的贫穷，有较多的混乱和污染，有文化传统中炽热的国家观和天下观。但无论人们是珍爱这个家还是厌恶这个家，"国家"终于日渐逼近，不可回避了。

世界上并非所有人都有国家意识，都需要国籍的尊严感和自豪感。诗人北岛说，他曾经遇到一个保加利亚人。那人说保加利亚乏善可陈，从无名人，连革命家季米特洛夫还是北岛后来帮对方想起来的。但那人觉得这样正好，更方便他忘记自己的国族身份，从而能以世界文化为家。出于类似的道理，多年来几无国家可言的港人，是否一定需要国家这个权力结构？他们下有家庭，上有世界，是否就已经足够？他们国土视野和国史缅怀的缺失，诚然收窄了某种文化的纵深，但是否也能带来对希特勒式国家主义的避免？

　　无可选择的是，国家是现代共同体的基本形式。历史上的国家功罪俱在，却从来不是抽象之物，不全是旗帜、帽徽、雕像、诗词、交响乐、博物馆、哲学家们的虚构。对于一九九七年以后的很多港人来说，即使抗英、抗日的伤痛记忆已经淡漠，即使内地输血香港的贸易秘密被长期掩盖，但国家也不仅仅意味着电影里的"内战"和书刊里的"文革"，而有了电影与书刊以外的更多现实内容。国家是化解金融危机时的巨额资金托市，是对数千种产品的零关税接纳，是越来越值钱的人民币，是越来越有用的普通话，是各种惠及特区的人才输入、观光客输入、股市资金输入、高校生源输入、廉价资源产品输入……一句话，国家是这里日常生活的一部分，正在成为真切可触的利益，正在散发出血温。

　　即便有些人对这一切不以为意，即便他们还是贬多褒少，但无论褒贬都透出更多北向的关切，与往日的两不相干大相异趣了。即便有些港人还不时上街呛声某些中央政策，但这种呛声同样标示出关切的强度。

　　汶川大地震后，我立在香港某公寓楼的一扇窗前，听到维多利亚港湾里一片笛声低回，林立高楼下填满街道的笛声尖啸，哀恸之潮扑面而来。各个政党和社团的募捐广告布满大街，各大媒体的激情图文和痛切呼吁引人注目,学生们含着眼泪在广场上高喊"四川坚强"和"中国坚强",而高楼电子屏幕上的赈灾款项总数纪录,正以每秒数十万的速度不断跳翻……这一刻,我知道香港正在悄悄改变,一种心灵流浪大概行将结束。

我隔着宽阔海面遥望港岛,那一片似乎无人区的千楼竞起,那一片形状各异的几何体,如神话中寂静而荒凉的巨石阵。

我知道那里有很多人,很多陌生而熟悉的人,只是眼下远得看不见而已。

二〇〇八年六月

○ 最初发表于二〇〇八年《海燕》杂志和《天涯》杂志。

岁末恒河

出访印度之前，新德里烧了一次机场，又爆发登革热，几天之内病死者已经过百，入院抢救的人则数以千计，当局不得不腾出一些学校和机关来当临时的医院。电视里好几次出现印度军警紧急出动在市区喷洒药物的镜头，有如临大敌的气氛。

我被这些镜头弄得有些紧张，急忙打听对登什么热的预防办法。好在我居住的海南岛以前也流行过这种病，只到近十来年才差不多绝迹，但对这种病较有经验的医生还算不少。一位姓凌的医生在电话里告诉我，登革热至今没有疫苗，因此既不可能打预防针，也没有什么预防口服药品可言。考虑到这种病主要是靠一种蚊虫传染的，那么唯一的预防之法，就是长衣长裤长袜，另外多带点防蚊油。

新德里的深秋，早晚气温转凉，长衣长裤长袜已可以接受。但我没有料到，紧紧包裹全身再加上随身携带的各种防蚊药剂，用来对付印度蚊子仍是防不胜防。星级宾馆里一切都很干净，只要多给点小费，男性侍者的微笑也应有尽有。但不管有多少笑脸,嗡嗡蚊声仍然不时耳闻,令人心惊肉跳,令人心里"登革"。有时,几位同行者正在谈笑,一些可疑的尖声不知从何处飘忽而近,众人免不了脸色骤变手忙脚乱地四下里招架,好端端的一个话题不得不中止和失散。

出于一种中国式的习惯,我对眼前的飞蚊当然决不放过。有意思的是,我出手的动作总是引来身旁印度人惊讶和疑惑的目光,似乎我做错了什么。

中国大使馆的官员给我们准备了防蚊油,并且告诉我们,印度是一个宗教国度,大多数人都持守戒杀的教规,而且将大慈大悲惠及蚊子。蚊子也是生命,故可以驱赶,但断断不可打杀。对于我两手拍出巨响的血腥暴行,他们当然很不习惯。

我这才明白了他们一次次惊讶和疑惑的回头。

也明白了登革热的流行。

生活在印度的蚊子真是幸福。但是,蚊子们幸福了,那么多条死于登革热的人命怎么说呢?人类当然可以悲怀,悲怀一切植物、动物乃至动物中的蚊子,但人类有什么理由不悲怀自己的同类?为什么可以把自己积善的纪录看得比同类的生命更为重要?

在印度,不仅蚊子,人类以外的其他各种活物也很幸福。新德里街头常有呼啦啦的猴群跳踉而过,爬到树上或墙上悠闲嬉耍。每一片绿荫里也必有松鼠到处奔蹿,有时居然大摇大摆爬上你伸出的手掌。还有潮水般的雀鸣鸦噪,似乎从泰戈尔透明而梦幻的散文里传来,一浪又一浪拍打着落霞,与你的惊喜相遇。你无论走到哪里,都似乎置身于一个天然的动物园,置身于童话。不必奇怪,你周围的众多公共服务机构也常有一些童话式的公告牌:"本展览馆日出开门,日落关门。"这种时间表达方式与钟表无关,只与太阳有关,早已与新闻、法律、教材以及商务文件久违,大有一种童话里牧羊人或者王子的口吻。

地球本来是各种动物杂处的乐园,后来人类独尊,人类独强,很多地方的景观才日渐单调。我在中国已很少听到鸟叫。那些儿时的啁啁啾啾——熄灭,当然是流失到食客们的肠胃里去了,流失到中国人花样百出的冷盘或火锅、蒸笼或烤炉里去了,流失到遍布城乡热火朝天的各色餐馆里去了。中国人真是能吃。除了人肉不吃,什么都敢吃,什么都要吃。一个宗教薄弱的世俗国家,一个没有素食传统的嗜肉性大众,一旦挣扎于营养困境,大快朵颐成了人际交往的普遍表情,眼看着连泥鳅、青蛙一类也难于幸免。我一位亲戚的女儿,长到八岁,至今也只能在画册上认识蝌蚪。[1]

印度是一个更穷的人口大国,但绝无中国这么多对于动物来说恐怖万分的餐馆。这当然让刚到此地的中国人不大习惯,有时候搜寻了几条街,好容易饥肠辘辘地找到了一家有烟火味的去处,菜谱也总是简单得让中国食客们颇不甘心。牛是印度教中的圣物,不论野外有多少无主的老牛或肥牛,牛肉是不可能入厨的。由于受伊斯兰教的影响,猪肉也是绝大多数餐馆的禁忌。菜谱上甚至极少见到鱼类,这使我想起了西藏人也不大吃鱼,两地的习俗不知是否有些关联?可以想见,光是有了这几条,餐桌上就已经风光顿失,乏善可陈,更不可能奢望其他什么珍奇荤腥了。在这样一个斋食和节食几乎成为日常习惯的国家,我和朋友们不得不忍受着千篇一律的面饼和面饼和面饼,再加上日复一日拿来聊塞枯肠的鸡肉。半个月下来,我们一直处在半饥饿状态,减肥的状态,眼球也吧嗒吧嗒似乎扩张了几分。

咽下面饼的时候,不得不生出一个疑问:印度的军队是不是也素食?如果是,他们冲锋陷阵的时候是否有点力不从心?印

---

[1] 这是指笔者撰文时的二十世纪九十年代后期。

度的运动员们是不是也素食？如果是，如何能保证他们必要的营养和热量？如何能保证他们的体能，足以抗衡其他国家那些牛排和猪排喂养出来的虎狼之师？难怪，就在最近的一次世界奥运会上，偌大一个印度，居然只得了一块奖牌。这一可悲的纪录原来让我百思不得其解，现在倒让我觉得顺理成章。

也许，素食者比较容易素心——相当多数的印度人与竞技场上的各种争夺和搏杀，一开始就没有缘分。

他们看来更合适走进印度教、伊斯兰教、佛教的寺庙，在那里平心静气，无欲无念，从神主那里接受关切和家园。当他们年迈的时候，大概就会像我所见到的很多印度老人，成为一座座哲学家的雕像，散布在城乡各地的檐下或路口。无论他们多么贫穷，无论他们的身体多么枯瘦衣着多么褴褛，无论他们在乞讨还是在访问邻居，他们都有自尊、从容、仁慈、睿智、深思而且十分了解熟悉你的表情。他们的目光里有一种对世界洞悉无余的明亮。

一块奥运奖牌的结局在印度引起了争论，引起了一些印度人对体育政策、管理体制、文化传统的分析和批评。果然，也有一位印度朋友对我不无自豪地说："我们不需要金牌。"

"为什么？"

"你不觉得金牌是体育堕落的表现？你不觉得奥运会已充满铜臭？这样的体育，以巨额奖金为动力，以很多运动员的伤残为代价，越来越新闻化和商业化了，不是堕落是什么？"他再一次强调："我们不需要金牌，只需要健康和谐的生活。"

说这些话的时候，我们正在班加罗尔一个剧院门口，等待着一个地方传统剧目的演出开始。由于一九九六年度的世界小姐选美正在这个城市举行，他们也七嘴八舌抗议这种庸俗的西方闹剧。

我们用英语交谈。说实话，英语在这里已经印度化，对于中国人来说很不好懂，其清辅音都硬邦邦地浊化，与英美式英语的差别，大概不会小于普通话与湖南话的差别。我们代表团的译员姓纽，英语科班出身，又在西北边陲与巴基斯坦人和印度人交道多年，听这种英语也有些紧张，脸上不时有茫然之态。我比起小纽来说当然更加等而下之。幸好印度人听我们的英语毫无障碍，收支失衡的语言交流大体还可以进行下去。更大的问题是，我们没有印地语译员，很难深入这里的社会底层，很难用手势知道得更多。

英语在这里仅仅是官方语言之一，只属于上流人士以及高学历者，普通百姓则多是讲印地语或其他本土民族的语言——这样的"普通话"在印度竟多达二十几种。换句话说，这个国家一直处在语言的四分五裂之中，既有民族的语言分裂，也有阶级的语言分裂。他们历史上没有一个秦始皇，主体社会至今人不同种，书不同文。他们也没有诸如一九四九年的革命大手术，贵族与贱民的分离制度至今存留如旧。这就是说，他们没有经历过文化的大破坏，也没有文化的大一统。我没法知道的，是社会的裂痕阻碍了他们语言的统一，还是语言的裂痕阻碍着他们阶级的铲除和民族的融合？

循着英语的引导，你当然只能进入某种英国化的印度：议会、报馆、博物馆、公务员的美满家庭、世界一流的科研基地和大学，还有独立、博学、优雅并且每天都在直接收看英国电视和阅读美国报纸的知识阶层。但就在这些英语岛屿的周围，就在这些精英们的大门之外，却是残破不堪的更广阔现实。街道衰老了，汽车衰老了，棚栏和港口衰老了，阳光和落叶也衰老了，连警察也大多衰老了。这些白发苍苍的老人抄着木棍，活得没什么脾气，看见哪一辆汽车大胆违章，只是照着车屁股打一棍就算完事。很多时候，他们搂着木棍或老掉牙的套筒枪，在树影下昏昏大睡，任街面上汽车乱蹿，任尘土蔽天日月无光。所有的公共汽车居然干脆拆掉了门，里面的乘客们挤不下了，便一堆堆挤在车厢顶上去，迎风远眺，心花怒放。乘着这样自由甚至是太自由的汽车驶入加尔各答市恒河大桥广场，你可能会有世界轰的一声塌下来的感觉。你可以想象眼前的任何房子都是废墟，任何汽车都是破铜烂铁，还可以想象街上涌动着的不是市民，是百万游牧部落正在浩浩荡荡开进城市并且到处安营扎寨。

这些部落成员在路旁搭棚而居，垒石而炊，借雨而浴，黑黝黝的背脊上沉积着太多的阳光。他们似乎用不着穿什么，用不着吃什么，随便塞一点面渣子入口，就可以混过一天的时光，就可以照样长出身上的皮肉。他们当然乞讨，而且一般来说总是成功地乞讨。他们的成功不是因为印度有很多餐馆，而是因为印度有很多寺庙。他们以印度人习惯施舍的道德传统为生存前提，以宗教的慈悲心为自己衣食的稳定来源。

面对着这些惊心动魄的景象，老警察们不睡觉又能怎么样？再多几倍或几十倍的警力又能怎么样？

幸好，这里的一切还没有理由让人们绝望。交通虽混乱，但乱中有序；街市虽破旧，但破中无险。他们的门窗都没有铁笼子一般的防盗网，足以成为治安状况良好的标志并且足以让中国人惭愧。外人来到这里，不仅不会见到三五成群贼眉鼠眼的人在街头滋事，不仅不会遭遇割包和抢项链，不仅不会看到公开的色情业和强买强卖，甚至连争吵的高声也殊为罕见。印度人眼里有出奇的平和与安详，待人谦谦有礼。最后，人们几乎可以相信，这里的老警察们睡一睡甚至也无关紧要。

一个不需要防盗网的民族，是一个深藏着尊严和自信——或许也深藏着忍耐和恐惧的民族。也许，印度教的和平传统，还有甘地的非暴力主义，最可能在这个民族生长。我曾看过一部名为《甘地传》的电影，一直将甘地视为我心中谜一般的人物。这个干瘦的老头，总是光头和赤脚，自己纺纱，自己种粮，为了抗议不合理的盐税，他还曾经带领男女老少拒食英国盐，一直步行到海边，自己动手晒盐和滤盐。说来也有趣，他推翻英帝国殖民统治的历史性壮举，不需要军队，不需要巨资，一旦拿定主意，剩下的事就是默默走出家门就行。和平大进军——他从一个村子走到另一个村子，从一片平原走向另一片平原，于是他身后的队伍滚雪球一样越来越壮大，直至覆盖在整个地平线上，几乎是整整一个民族。碰到军队的封锁线，碰到刺刀和大棒，他们宁愿牺牲决不反抗，只是默默地迎上前去，让自己在刺刀和大棒下鲜血淋淋地倒下。第一排倒下了，第二排再上；第二排倒下了，第三排再上……直至所有在场的新闻记者都闭上了眼睛，直至所有镇压者的目光和双手都在发抖，直至他们惊恐万状地逃离这些手无寸铁的人并且最终交出政权。

甘地最终死于同胞的暗杀。他的一些亲人和后继者也死于暗杀。从某种意义上来说，这些频频得手的暗杀并不能说明别的什么，倒是恰恰证明了这个民族缺乏防止暴力的经验和能力。他们既然不曾反抗军警，那么也就不大知道如何对付暗杀。

作为印度之魂，甘地不似俄国的列宁、中国的毛泽东、南斯拉夫的铁托以及拉丁美洲的格瓦拉，他一弹不发地完成了印度的独立，堪称二十世纪的政治奇迹和政治神话之一。也许，这种政治的最不可理解之处，恰恰是印度人最可理解之处：一种印度教的政治，一种素食者和流浪者的政治，来自甘地对印度的深切了解。这种"非暴力不合作"运动的理论与实践，不过是政治天才给一个贫困和散弱到极致的民族，找到了一种最可能强大的存在形式，找到了一种最切合民情也最容易操作的斗争方法——比方在军警面前一片片地坐下来或躺下来就行。

在尚武习兵的其他民族看来，这简直不是什么斗争，不过是丐群的日常习惯。但正是这种日常习惯迫使英国政府和议会低头，使西方世界很多男女对天才的甘地夹道欢迎崇敬有加。

现在，很多印度人还坐在或躺在街头，抗议危及民族工业的外国资本进入，抗议旧城区的拆迁，抗议水灾和风灾以及任何让人不高兴的事，或者他们也无所谓抗议，并没有什么意思，只是不知道要如何把自己打发，坐着或躺着已成了习惯。时过境迁，他们面对的已不再是英国军警，而是一项项举步艰难的现代化计划。这些缺衣少食者被一个伟大的目标所点燃的时候，他们个个都成了赤脚长衫的圣雄，个个都强大无比。但这种坐着或躺着的姿态一旦继续向未来延伸，也许便成为一份历史的沉重负担，甚至会令每一届印度政府头痛不已。二十世纪末的全球一体化经济正在铁壁合围，没有一个大陆可以逃避挑战。那么，哪一个政府能把眼前这个非暴力不合作的黑压压人海组织起来、管理起来、向他们提供足够的住房、食品、教育以及工作机会？从更基本的一点来说，哪一个政府能使素食者投入竞逐、而流浪者都服从纪律？如果不能的话，即便甘地还能活到现在，他能否像创造当年的政治神话一样，再一次创造出经济神话？

换句话说，他能否找到一种印度教的经济，一种素食者和流浪者的物质繁荣，并且再一次让全世界大吃一惊？

我们将要离开印度的时候，正赶上加尔各答地区某个民族的新年日，即这个国家很多新年日中的一个。一排排点亮的小油灯排列台阶，零星礼花不时在远方的空中闪烁。节日的女人很漂亮，裹身的沙丽五彩缤纷，一朵朵在节日的暗香中游移和绽放。只是这种沙丽长于遮盖，缠结繁复，是一种女神而非女色的装束，有一种便于远观而拒绝亲近的意味，不似某些西式女装那样求薄求露求透甚至以"易拉罐"的风格来引诱冲动。

  这里的节日也同中国的不一样：街上并无车水马龙，倒有点出奇的灯火阑珊和人迹寥落；也没有觥筹交错，倒是所有的餐馆和各家各户的厨房一律关闭——人们以禁食一天的传统习俗来迎接新的岁月。他们不是以感官的放纵而是以欲望的止息来表示欢庆。可以想象，他们的饥饿是神圣，是幸福，也是缅怀。这种来自漫长历史的饥饿，来自漫长历史中父亲为女儿的饥饿、兄长为妹妹的饥饿、儿子为母亲的饥饿、妻子为丈夫的饥饿、主人为客人的饥饿、朋友为朋友的饥饿、人们为树木和土地的饥饿，成为他们世世代代的神秘仪礼，成为他们隆重的节日。

> 母亲，你回来吧，回来吧，
> 你从恒河的滚滚波涛里回来吧，
> 你从树上的每一片叶子里回来吧，
> 你从路上的每一个脚印里回来吧，
> 你从我的睡梦里和眼泪里回来吧。
> ……

  河岸上歌潮迭起。这就是恒河，在印地语里发音"刚嘎"，浩浩荡荡地流经加尔各答。

  这使我联想起西藏的"贡嘎"机场，与之声音相近，依傍恒河的上游，即雅鲁藏布江。"刚嘎"与"贡嘎"是否有什么联系？是否就是一回事？司机给我翻译着歌词的大意，引我来到这里观看人们送别嘉丽——恒河两岸亿万人民的母亲，他们在每一个新年都必须供奉的女神。她差不多裸着身子，年轻而秀丽，在神位上的标准造型倒有点怪：惊讶地张嘴悬舌，一手举剑，另一只手提着血淋淋的人头。由于语言的障碍，我没法弄明白关于这位女神的全部故事，只知道在一次为人间扫除魔鬼的著名战斗中，她杀掉了二十几个敌手，也最终误杀了自己的丈夫——她手中那颗人头。

直到这个时候，她才如梦初醒地伸长了舌头。

从那一刻起，她便凝固成永远的惊讶和孤独。

已经是新年的第二天了，民间庆典即将结束。人们拍着鼓，吹着号，从城市的各个角落载歌载舞结队而来，在恒河岸边汇成人海，把各自制作的嘉丽送入河水，让大小不等色彩纷呈的惊讶和孤独随水而下——漂逝在夜的深处。这是他们与恒河年复一年的约定。

看得出来，这些送神者都是穷人，衣衫不整，尘土仆仆，头发大多结成了团，或者胡乱披散。他们紧张甚至恐慌地两眼圆睁手忙脚乱大喊大叫，一旦乱了脚步，抬在肩上的女神就摇摇晃晃。他们发出呼啸，深一脚浅一脚踩得水花四溅，从河里返回时便成了一个个癫狂的水鬼，浑身水滴如注，在火光下闪耀着亮珠。但他们仍然迷醉在鼓声中，和着整齐或不够整齐的声浪大唱，混在认识或不太认识的同胞身旁狂舞——与其说这是跳舞，倒不如说他们正折磨自己的每一个骨节，一心把自己粉碎和溶化于鼓声。

一个撑着拐杖的跛子也在跳跃，拐杖在地下戳出密密的泥眼。

你从路上的每一个脚印里回来吧，母亲；
你从我的睡梦里和眼泪里回来吧，母亲。

恒河的对岸那边，几柱雪亮的射灯正照亮巨大的可口可乐广告牌，照亮了那个风靡全球的红色大瓶子。在那一刻，我突然觉得，远去的嘉丽高扬血刃回眸一瞥，她永远伸长舌头所惊讶的，也许不是丈夫的人头落地，而是一个我们完全无法预知的新世纪正悄悄来临。

我抬起头来看彼岸急速地远退，留给我无限宽阔的河面。

一九九七年二月

○
最初发表于一九九七年《作家》杂志。

你好，加藤

一

　　加藤四岁的时候就到了北京，进了一所幼儿园，是班上唯一的日本孩子。他与同学们一同学习毛主席语录，一同唱《大海航行靠舵手》，一同看电影《地道战》《地雷战》《小兵张嘎》。孩子们玩战斗游戏的时候，他的日本人身份似乎使他最适合扮装日本鬼子，但他决不接受这种可耻的角色，吵闹着一定要当地下武工队员，当八路军政委。

　　有的人可能觉得这很有趣：八路军里怎么冒出一个日本政委？母亲遇到了幼儿园的阿姨，说你看这孩子就是要强，老师，拜托了，你就给同学们做做工作，让他当上政委吧。

　　其实，日本母亲用不着拜托。小伙伴们都喜欢加藤，一再把战斗的指挥权优先交给政委加藤。

　　加藤的父母是在中日建交前来到中国的。当时居住北京的外国人很少，也鲜有专门招收外国小孩的幼儿园。但加藤的父母很乐意让孩子与中国娃娃打成一片,加藤一口纯正的京片子普通话就是在这时学会的。有一次,一位瑞典朋友来加藤家做客,顺便给加藤带来一点礼物,包括一面小小的日本国旗。没料到八路军小政委在家里也坚守抗日阵地,一见太阳旗便怒从心头起,将小旗摔在地上,跳上去踩了两脚。

瑞典朋友大惊失色,不知道一个日本孩子怎么可以这样。

直到加藤的父母解释了孩子在幼儿园看过的电影,客人才惊魂稍定,理解了一个孩子反常的激愤,理解了一面日本国旗在当时纯正北京腔里的含义。要知道,这个国家的国歌就是抗日动员,是一首战争年代里燃烧着悲愤和仇恨的出征之歌。

二

现在,加藤在东京大学读博士学位,开着德国汽车出没于东京的车水马龙之中。他不会再那样粗暴地对待日本国旗了,不会再那样简单地理解日本了。但他仍然在继续学习中文,研究中国穆斯林的历史,希望成为中国人民的朋友。

这种愿望也许是他父母的心理遗传,甚至是他外祖父、外祖母人生经历的延伸。外祖父很早就踏上了中国的土地,像他的几位青年朋友一样,离开那个显得较为狭小的九州岛,来到新大陆传播知识和技术,希望在这里寻找和建设自己的理想。他们没有想到的是,此时的日本政府高层也移目西望,看上了中国东北乃至华北丰饶的矿产、森林、大豆以及黑土地。为了争强于世界民族之林,也为了抗拒西洋大国的挤压,大和民族的生存空间必须扩展——这成为那个时代启蒙逻辑的自然结论,不会让任何新派人士惊诧。民主几乎与殖民两位一体。"大东亚主义"等说辞就是这个时候涌现于日本报端的。日本民主运动主将和早稻田大学的创始者大隈重信，同时成为当时挟"二十一条"以强取中国山东的著名辩家。人们在诸多说辞下即便伏有不同的情感倾向和利益指向，却基本上共享着一种踌躇满志的向外远眺和帝国理想。

理想主义青年自发的援外扶贫，最终被纳入官方的体制化安排，纳入日本军部对伪满洲国的政治策划。加藤的母亲后来说，加藤的外祖父当时"受蒙蔽了"，同意出任伪满洲国的公职，成了一名副县长，位居中国人出任的傀儡县长之下，却是实际上的县长。他忙碌于繁杂政务废寝忘食，真心以为东亚共荣能在他的治下成为现实。为了抵制无理的强征重赋以保护地方权益，他甚至常常与日本关东军发生冲突，好几次面对武夫们气势汹汹的枪口。他没料到中日战争的爆发，在战争现实面前对日本疑虑渐多，但他无法摆脱历史大势给他的定位，差不多是一片随风飘荡的落叶。

悲剧结局终于在这一天匆匆到来：苏联红军翻过大兴安岭，势如破竹横扫东北全境。覆巢之下岂有完卵？他理所当然地被捕入狱，接着被枪决，跟跟跄跄栽倒在一片雪地里。他是一个敌伪县长，似乎死得活该。没有人会对这种判决说半个不字。也没有人在战争非常时期苛求胜利者的审慎：那些俄国军人没有足够耐心来辨察官职之下的不同人生，也不习惯啰嗦的审判程序。

这是新政权的判决。与旧政权一样，中国人此时仍然只是黑土地形式上的主人。一些以前流窜到西伯利亚的中国流民乃至盗匪穿上苏军军装，跟随苏联人的坦克回来了，被宣布为临时执政者。但这种宣布是用俄语完成的。

很多年后，日本天皇为一切在境外因公殉职的日本官员授勋，抚慰死者亲属。加藤的外祖母拒绝了勋章。她曾经带着三个年幼的女儿在中国的战俘营里苦熬多年，回国后一直以低级职员的微薄薪金拉扯大孩子，以一个女人的非凡力量扛住了生活的全部重压，有太多的理由获得政府的奖赏和补偿，但她还是坚决地拒绝了勋章。在中国的经历使她的眼光常常能够越过大海，对"国家"和"民族"这类神圣大话下的一切热闹保持戒意。她说她永远也忘不了一家四口从中国回到日本时，她们日夜企盼日夜思念的祖国，竟是一些粗暴的日本小吏，在码头上命令乘客脱下衣服，劈头盖脸撒来一把把滴滴涕药粉，防止他们带回肮脏和病菌。她护住三个吓得哇哇大哭的孩子，在凛冽的寒风中突然觉得，她真真切切地回来了，但一片呛人的药粉扑来之际，故国反而成了一个模糊的概念。

她热爱日本，但拒绝了天皇授勋，而且让女儿师从于鲁迅的研究专家竹内好先生，学习中国的语言和文化。她希望女儿们继承父亲遗志，将来再返中国，续写父亲在黑土地中断了的故事。

三

拒绝天皇授勋的并非加藤的外祖母一人。在整个二十世纪五六十年代，中国和日本处于冷战时期的对峙，还未建立外交关系，在法律意义上甚至还未结束战争状态。但日本社会各界形成了一股反省战争和亲善中国的潮流。各党派和民间团体纷纷组团去中国访问，毛泽东的书和周恩来的画像在书店、大学里流行，甚至成了不少知识分子争相拥有的前卫标志。"打破美帝国主义对中国的包围圈！""坚决捍卫社会主义中国！""无产阶级文化大革命万岁！"……很多日本青年头缠布条，手挽着手，在驻日美军基地前抗议"安保条约"时高喊这一类口号，履行自己神圣的职责。

加藤的父母亲就是在这股潮流中重返中国的。他们如愿以偿地发现了一个新中国：妇女真正获得了解放并且在社会各个领域意气风发，往日卑贱的工人农民成为文艺舞台的主人，留洋归国的教授随着医疗小分队深入穷乡僻壤，政府官员满身泥巴并且累死在盐碱地上，奇迹般的"两弹一星"在日新月异的大地上陆续腾空……对比日本社会那些令人窒息的等级森严和金钱崇拜，中国确实让他们兴奋不已。毛泽东思想哺育出来的针刺麻醉法甚至使加藤的父亲亲身受益，他在北京亲历针麻的外科手术过程，既无痛苦又价格低廉，由他撰文在《读卖新闻》介绍，引起了一片惊讶和轰动。中国政府放弃对日军侵华的战争索赔，相对于日本政府在甲午战争后从中国狠狠刮走的整整三年全部国库收入的巨款，红色大国的国际主义慷慨情怀更使他们倍觉温暖。

在当时很多日本知识分子看来，中国是一个神话，实施了刚好是日本所缺位的社会大变革。虽然这个国家还较为清贫，但它代表着最优越的制度和最崇高的精神，是一片燃烧着人类希望的社会主义圣土。不难理解，当庆祝"四人帮"下台的锣鼓鞭炮在北京爆响，当中国诸多问题随后在媒体上曝光，海峡那边很多日本人，与其说是震惊，不如说更多一些绝望和迷茫。他们一时无话可说。

他们再一次与中国失之交臂。如果说多年前，中国众多知识分子曾把日本视为模范和老师，一批批漂洋过海去求取启蒙和维新的救国之道，后来却被日本的大炮轰隆隆迎头痛击；那么现在，众多日本的知识分子也曾把中国视为模范和老师，一批批漂洋过海来寻找独立和革命的救国之道，最终却被中国突然亮出来的累累伤痕吓得浑身冰凉。

历史再一次在这两个民族之间开了个玩笑：继中国误解"先进"的日本以后，日本也误解了"先进"的中国。一个维新梦，一个革命梦，先后在很多人那里破灭。双方不得不从头开始，不得不重新开始相互认识的漫长过程。

一个世纪以来的中日关系，不同于英、美之间的关系，不同于印、巴或希、土之间的关系，相互之间除了正常的利益摩擦，同为亚洲国家，其交往动机中更暗伏一种发展道路、社会制度的寻优和竞比。意识形态曾带来各种玫瑰色的浪漫幻想，一旦幻想破灭，意识形态放大器便会大大膨胀怨恨或者轻蔑，加剧两国关系的震荡。从"停滞落后的支那"（津田左右吉氏语）到"一无是处的日本"（竹内好语），资本主义的价值尺度可以更换成社会主义的价值尺度，穷人革命可以取代富人维新；但这种取代，往往只是使"先进／落后"的视轴来了一个上下倒置，源自欧洲的单元直线历史观一如既往，一心追赶先进文明的亚洲式焦虑与迫切也一如既往。

向西方看齐的意识和潜意识是如此深入人心，自卑的亚洲人免不了有点慌不择路，免不了一次次心理高热后随之而来的骤冷酷寒。

加藤的父母亲向我讲述他们在北京目睹一九七六年的中国，目睹北京市民连夜庆祝游行时激动的泪水，当时感受十分复杂。他们既无意拥护日本一些左派朋友对江青的崇拜和声援，也无法认同一些右派朋友对中国革命的幸灾乐祸，还有对中国文化的顺手诛杀。他们几乎再一次听到了当年中日战争爆发的炮声，一时颇有些手足无措。

中国革命的这次重挫，不能不启动思想和情感上的地壳运动，中日关系再一次山重水复。几年或十几年后就可看得明白，"进步／落后"的标尺在二十世纪两度失效之后仍未废弃，且在东欧剧变和苏联解体后更增神威，正迅速比量出各种歧视的最新根据。某些日本人的"侵略有功"论和中国人的"殖民不够"论，都重新复活了。日本政府可以就殖民和战争问题向韩国正式道歉，而至今一再闪过中国，厚此薄彼的反常，一直受到日本国内舆论主流的纵容。这里的潜台词十分清楚：赤色支那无权受此大礼。

有意思的是，被轻蔑者有时也能熟练运用轻蔑的逻辑。很多中国人此时虽身处十年动乱后的贫困，但即使在全中国泛滥着丰田汽车、索尼电视、本田摩托、尼康相机、富士胶卷、东芝电脑以及卡拉ＯＫ的时候，不少人对"小日本"的轻蔑也暗中储备，常一触即发，与他们对欧美的全心爱慕大有区别。他们崇美而贬日，厚西洋而薄东洋，能忍美国之强霸，却难容日本之错失。他们模糊的历史记忆里，不便明言的潜台词耐人寻味。他们不过是流露出一种日本人同样熟悉的法则，不过是觉得自家邻居的黄皮肤和黑头发不足为奇，也不足为尊，无法代表最先进的文明和人种，因此必须扣分降级。"小日本"不就是有几个臭钱吗？日本的现代化虽让人眼红，但仍不足以改变"假洋鬼子"的二等身份，有什么资格在我们面前牛皮哄哄？

这样，自以为已"脱亚入欧"的很多日本人觉得无须再高看中国，而渴求"全盘西化"的很多中国人从另一个层面上，把轻蔑目光奉还给日本，不接受日本的高人一等。歧视"落后"的飞去来器，伤人最终伤己。两个文化相近、经济相依的邻国，两个地理上仅一水相隔的邻邦，反而面临着越来越遥远的心理距离。

加藤的父母无法改变历史，他们复杂的感受看来只能深埋内心。他们拥抱中国的努力，包括他们翻译的毛泽东文选和其他中国著作，还有对中国技工赴日培训等各项友好事业的全身心投入，无法不承受着越来越多的讥嘲：这些傻书生，他们当时不是可以享受日本的富足繁荣吗？不是可以吃香喝辣、披金戴玉、"条条大路有丰田"吗？他们为什么跑来中国瞎折腾？

何况他们对于中国似乎无恩可报，倒是有伤难愈。加藤母亲的童年是在中国监狱里开始的。加藤外祖父是在中国被处决的。中国东北的档案馆里至今还保存着他的罪案卷宗，其中指控他聚敛民财和三妻六妾之类均属不实之词,但这些旧账不可能得到重审甄别——档案馆的官员这样冷冷地告诉他们。

哈尔滨,外祖父屈辱的葬身之地。加藤一家今后是不会再去那个地方的。那么中国呢,外祖父没有写完的故事在这里再一次面临无限空白。加藤一家在北京打点行装,是不是该再一次告别这片大陆?

四

我没有见过面的一位姐姐和一位哥哥,死在日机轰炸下的难民人流里。我岳父的堂兄也是在日军湖南南县大屠杀时饮弹身亡,尸骨无存。这使我在东京成田机场听到日本话和看到日本国旗时心绪复杂。

新千年的第一天竟在日出之国度过,是我没想到的。由于汉文化的农历新年已退出日本国民习俗,得不到法律的承认,西历亦即公历的新年便成了这个国家最重要而且最隆重的节日。政府、公司、学校都放了一周左右的长假,人们纷纷归家与亲人团聚。街上到处挂起了红色或白色的灯笼,还有各种有关"初诣(新年)"的贺词。但一个中国人也许会感受到喜庆之中的几分清寂,比如,这里的新年没有中国那种喧闹而多一些安静,没有中国那种奢华而多一些俭约,连国家电视台里的新年晚会,也没有中国那种常见的金碧辉煌流光溢彩花团锦簇,只有一些歌手未免寻常的年度歌赛。如果说中国的除夕像一桌豪华大宴,那么此地的除夕则如一杯清茶,似乎更适合人们在榻榻米上,正襟危坐,静静品尝。

我在沉沉夜幕中找到加藤一家,献上了一束鲜花,意在表达一个中国人对他们无言的感激。我知道我们之间横亘着将近一个世纪的纷乱历史，纷乱得实在让人无法言说唯有长叹，但人们毕竟可以用一束鲜花，用一瞬间会意的对视，重新开始相互的理解。

让我们重新开始。

加藤的母亲请我吃年糕，是按照外祖母的吩咐做成的，白萝卜和红萝卜都切成了花。用中国人的标准来看，这种米粑煮萝卜的年饭别具一格，堪称素雅甚至简朴。其实日本料理虽有精致的形式，但大多有清淡的底蕴。生鱼、大酱汤、米饭团子，即使再加上荷兰人或葡萄牙人传来的油炸什锦（天妇罗），也依然形不成什么菜系，不足以满足富豪们的饕餮味觉。这大概也就是日本菜不能像中国菜、法国菜那样风行世界的原因。

同样用中国人的标准来看，日本传统的服饰也相当简朴。在博物馆里，女人足下的木屐，不过是两横一竖的三块木板，还缺乏鞋子的成熟概念。男人们身上的裤子，多是相扑选手们挂着的那种两条相交布带，也缺乏裤子的成熟形态。被称作"和服"或者"吴服"的长袍，当然算是服饰经典了，但在十八世纪的设计师们将其改造之前，这种长袍尚无衣扣，只能靠腰带一束而就，多少有些临时和草率的意味。

日本传统的家居陈设仍然简朴。法国历史学家费尔南·布罗代尔曾指出，家具的高位化/低位化是文明成熟与否的标志，这一标准使榻榻米只能低就，无法与中国民间多见的太师椅、八仙桌、龙凤雕床比肩。也许是空间窄逼的原因，日本传统民宅里似乎不可能陈设太多的家具，人们习惯于席地而坐，席地而卧，习惯于四壁之内空空如也。门窗栋梁也多为木质原色，透出一种似有似无的山林清香，少见花哨富丽的油漆覆盖。

我们还可以谈到简朴的神教，简朴的歌舞伎，简朴的宫廷仪轨，简朴得充满泥土气息的各种日本姓氏……由此不难理解，在日本大阪泉北丘陵一次史无前例的大规模遗址发掘中，覆盖数平方公里的搜寻，只发现了一些相当原始的石器和陶器，未能找到任何有艺术色彩的加工品，或稍稍精巧一些的器具。对比意大利的庞贝遗址，对比中国的汉墓、秦俑以及殷墟，一片白茫茫的干净大地不能不让人扫兴和心惊。正是在这里，一个多次往地下偷偷埋设假文物的日本教授最近被揭露，成为轰动媒体的奇闻。其实，从某种意义上来说，这位考古学家也许是对日本的过去于心不甘，荒唐中杂有一种殊可理解的隐痛。

从西汉雄钟巨鼎旁走来的中国人，从盛唐金宫玉殿下走来的中国人，从南宋画舫笙歌花影粉雾中走来的中国人，遥望九州岛往日的简朴岁月，难免有一种面对化外之地的不以为意。这当然是一种轻薄。成熟常常通向腐烂，历史的辩证法就是如此。在人类漫长的历史上，山姆挫败英伦，蛮族征服罗马，满人亡了大明，都是所谓成熟不敌粗粝和中心不敌边缘的例证。在这里，我不知道是日本的清苦逼出了日本的崛起，还是日本的崛起反过来要求国民们节衣缩食习惯清苦。但日本在二十世纪成为全球经济巨人之一，原因方方面面，我们面前一件件器物或能提供部分可供侦破的密码。这样一个岛国，确实没有过大唐的繁荣乃至奢靡，古代的日本很可能清贫乃至清苦。但苦能生忍耐之力，苦能生奋发之志，苦能生尚智勤学之风，苦能生守纪抱团之习，大和民族在世界东方最先强大起来，最先交出了亚洲人跨入工业化的高分答卷，如果不是发端于一个粗粝的、边缘的、清苦的过去，倒可能成为一件不合常理的事。

明治维新之后，日本内有粮荒，外有敌患，但教育法规已严厉推行：孩子不读书，父母必须入狱服刑。如此严刑峻法显然透出了一个民族卧薪尝胆的决绝之心。直到今天，日本这一教育神圣的传统仍在惯性延续，体现为对教育的巨额投入，教师们的优厚待遇，每位读书人的浩繁藏书，还有全社会不分男女老幼的读书风尚：一天上下班坐车时间内读完一本书司空见惯，一个少女用七八个进修项目把自己的休息时间全部填满纯属正常，一个退休者不花点钱去学点什么，可能就会被邻人和友人侧目——即便这种学习有时既无明确目的，也派不上什么用场。日本人似有一种与生俱来的危机感，恨不得把一分钟掰成两分钟过，恨不得把全世界的知识一股脑学完，永远不落人后。

这种日本的清苦成就了一个武士传统。"士农工商"，日本的"士"为武士而非文士，奉行王道而非儒学，与中国的文儒路线迥然有别。日本的武士集团拥天皇以除（德川）幕府，成功实现明治维新，一直是举足轻重的政治力量，并且主导着武士道的精神文化，包括在尊王攘夷的前提下，吸收"汉才"以及"（荷）兰学"（即当时的西学），在很多人眼里几乎就是大和魂的象征。这个传统几乎不可避免地导致了日本现代的军人政治和军国主义，导致了"神风敢死队"之类重死轻生的战争疯狂行为，直到二战结束，才在"和平宪法"下被迫退出历史舞台。然而这一传统的影响源远流长，在后来的日子里，修宪强军的暗潮起伏不止，无论是极左派还是极右派，丢炸弹、搞暗杀的恐怖行为也层出不穷，连著名作家三岛由纪夫也在和平的二十世纪七十年代初切腹自裁，采取了当年日军官兵常见的参政方式。他们的政治立场可以不同，但共同的激烈和急迫，共同的争强好斗、勇武刚毅甚至冷酷无情，都显现出武士传统的一线遗脉。

日本的清苦还成就了一个职人传统。职人就是工匠。君子不器，重道轻术，这些中国儒生的饱暖之议在日本影响甚微。基于生存的实用需求，日本的各业职人一直广受尊重，在江户时代已成为社会的活跃细胞和坚实基础。行规严密，品牌稳定，师承有序，职责分明，立德敬业，学深艺精，使各种手工业作坊逐渐形成规模，一旦嫁接西方的贸易和技术，立刻顺理成章地蛹化为成批的工程师和产业技工，一直延伸到二十世纪六十年代后的日本经济起飞。直到今天，日本企业的终身制和家族氛围，日本企业的森严等级和人脉网络，还有日本座座高楼中员工们在下班后习惯性义务加班的灯火通明，都留下了封建行帮时代职人的遗迹。日本不一定被人视为世界上的思想文化大国，但它完全具有成为技术强国的传统依托和习俗资源。造出比法国埃菲尔铁塔更高的铁塔，造出比美国通用汽车更好的汽车，造出当今世界首屈一指的新干线、机器人、高清电视等，对于职人的后代来说，大概都无足称奇。从这个角度说，与其说资本主义给日本换了血，不如说日本的人文土壤，使资本主义工业化得以扎根，且发生了变异性的开花结果。

有趣的比较是：中国自古以来没有武士传统，却有庞大的儒生阶层；缺少职人传统，却有浩如海洋的小农大众。因此，中国历史上少见武士化的职人和职人化的武士，日本历史上也少见儒生化的农民和农民化的儒生。儒生＋农民的革命，武士＋职人的维新——也许，撇开其他条件不说，撇开外来的意识形态影响不说，光是这两条，就足以使两国的现代形态生出大差别。与其说这种差别是政治角力的结果，不如说这种差别更像是受到了传统势能的暗中制约，受到地理、人口、发展机遇、人文传统等一系列因素的综合作用。

事情似乎是这样，种子在土地里而不能在石块上发芽，在不同土壤里也不可能得到同样的收成。人们在差不多一个世纪以来的制度崇拜，包括有关姓"社"还是姓"资"的简单化纠缠，常常遮蔽了所谓制度后面更多隐形的历史因缘。

整个二十世纪九十年代，日本的经济在徘徊萧条中度过，让很多中国人也困惑不已。想一想，是不是日本武士和职人的两大传统在百年之间已能量耗尽？或者说，是不是这些文化能量已经不再够用？

情况在变化。科学正在被自己孕育出来的拜物教所畸变，民主正在被自己催养出来的个人主义所腐蚀，市场正在被自己呼唤出来的消费主义巨魔所动摇和残害。情况还在继续变化，包括绿色食品的原始和电子网络的锐进并行不悖，全球化和民族主义交织如麻。进入一个技术、文化、政治、社会都在深刻变化和重组的新世纪，日本是不是需要新的人文动力？比方说，是不是需要在武士的激烈急迫之外多一点从容和持守？是不是需要在职人的精密勤勉之外多一点想象和玄思？

还比方说，日本是不是需要在追逐"先进"文明的狂跑中冷静片刻，重新确定一下自己真正应该去而且可能去的目标？

五

加藤说，东京各路地铁每天早上万头攒动，很多车站不得不雇一些大汉把乘客往车门里硬塞，使每个车厢都像沙丁鱼罐头一样挤得密不透风，西装革履的上班族鼻子对鼻子，几乎都被压成了人干。但无论怎样挤，密密人海居然可以一声不响，静得连绣花针落地好像都能听见，完全是一支令行禁止的经济十字军。这就是日本。

我说，中国各个城市每天早上是老人的世界，扭大秧歌的，唱京戏的，跳国标舞的，打太极拳的，下棋打牌的，无所不有。这些自娱自乐的活动均无商业化收费，更不产生什么GDP，但让很多老人活得舒筋活络，心安体泰，鹤发童颜。当年繁华金陵或者喧闹长安，市民们的尽兴逍遥想必也不过如此。这就是中国。

加藤说，很多日本人自我压抑，妻子不敢冒犯丈夫，学生不敢顶撞老师，下属更不敢违抗上司，委屈和烦恼只能自己一个人吞咽。因此日本的男人爱喝酒，有时下班后要坐几个酒店喝几种酒，喝得领带倒挂，眼斜嘴歪，胡言乱语，完全是一种不可少的发泄。提供更多解闷的商业服务也就出现了，你出钱就可以去砸东西，出钱就可以去骂人，客人一定可以在那里购得短时的尊严和痛快。这就是日本。

我说，很多中国人处世圆滑，毫无原则但也不拘教条，包括日本军队侵华时，中国伪军数量之多和易帜之快一定创世界之最。这些伪军中当然有附强欺弱的人渣，但也有不少人不过是脆卵避石，屈辱降敌并不妨碍他们后来明从暗拒阳奉阴违，甚至给日军使阴招下绊子，私通八路见机举义，直到最后投靠安全和实惠的真理。这些人似有多重人格，当不成烈士却也不一定全无心肝。他们到底是见风使舵投机自保，还是借力用力以柔克刚？连他们自己也不一定能明白。这也是中国。

加藤还说了很多。他说到加藤家先人是德川幕府的重臣，因而是明治维新中的反动派；说到东京禁用廉价汽油，名为加强环保实则是欺压穷人；还说到最近东大学生发明了一种软件，可把任何文章都转换成校长大人可笑的文体……说得我不免大笑。

但他和我都知道，无论怎样说下去，我们都是瞎子摸象，无法把中国或者日本完全说清楚。

加藤还是操一口纯正的京片子。他带我去参观东京博物馆。我们在这里遇到一群日本少男少女，像中国的很多同辈人一样，他们中也有好些人把头发染成黄色，以宣示新人类或新新人类离经叛道的美学，更宣示他们对欧美文明的向往。有意思的是，就是跟着这些向往，跟着这些化学工业造就的黄头发，我们走到博物馆最后一个展区，突然看到美军飞机在二战后期对东京等日本城市的轰炸。这里没有解说员，简略的几张图片下也没有详尽的说明文字。博物馆似乎对那一段历史既无法回避，又须尽量保持沉默，对当年十几个城市的遍地废墟闪烁其词——美国毕竟是当今日本最重要的盟国。但馆内扬声器里，持续不断地传出当年的实况录音，有警报的尖啸，有战机的俯冲和射击，有炸弹的爆炸，隐约可闻楼房坍塌和日语形成的哭喊，然后又是连绵不绝的嘈杂音响。

这种令人惊悚的录音在这里已经回响了多年，看来还将永远地在东京这一角飞绕盘旋下去，成为很多日本人偷偷咽入内心的永恒凄泣。

我不知道设计者当时为什么安排了这样一个录音馆。设计者是要让人们记住什么？而眼前这些黄发少年，对这种地狱声效又有何感受？

我们就要分手了。

我对青年加藤说，海南三亚也有穆斯林居住，欢迎他以后来海南做调查研究。我希望他能在海南或别的地方留下加藤家第三代人的中国故事。来日方长，这个故事才刚刚开始。

二〇〇一年二月

○

最初发表于二〇〇一年《天涯》杂志，已译成日文境外发表。

草原长调

　　天边最后一抹火烧云熄灭，浓浓夜幕低压四野，长夜便开始在热气骤退的草原上流动。天地间只剩下黑暗里点点流萤，一撮篝火。牧民们披上御寒的大皮袄，端起盛满马奶酒的大碗，看铁皮罐下跳动的火苗，一股暖流自然从肺腑升起涌向喉头，化为一种孤独的声音，缓缓的，沉沉的，滔滔而来。

　　这种声音是不需要聆听的。草原上地广人稀，极目茫茫，游牧者寻居各自的草场，使最近的邻居也可能在几十公里之外，因此歌唱永远指向虚空，是对高山、河流、草地、天穹的一种精神依偎，从不需要他人的理解。相比之下，中国江南民歌的戏谑，西北民歌的倾诉，北方戏曲的叙说，以农耕社会的群居为背景，都是唱给人听的歌，太具有文字属性和世俗气味，不适合在这样的寂静中生长。

　　这种声音又是期待聆听的。歌声总是悠长，才能随风飘送很远；音域总是自由而宽广，乐符才能腾升云端以便翻山越岭。这些歌声隐藏着一种飞向地平线那边的冲动，如同一种呼号，因此只能是慢板而不可能是快板，只能是长调而不可能是短歌，只能是旋律的回肠荡气而不可能是节奏的复杂多变。在一个无需登高就可以望尽天涯的草原，在一个阔大得几乎没有真实感的空间，一个人的灵魂不可能不喷发声流，不可能不用这种呼号来寻找遥不可及的耳膜。

也许，蒙古长调就这样产生了。

洁白的毡房炊烟升起
我出生在牧人家里
辽阔无际的草原
是哺育我成长的摇篮
……

一轮红月亮悄悄地升起来。长调潮涌，缅怀着故乡，表达着爱情，也记录着历史和知识——哪怕对一匹马的生长过程，也可以用一岁一曲的方式，把马从小唱到大，循环反复的套曲，配合着歌者相互递让的一个酒碗，既是育马的课程温习，也是怜马的悲情倾吐。

这使蒙古人成了一个最长于歌唱的民族，精神几乎全部溶解在歌声里，远古"乐"教传统比汉民族延绵得更为长久。人人都是天才的歌手，不论是酋长，还是僧侣或者牧人。以至于他们的善饮，似乎只是为了使他们有更多放歌的豪兴；他们的嗜肉，似乎只是为了使他们体魄更为健壮厚重，更容易在胸腔内灼烤出西方式的美声和共鸣。他们放牧时骑在马背上的悠闲，或者躺在草地上的散漫，则为他们的歌唱提供了充足时光，为一切辛劳的农耕民族所缺少。歌唱，加上接近歌唱的朗诵，加上接近朗诵的诗化日常口语，构成了他们的语言，构成了他们历史上最主要的信息传播方式。在公元十二世纪以前的漫长岁月里，他们甚至没有文字，不觉得有什么书写的必要。

俄国诗人普希金端详过这个粗心于文字的民族，说蒙古人是"没有亚里士多德和代数学的阿拉伯人"。但这并不妨碍蒙古深刻地改变过俄国，在很多西欧人的眼里，粗犷强壮的俄国人已经眼生，只是蒙古化或半蒙古化了的欧洲人。这也不妨碍蒙古深刻改变过中国，在很多南方人眼里，雄武朴拙的北方人同样眼生，不过是蒙古化或半蒙古化了的中国人。蒙古的武艺甚至越过了日本海，成为相扑（摔跤）和武士道传统的源头；甚至越过了白令海峡，融入了美洲印第安人的生存方式以及后来美国人的"牛仔风格"。他们的长调一度深深烙印在其他民族的记忆中和乐谱上。俄国音乐中的悲怆，中东音乐中的忧伤，中国西部信天游（陕甘）、花儿（青海）、木卡姆（新疆）等音乐素材中的凄婉，很难说没有染上色楞格流域和克鲁伦流域的寒冷。从英吉利海峡一直到西伯利亚流行的 sonnet（商籁体诗歌），深深藏在蒙语词汇中，很难说没有注入过蒙古牧人滚烫的血温。

北半球这种泛蒙古的大片遗迹，源头十分遥远而模糊，其中最易辨认的，只是公元一二〇六年的"库里尔台"，即蒙古各部落统一后的酋长会议。成吉思汗登基，热血在歌潮中燃烧，腰刀在歌潮中勃勃跳动，骏马在歌潮中扬蹄咆哮，突然聚合起来的生命力无法遏止，只能任其爆炸，化为一片失控的风暴。后世史学家们的笔尖每到此处也为之哆嗦。马背上的成吉思汗宣布："人类最大的幸福在胜利之中：征服你的敌人，追逐他们，剥夺他们，使他们的爱人流泪，骑上他们的马，拥抱他们的妻子和女儿！"于是一个散弱的民族从漫长的沉默历史中崛起，以区区不过百万的总人口，区区不过十二万的有限兵力，竟势如破竹横扫东西南北，先后击溃了西夏、南宋、喀拉汗、花剌子模、俄罗斯、波斯、日尔曼以及阿拔斯王朝，铁骑践踏在莫斯科、基辅、萨格勒布、杭州、广州、德里、巴格达、大马士革，直到穿越冰封的多瑙河，西抵亚得里亚海岸。人类史上一个领域最为辽阔的国家，随着他们似乎永不停止的马蹄和永不回头的尘浪，突然闪现在世人眼前，几乎没收了全部视野。

巴格达城破之时，除了极少数熟练工匠留下来，八十万居民被屠杀殆尽。征服者比虎豹还要凶猛和顽强，可以举家从军，在缺吃少眠的情况下日夜兼程，三天就扫荡匈牙利平原；可以枕冰卧雪，仅靠一点马血、泥水甚至人肉，就精神抖擞地跨越高加索山脉。他们的皮袋既可以储水，又可以充气后用来过河，再加上炼铁技术提供的一点马蹄掌、弓弩、钩矛和钉头锤，这一类简易粗陋的用具就足以助他们永远地向前，"像成群的蝗虫扑向地面""不屈不挠，战无不胜""与其说是人，不如说是鬼"（见《马修帕里斯的英国史》，一八五二）。他们是一支歌手组成的军队，因此习惯于激情的喷发而不是思想的深入，因此不在乎法律，不关心学问和教化，不拘泥于任何作战规程，包括不需要什么后勤辎重。相反，他们的后勤永远在前方，在敌人的防线那边，是等待他们去劫掠的一切粮草、牲畜、财宝以及俘虏，是全世界这个取之不尽的大库房。

这些身披兽皮盔甲面色粗黑的武士，说着异族人谁也听不懂的话，对于世界来说是一群不知来历莫知底细的征服者。但武可立国，治国则不可无文。一个厚武而薄文的帝国，体积庞大得口耳难以相随，首尾难以相应，恐怕一时有些手足无措。成吉思汗的战略是首先联合"所有住在毡篷里的人"，从而将部分突厥人纳入自己的营垒，但知识与人才还是远远不够。于是阿拉伯人被用来管理贸易和税收，中国人被用来操作火炮和医药，擅长交际的欧洲人则被遣去处理一些外交事务——其中意大利人马可·波罗就给忽必烈大汗当了多年使臣,还在扬州当上地方官。蒙古大汗们并不认为这有什么危险,对美物奇器酒香肉肥以外的一切甚至无所用心。元朝一道刻在寺院石碑上的圣旨是这样写着:"长生天帝力里,皇帝圣旨里:和尚、也里可温、先生、达识蛮每:不拣什么差发休当者,告天祝寿么道有来……"这一段汉文读来如同天书。其实"和尚"是指佛教徒,"也里可温"是指基督教徒,"先生"是指道教徒,"达识蛮"是指伊斯兰教徒。"每"相当于"们"。全句的意思是:圣上对各种宗教一视同仁,不论你们念的是什么经,只要是告天祝寿的就统统念起来吧。

这里的多元共存态度,作为一种官方文化政策足可垂范后世;但粗野杂乱的行文,愣头愣脑的口吻,如同街头巷尾的大白话,驱牛逐马时的吆喝,透出一股醺醺的酒气,完全暴露了帝国在文化上的粗放,哪有堂堂朝廷圣旨的体统和气象?事实上,帝国在文化上一开始就无法设防而且比比破绽,以弓矛开拓的疆土,最终难逃来自异族文化的肢解和吞食。公元十三世纪后期,经过了一百多年多少有些短暂的强盛,一个不擅长文字的民族,一个缺少思想家和学术典籍的民族,从而也就缺乏成熟国家制度和成熟文化控制的民族,迅速被占领区的其他族群同化,在习俗、语言以及人种上皆有消泯之虞。

依稀尚存的帝国也大体上一分为三:旭烈兀的伊尔汗国尊奉伊斯兰教,定都北京的忽必烈在中国接受了佛教(喇嘛教)和儒家思想,别尔克的俄罗斯金帐汗国则部分引入了东正教。各大汗国之间争权内战,腥风血雨,最终耗竭了帝国的生命,一只军事恐龙在文化四面合围之下终于倒毙。

像一道闪电,帝国兴也匆匆亡也匆匆,结束得太快,连当事人也来不及想清楚这是怎么回事。除了后世少数学人,对于大多数牧人来说,这一段历史如真如幻,似有似无,扑朔迷离,支离破碎，只是草原长调中增加了一则血色的传说。

他们的历史总是传说，更准确地说是传唱，是神奇和浪漫的歌声，却不一定是真实，于是大多成为闪烁其词的"秘史"，充斥着各种"秘旨"和"秘址"，欲言又止，语之不详，是一堆虚虚实实的谜团。他们是要忘记这一段历史吗？是从来就不需要历史吗？对于他们来说，最真实的一份历史，也许总是潜藏在和声四起时歌手们肃穆持重的目光里，潜藏在音浪高旋时歌手们额上暴突的青筋里，是他们长调中一个音符的战栗或一个节拍的陡转：

  一只狼在仰天长啸
  一条腿被猎夹紧咬
  它最后咬断了自己的骨头
  带着三条腿继续寻找故乡
  ……

歌手的眼里有了泪光，也有了历史。他们的历史只易被感觉而不易被理解，等待着人们的心而不是脑。

他们的先民重新回到了本土草原，几乎一无所有。先民对世界的摧毁差不多是一种无意识的冲动，正像他们大规模改进过世界文明差不多也是一种无意识的任性而为。东方的火药、丝绸、机械、印刷术以及炼铁高炉，曾随着他们的背影向西方传播。还有宗教的跨大陆交流，勇武精神的跨血缘渗入，曾沿着他们的泥泞车辙延伸远方。他们并不完全清楚自己做过了什么，直至自己再一次在世界史中悄然退场。这样，当大陆西端的另一些游牧者从草原扑向海洋，目光瞄准了美洲和亚洲的海岸，以远航船队拉动了贸易和工业，东端的这一些弟兄却没有听到汽笛的余音，草原上一片宁静。

欧亚大陆的游牧文明至此东西两分。作为东方的这一支，他们不仅与"亚里士多德和代数学"擦肩而过，而且被工业化、民主制度、基督教改革的现代快车弃之而去。直到二十世纪末，他们还只有两百多万人口，书写着一种俄国蒙古族和中国蒙古族都不懂的新蒙古文，是一个特别小的语种。以至人们观察四周的目光，常常会从他们的头顶越过，忽略他们的存在，而一般蒙古人也不易窥探到外部世界。

应该说，语种并无优劣高下之分，但知识生产与经济生产一样，都有规模效益的问题。小语种无法支撑完备的翻译体系、出版体系、研究体系，对思想文化的引进难免力不从心。一个十三亿人口的中国尚且常有出书之难，蒙古出版市场不及中国的百分之一，也就是四五个县的市场，委实有些太小，难以咽下全世界那么多文化经典。这使我走入乌兰巴托闹市区的书店时，感受到草原文化的缤纷炫目，也感受到起码有学术译介的明显不足。没有笛卡尔全集，没有尼采全集，更没有福柯和普鲁斯特全集，这当然很正常。架上书大多是诗歌（他们主要的写作体裁），大多是配了图画的少儿诗歌（少儿是这里最能形成规模的购书群体），同样也很自然。这使我突然间理解了一切小语种国家知识生产之难——如果不是考虑到这一点，新加坡多年前可能就不会果断恢复中文的地位，韩国知识界近年大概也不会展开讨论：是否需要回归汉文或者索性改用英文？这些深谙洋务的民族终于明白，知识竞争是比资本竞争更为根本性的竞争，丢掉老语种（如中文或拉丁文）就难以充分利用历史资源，没有大语种（如英文、中文或西班牙文）就难以充分利用域外资源。他们选择国语不仅需要捍卫民族尊严，而且须有利于整个国民知识素质的优化，有利于在整个世界知识生产格局中抢占要津——这不是送一些学子出国留学就能奏效的。

蒙古人不是新加坡、韩国那些文弱君子，也不大瞧得起南边那种牛马吃草般的素食习俗，还有那种对数字和器物的精明。他们在内心深处是不是想成为下一条经济小龙，也并非不是一个疑问。经济就那么重要吗？技术就那么重要吗？是的，他们使用着很小的语种，在各大文化板块的夹缝中几乎孤立自闭，因此他们在接受日本汽车、韩国商场、美国芯片、中国食品的时候，可能在人文和科学方面留下诸多空白。但那又怎么样？他们可能没有自己的完善工业、强势外交、巨额金元以及足够多的世界级思想领袖，更没有称霸世界的导弹和反导弹系统，但那样的日子就一定黯淡无光？就一天也过不下去？

不，与很多人的想象相反，在我看来，蒙古算不上世界上的富强之地，却一定是世界上的欢乐之乡，比如说，是歌声、酒香以及笑脸最多的地方。走进这里的任何一扇家门，来人都是贵客。只要席地坐成一圈，大家就成了兄弟姐妹。只要端起一碗奶酒，优美而且不胜其唱的长调便会油然而起。牧人不太喜欢也不太信任没有醉倒的朋友，哪怕是对一个乞丐，也得让你醉成一团烂泥方才满意地罢手。牧人也不太相信自然资源有什么权属，一只鹰或者一只兔子，反正是天地间的东西，只是撞到枪口上了，任何一个过路人都可以入门分享。

一个蒙古诗人对我说："你要知道，蒙古人的天是最干净的天，蒙古人的血是最干净的血。"这种强烈的民族自豪感，还有支撑这种自豪感的习俗传统，穿越一个又一个世纪的风霜，居然从未被外来的文化摧毁，很大程度上也避免了现代变革带来的种种心智内伤，比方说，避免了一窝蜂"斗私批修"或一窝蜂"斗公批社"。弗洛伊德、霍布斯、尼采、斯密等，当九十年代的中国人被这些思想体系折腾得心事重重和浮躁不宁的时候，陌生的西洋人名与草原照例没有太大的关系。

蒙古同样在进行改革和发展，但他们必然走上自己独特的旅途，仍有一份淳朴和豪放，有一种从容放歌的心胸。

他们是真的想歌唱，真的想用歌声来抚摸遥远的高山和天空。一位副省长，一位司机，一位乡村教师，一位牧羊少年，我所见到的这些人一旦放开歌喉就都成了歌手，卸下了一切社会身份，回归蒙古人两眼中清澈的目光。他们似乎以歌立命，以歌托生，总是沿着歌声去寻找自己的生活，寻找一种只能属于蒙古人的明天。当乌兰巴托街头已经车水马龙，他们也只是把高楼当作新的毡包，把汽车当作新的骏马，把汽油和煤当作新的草料，甚至把多党制的国会当作多部落联合议事的金顶大帐，血管里仍然奔流着牧人们火一样的乐句。

> 养育我的这片土地
> 当我身躯一样爱惜
> 沐浴我的江河水
> 母亲的乳汁一样甘甜
> 这就是蒙古人
> 热爱故乡的人
> ……

我在毡包里学会了这首《蒙古人》。我得承认，我在这里度过了一辈子中唱歌最多的时光，实现了我似梦非梦的天堂之旅。

二〇〇二年九月

最初发表于二〇〇二年《天涯》杂志。

万泉河雨季

当年农场接到了通知，全县组织革命样板戏移植会演，各单位必须拿出个节目。场里几个女生奉命开始合计。她们不会唱京剧，又嫌花鼓戏太土，一边铡猪草一边胆大包天地决定：排《红色娘子军》！

样板戏《红色娘子军》是芭蕾舞剧，是要踮脚的，是要腾空和飞跃的，是体重呼呼呼地抽空和挥发，身体重心齐刷刷向上提升从而羽化登仙那种。投入那种舞曲，像剧照里的女主角一样，一个空中大劈叉，后腿踢到自己后脑，不会把泥巴踢到场长大人的脸上去？

我们只当她们在说疯话。不料好些天过去了，几个疯婆子从城里偷偷摸摸回来，据说在专业歌舞团那里得了真传，又求得姑姑一类人物的指教，当真要在乡下发动艺术大跃进。虽然不能倒踢紫金冠，但也咿嗒嗒咿嗒嗒地念节拍，有模有样地压腿，好像要压出彼得堡和维也纳的风采。场长不知道芭蕾是何物，被她们哄得迷迷糊糊，说只要是样板戏就行，请两个木工打制道具刀枪，还称出一担茶叶，换来几匹土布，让女生自己去染成灰色，缝制出二十多套光鲜亮眼的红军军装。

好在是"移植"，可以短斤少两，高难动作一律简易化，算是形不到意到。县上对演出要求也不高，哪怕你穿上红军服装做一套广播操，也不会让人过分失望。《红色娘子军》第四场就这样排成了。万泉河风光就这样第一次出现在我的眼前。作为提琴手之一，我也参与了这次发疯，而且与伙伴们分享了成功。

我们在县里会演拿了奖，又被派往一些工地巡回演出。多少年后，我还记得最后一次演出之后，一片宽阔的湖洲上，突然下起了倾盆大雨，我在一辆履带式拖拉机的驾驶室里避雨，见工棚里远远投来的灯光，被窗上的雨帘冲洗得歪歪斜斜。我透过这些水流，隐约看见伙伴们在卸装和收拾衣物，在喝姜汤，在写家信。曲终人散，因为有人被专业艺术团体录用，有人申请"病退"回城，我们伟大的舞台生涯将要结束了。

我知道道具服装将不会再用，上面的体温将逐渐冷却，直到虫蛀或者鼠咬的那一刻。我还知道熟悉的舞乐今后将变得陌生，一个音符，一个节拍，都可能使人恍惚莫名：它与我有过什么关系吗？

二

十多年以后，我迁往海南岛，与曾经演奏过的海南音乐似乎没有关系，与很久以前梦境中的椰子树、木棉花、尖顶斗笠似乎也没有关系——那时候知青时代已经成了全社会所公认的一场噩梦。我曾经在琴弦上拉出的长长万泉河，已在记忆中被删除殆尽。

我是大年初一与家人和朋友一起起程的，不想惊扰他人，几乎是偷偷溜走。海南正处在建省办经济特区的前夕。满街的南腔北调，来自全国各地的青年学子在这里卖烧饼、卖甘蔗、卖报纸、弹吉他、睡大觉，然后交流求职信息，或构想自己的集团公司。"大陆同胞们团结起来坚持到底，到省政府去啊……"一声鼓动请愿的呼喊，听来总是有点怪怪的，需要有一点停顿，你才明白这并非台湾广播，"大陆同胞"一词也合乎情理：我们确实已经远离大陆，已经身处一个四面环海的孤岛——想到这一点，脚下土地免不了有了船板晃动之感，船外的未知纵深更让人怯于细想。

"人才"是当时海南民众对大陆人的另一种最新称呼，大概源于"十万人才下海南"的流行说法。同单位一位女子曾对我撇撇嘴："你看那两个女的，打扮得妖里妖气，一看就知道是女人才！"其实她是指两个三陪女。三陪女也好，补鞋匠和工程师也好，在她看来都是外来装束和外来姿态，符合"人才"的定义。

各种谋生之道也在这里得到讨论。要买熊吗？熊的胆汁贵如金，你在熊身上装根胶管龙头就可以天天流金子了！要买条军舰吗？可以拆钢铁卖钱，我这里已有从军委到某某舰队的全套批文！诸如此类，让人觉得海南真是个自由王国，没有什么事不能想，没有什么事不能做。哪怕你说要做一颗原子弹，也不会令人惊讶，说不定还会有好些人凑上来，争当你的供货商，条件是你得先下定金。

海南就是这样，海南是原有人生轨迹的全部打碎并且胡乱联结，是人们被太多理想醉翻以后的晕眩和跌跌撞撞。

"人才"拥来使当地人既兴奋又惶惑。特别是女人才们的一大特点让当地人惊疑不已，她们居然要男友或丈夫干家务：买菜，洗衣，带孩子，甚至做饭和做蜂窝煤，真是不成体统匪夷所思。阿叔，你好辛苦啊！当地男人常常暗藏讥笑和怜悯，对邻家某个忙碌的男人才这样亲切地问候，走过去好远，还回望再三，暗暗庆幸自己没有摊上一个"大陆婆"。我后来才知道，依照旧传统，海南男人一般是不受这种罪的。我后来的后来还知道，个中原因是他们的女人太能干，不光包揽家务，还耕田、砍柴、打鱼、做买卖、遇到战争还能当兵打仗——《红色娘子军》传奇故事发生在这个海岛，纯属普通和自然。

这些海岛女人大多有美艳的名字：海花，彩云，喜梅，金香，丽蓉，明娘，美莲……大方而热烈，热带野生花卉般尽情绽放，不似大陆很多女子名字用意含蓄、矜持、温良、吞吞吐吐。

这些海岛女人大多还有马来人种的脸型，那种印度脸型与中国脸型的混合，透出热带女人的刚烈和坚强。她们钢筋铁骨，赴汤蹈火，在所有男人们辛劳的地方，都有她们瘦削的身影出没，一个个尖顶斗笠下射出锐利逼人的目光。连满街机动三轮车司机也大多是这些女人，让初来的外地人深为惊讶。热带的阳光过于炽热了。这些司机总是一个个像蒙面大盗，长衣长裤紧裹全身，外加手套和袖套，外加口罩和头巾，把整个脑袋遮盖得只剩下一双闪动的眼睛。这在北国是典型的冬装，在这里却是常见的夏装，是女性武士们防晒的全身盔甲。她们说话不多，要价公道，熟练地摆弄着机器和修理工具，劳累得气喘吁吁，在街角咬一口干馍或者半截甘蔗，出入最偏僻或最黑暗的地段也无所畏惧。你如果不细加注意，很难辨认她们的性别。你甚至可以想象，如果出于生存的需要，她们挎上一支枪，同样能把武器玩得得心应手，用不着改装就成了电影里那些蒙面敢死队员，甚至眼都不眨，就能在战火硝烟中飞跑，拉响捆在自己身上的炸药包。

有人说，海南岛以前男人多是出海打鱼或者越洋经商，一去就数月或者数年，甚至客死他乡尸骨无存，家里的全部生活压力只能由女人们承担。也许正是这种生活处境，才造就了她们，也造就了当年的红色娘子军。

这种说法，也许有几分道理。

三

成立于一九三〇年万泉河边的红军某部女子军特务连，还有后来的第二连，作为"红色娘子军"共同的生活原型，曾经历过惨烈的战斗，比如，在马鞍岭尸横遍野，一个个女兵被开膛破肚，但有的手里还揪着敌人一把头发，有的嘴里还咬着敌人一只耳朵。她们也曾经历过残酷的内乱，在丁狗园等地遭遇风云突变，忍看成批的战友一夜之间成了AB团或取消派，成了内部"肃反"的刀下冤魂。

当革命的低潮到来，更严峻的考验出现了。队伍离散之后，生活还在进行。有的在刑场就义，有的蹲在感化院，更多的是自谋生路，包括在媒婆撮合之下嫁人成家，包括嫁成了官太太或地主婆。有些官太太或地主婆在日后的抗日斗争中又可能为国捐躯——没有人来指导和规划她们的人生，人生只是在风吹浪打之下的漂泊。这样的生活当然不是时时充满诗意，不是出演在舞台的聚光灯下，更没有仿《天鹅湖》那种轻盈而细腻的舞步。但这种没有诗意的生活，真实得没有一分一秒可以省略。特别是在娘子军被迫解散以后，女人们回到世俗生活，面对更复杂而不是简单的冲突，投入更琐屑而不是痛快的拼争，承受更平淡而不是显赫的心路历程，也许会付出更为沉重的代价。

只是这些代价不再容易进入舞台。

她们在清理战场的时候，发现一个个牺牲的战友，曾忍不住号啕大哭。一位血肉模糊的伤员，却没有任何遗憾和悲伤，临死前只有一个小小请求，请姐妹们给她赤裸的身体盖上一件衣衫，再给她戴上一只铜耳环——这是她生前最隐秘也最渺小的愿望。

老阿婆讲述的这件往事,可惜没有进入样板戏,因为在生产样板戏的那个年代,人情以及人性是不可接受的,像耳环这样的细节总是让当时的文艺家们避之不及。恰恰相反,样板戏把敌我双方的绝对魔化或绝对神化,已到了极端的地步。

在这种情况下,一个极富讽刺性的效果,是样板戏《红色娘子军》风靡全国之际,却是大多数当事人大为恐慌之时,大喇叭里熟悉的音乐总是让她们心惊肉跳,把她们推向严厉的政治拷问:你不就是当事人吗?奇怪,你为什么没有在战场上牺牲?为什么好端端地活到了今天?虽然你当年就没有在感化院写过忏悔书,但你是不是隐瞒了其他历史污点?你至少也是个胆小鬼没有将革命进行到底吧?……面对这样的质问,没读过多少书的女人们有口难辩,也找不到什么证据,来证明历史远比舞台剧情更为复杂。

于是,她们只能为自己历史上真实或虚构的污点长久赎罪。涉及娘子军的政治冤案,在海南岛随处可闻,直到上世纪八十年代初才得以陆续平反。

在一个乡村福利院,我参加了春节前夕慰问孤老们的活动,事后散步到后院,闻到了一丝怪味。循着这股怪味,我来到了一孔小小的窗口,发现一间小屋里,一条赤裸的背脊蜷曲在凉席上,上身成了一个骨头壳子,脑袋离骷髅状态已经不远,掩盖下体的絮被已破烂如网,床头只有半碗剩饭,一股恶臭就是从这里扑面而出——大概是管理员好多天都捏着鼻子不敢进去清扫了。

我看见了耳朵上的一只耳环,才发现这是一个人,一个女人,但门窗上都有封锁空间的粗大木头,如同在对付一只猛兽。人们告诉我,这就是一个"文革"中被专案组逼疯的阿婆,眼下虽已获得平反,但疯病没法治好了。把她关起来,是怕她乱跑。

你们到前厅去喝茶吧,喝茶吧。管理员这样说,意思是你们没必要慰问她,反正她什么也不明白的。

呵呵,这没有什么好看的。另一个人说。

我心里一沉,突然想起了少年时代的演出,想起了舞台上雨过天晴的明丽风光里,那些踮着脚尖移动的女兵,朝红旗碎步轻轻地依偎过去,再依偎过去……我站在这个故事延伸到舞台以外的一个遥远尽头,不知道自己今后还能不能平静如常地回首那如幻天国。万泉河,特别宁静和清冽的水,从五指山腹地的雨季里流来,七滩八湾,时静时喧,两岸很少有村落和人烟,全是一座座移动的青山,是茂密的芭蕉叶和棕榈树的迎送,是它们肥肥大大的绿色填埋在水中。

你在船头捧起一捧河水,无法打捞沉积了千年的绿色,只有一把阳光的碎粒在十指间滑落,滴破你自己的倒影。

四

我在海南省A县生活过一年,经常走过城中心红色娘子军的石头塑像,看见塑像下常有两个卖甘蔗的女孩,有时还有几个老人在地上走棋。

这里是万泉河下游,从二十世纪九十年代开始,成为旅游观光业开发的目标。日本的以及中国台湾、香港、海南的开发商在这里升起一座座星级酒店,带来了熙熙攘攘的人流与车流,也带来了大批浓涂艳抹的女子,给空气中增添一些飘忽身影,一丝丝暧昧和诱惑的香水味——从她们的口音听得出来,本地的女子倒是罕见。

一般来说,她们在白日里隐匿,到夜里才冒出来,四处招摇,装点夜色。如果临近深夜,她们觉得业务还无着落,就如同热锅上的蚂蚁到处乱窜。游人的汽车还没有停稳,她们的利爪可能已经伸入了车窗；游人刚进入客房，她们猖狂的敲门或电话可能接踵而至，甚至一头冲进门来赖在床上，怎么也轰不走。她们尖利的怒目，此时总是投向其他女人，把漂亮脸蛋当作最大的灾星和仇敌，或当作越界入侵者。她们用外地口音大喊："哪来的？这样不懂规矩？把她打出去……"

"扫黄"运动说来就来。一到这时候，风尘女们作鸟兽散，待风声过去，又偷偷地拎着小皮包聚合起来，在角落里描眉眼和抹口红。俄罗斯或者越南的女子可能也混迹其中。在她们的出没之处，其实还有一些身份不明的人，隐伏在不远处的茶馆里或者大树下，喝茶，抽烟，打牌，睡觉，聊天，打游戏机，看录像带，不时放出一个长长的哈欠。他们衣冠楚楚，不是打工者，不是游客，但总是在这里游荡，每天要做的事情似乎只有一件：收钱——等着某个女子把赚来的咸钱送到他们手里，供他们点数，供他们去吃喝。让人迷惑的是，有些女子居然把这个程序完成得急不可耐，票子还没有在手里捏热，就会气喘吁吁地跑来上缴，有一种业绩骄人的兴奋感，然后忙不迭地再投入新的街头拉客。

我后来才察觉到这些隐身的小白脸，无法不为之惊讶。这些吸血鬼居然不承认自己下流，按照他们的说法，别人谋生只需要投入资本或者体力，他们可不一样，付出的代价太沉重了，因为他们付出的是感情，准确地说，是爱情。他们脸上挤出一丝坏笑，常拍着胸脯保证，他们是那些风尘女的情人，是她们的慰藉和寄托，包括在她们哭泣的时候去擦擦眼泪，在她们病倒的时候去找找游医，在她们被警察抓走以后去缴钱赎人……这桩桩事都容易吗？不容易的。因此他们是见义勇为，舍己利人，因此收入合理，毫不在乎"吃软饭""放鸽子"一类恶名。有时候，他们甚至觉得你们这些打工者和生意人算什么鸟？哪有他们的一份轻松和潇洒？

他们也许曾让自己的女人生疑,但女子沦落至此还能有什么别的指望?而一种毫无指望的日子是否过得下去?

爱是女人之魂。生活中一个哪怕最卑微的女人,一个对世界万念俱灰的女人,也常常不能没有爱这个最为脆弱的死穴。即使没有可靠的家,一个虚幻承诺也常常可以成为她们的镇痛毒药。一天,一个怒气冲冲的男人赶来,把自己的女人从嫖客怀抱里拉出来,揪住她的头发,狂扇她的耳光,然后把她像只死狗一样拖向归程——这个女人立刻受到了同业姐妹们的羡慕,甚至让她们热泪盈眶。呵呵,她们何时也能享受这种幸福的暴打?她们能否也有一个在乎老婆、在乎家庭而不在乎钱的男人?

一位警察告诉我:在这些女人中间,大约七成受到这种荒唐盘剥。这位警察还让我惊讶地得知,一些未能养上"鸽主"的女子,甚至会觉得前途渺茫,至少在同伴面前脸上无光,会急切地寻找与攀比。真是邪门了。她们常倾其所有,数万元乃至数十万元地甩出去,供养一个几乎注定无法兑现的承诺。

一个脂粉凌乱的疯女走过来了,又哭又笑的,嘴上有明显的血痕,脚下的高跟鞋只剩下一只。她一见小汽车就扑上去,像只彩斑壁虎死死贴在前窗上,对着车里的我们大喊:"我没有存折,我没有存折!"……

没有人知道这只花壁虎后面的故事。

也没有人把她领入医院或者领回家门,更没有一支姐妹们组成的军队前来为她复仇——眼看就要天黑了,雨点正在飘落,热带雨季的阵雨总是准时抵达。在一个和平的、世俗的、市场化的逐利时代,革命已经远去,嘹亮的军号声已经没入宁静,没有人愿意多管大街上的闲事,包括为一个下贱的疯女人停下步来——虽然她们承担过各种暧昧的收费和罚款,让某些人享受着财政收入的增加;虽然她们曾为很多商家争来客源,提供过金灿灿的大把利润；虽然她们还一次次被文人们津津乐道地写进作品，其性奴的苦楚已被描写成性解放的狂欢，让文人赚得稿酬或版税。法国最近一本特别走红的小说，除了痛斥伊斯兰教，就是盛赞泰国及其他发展中国家的色情业：真是美妙的全球化啊，既能缓解欧美中产阶级的性苦闷，吸收掉这个世界上太多危险和无聊的荷尔蒙，又能给世界上的贫困地区和贫困阶层增加收入，岂不是最符合人性？凭什么要受到伪善者的指责？

一位著名的中国理论家也在立论，一心证明"红灯区"的重要意义：旅馆业、餐饮业、娱乐业、美容业、交通业、服装业、医药业乃至银行业，无不受到这一行业强有力的拉动，而资金由富区流向穷区或者由富人流向穷人，从经济学的角度看，还有哪一个渠道比女人的肉体更高效和更平稳的呢？

就在不久前，女性的苦难曾使新派人士们悲潮滚滚，把栏杆拍遍，将所有阶级姐妹都牵挂心头，恨不能拔剑出征替天行道。奇怪的是，他们中间的很多人，眼下面对灯红酒绿里的日常强暴，却总是心平气和通情达理，对社会上流行的鸨婆哲学也总是及时理解。他们已经展开理论上大规模的宽容，只要把压迫者的鞭子，由权力换成了金钱就行——在他们看来，人性当然是重要的，是无比伟大的，只是与卑贱者无关。

五

又是十多年过去了。大概是二十世纪九十年代后期的一天，一位朋友拉我去看内地再度上演的《红色娘子军》。这位朋友也曾在海南打拼，办过一个农场，后来被一场台风吓得屁滚尿流。他一出门，几百颗扑面而来的沙粒就射进了他的皮肉，到医院手术台上把一颗颗沙粒从肉洞里夹出来，竟花了血淋淋的整整六个小时。他说海南的台风实在太可怕了,你在那破地方还混个什么劲儿?

大幕徐徐拉开。惨淡阴森的灯光下,水牢情景浮现,镣铐的金属声哗啦作响,满身鞭痕的女主角缓缓起舞,在聚光灯下用每一个细胞挣扎,用每一个骨节悲诉,向一个她看不见的上空伸出空空双手……在这个舒适的大剧院里,看得出,那是一双没有挨过鞭打的手,纤细,柔软,嫩滑,也许只适合掩口浅笑或月下拈花,或泡在什么品牌洗浴液里。

接下来是四个女奴的中板群舞。年轻演员们个头高挑,技巧娴熟,对肢体应该说有足够的控制,但看上去仍是柔弱无骨,缺乏岩层般的粗粝和刚强,即便一齐举臂显露出身上条条鞭痕,但那红色分明不是鲜血,而是人体秀的油彩。她们给人失真的感觉,串味的感觉,不时透出华尔兹或者伦巴的风韵。

再接下来,群舞也好不了多少。一群热带丛林里的伪奴隶,倒像是一群纽约或巴黎的洋妞,搬弄着她们十分陌生的大刀和步枪,表达着她们十分隔膜的忧伤和愤怒。

但还是有很多人鼓掌。

女奴们用手臂挡住鞭击从而让琼花死里逃生的时候,孤苦无告的琼花被女兵们如林双手热情接纳的时候,琼花来到政委就义现场找不到身影于是向空阔四周一遍遍追问和悲诉的时候……生死相依的情景,义重如山的表达,如此久违与罕见,暗暗击中了观众们的震惊。剧场在升温,爆发出潮水般的掌声,并且有一种反常的经久不息。连我身边的朋友也拼命鼓掌,只是事后说不清自己为什么激动——他说他还哭了,却不明白一个夜总会的常客,一个差不多劣迹斑斑的老色鬼,今夜泪水为谁而流。

我发现更多的人也是泪眼花花。

对新一代演员的挑剔,对当年样板戏政治背景的警觉,似乎都足以成为取消鼓掌的理由。但我无法否认的是，当熟悉的乐浪在我体内呼啸，当舞者的手足一一抵达我视野中预期的区位，这出观看过好多回的芭蕾舞剧，眼下还是给我一种初看的新鲜。它不再是样板，不再当红与流行，在今天甚至退到了边缘位置，于是刺目的强光熄灭，让人们得以睁开双眼，重新将其加以辨认。我似乎惊讶地发现，这个幽暗中故事里的人性，其实比我料想的要多得多，比我料想的要温暖得多。

这个作品不是曾用刀枪吓坏过很多温良人士吗？如果高举刀枪有违人性，那么在你陷入恶棍围剿的时候，他人统统袖手旁观倒成了人性？如果奴隶造反有违人性，难道在你横遭欺诈或暴虐的时候，他人转过头去傍大款、拍马屁倒成了人性？是的，今天不会有太多的人，会为一个烈士的献身而痛泣；不会有太多的人，会把人间的骨肉情义默默坚守心底。如果——如果——如果这种痛泣和坚守都已陈腐可笑，那么我们是否只能把面色紧张的贪欲发作当成伟大的人性解放？或者，引起革命的压迫与剥削，革命所力图消除的压迫与剥削，在今天是否正成为人性复归的美妙目标？

也许我已经老了，见过了太多人事，于弦惊之处却依然忍不住鼻酸，似乎正在为不能确定身份和不能确定面目的什么人伤心——你是谁？你就是那个我一直熟悉但从未见过面的你吗？那个我一次次错过却一直在暗中寻找的你吗？今天还有多少人愿意挺身而出挡住落向你的皮鞭？还有多少人愿意伸出援手将走投无路的你接纳和庇护？也许，你不必过于悲伤和绝望，我的姐，我的妹，我的女儿和母亲，你至少还能听到掌声，听到四面八方经久不息的掌声，再一次在剧场里实现对革命的重申。革命是什么？革命确实是仇恨，是暴乱，是狂飙，是把天捅下来，但革命无非是暗无天日之时人性的爆发，是大规模恢复人性的号令和路标，因此也是一切卑贱者最后的权利——虽然革命大旗下同样可能重现罪恶,有时候会使革命变得面目不清,让回望者难以言说。

我也无话可说。

我擦擦眼角,止住一颗下滑的泪水。

二〇〇三年四月

○
最初发表于二〇〇三年《当代》杂志。

人在江湖

　　轻轻地一震,是船头触岸了。钻出篷舱,黑暗中仍是什么也看不见,只有身边同行者的三两声惊呼,报告着暗中的茅草、泥潭或者石头,以便身后人小心举步。终于有一盏马灯亮起来,摇出一团光,引疲乏不堪的客人上了坡,钻过一片树林,直到一幅黑影在前面升了起来,越升越高,把心惊肉跳的我们全部笼罩在暗影之下。

　　提马灯的人说:到了。

　　这是一面需要屏息仰视的古祠高墙。墙前有一土坪,当月光偶尔从云缝中泄出,土坪里就有老樟树下一泼又一泼的光斑,满地闪烁,聚散不定。吱呀一声推开沉重的大门,才知道祠内很深,却破败和混乱,据说这里已是一个公社的机关所在地,早已不是什么古祠。我们没见到什么人(那年头公社干部都得经常下村子蹲点),唯见一留下守家的广播员来安排我们的住宿,后来才知道他也是知青,笛子吹得很好。他举着油灯领着我们上楼去的时候,杂乱脚步踏在木梯上,踏在环形楼廊高低不平的木板上，踏出一路或脆或闷的巨响。声音在空荡荡的大殿里胡乱碰撞，惊得梁下的燕子和蝙蝠惊飞四起。

这是一九七五年的一个深秋之夜，是我们知青文艺宣传队奉命去围湖工地演出的一次途中借宿。

这也是我第一次靠近屈原——当我躺在木楼板上呼吸着谷草的气味，看着木窗栏外的一轮寒月，我已知道这里就是屈子祠旧址。当年的屈原可能也躺在谷草里，从我这同一角度远眺过天宫吧？

我很快就入睡了。

若干年以后，我再来这里的时候，这里一片阳光灿烂灯红酒绿。作为已经开发出来的一个旅游景区，屈子祠已被修缮一新，建筑面积也扩大数倍，增添了很多色彩光鲜的塑像、牌匾以及壁画，被摆出各样身姿的男女游客当作造型背景，亦当作开心消费的记录，一一摄入海鸥牌或者尼康牌的镜头。公社——现在应叫做乡政府，当然已迁走。年轻的导游人员和管理人员在那里打闹自乐，或者一个劲地向游客推荐其他收费项目：新建的碑林园区，还有用水泥钢筋筑建的独醒亭、骚坛、濯缨桥、招屈亭等等。当然，全世界都面目雷同的餐馆与卡拉OK也在那里等待游客。

水泥钢筋虚构出来的历史，虚构出来的陌生屈原，让我不免有些吃惊。至少在若干年前，这里明明只是一片荒坡和残林，只有几无人迹的暗夜和寒月，为何眼下突然冒出来这么多亭台楼阁？这么多红尘万丈的吃喝玩乐？旅游机构凭借什么样的权力和何等的营销想象，竟成功地把历史唤醒，再把历史打扮成大殿里面色红润而且俗目呆滞的一位营业性诗人？可以推想，在更早更远的岁月，循着类似的方式，历史又是怎样被竹简、丝帛、纸页、石碑、民谣以及祠庙虚构！

被众多非目击者事后十年、百年、千年所描述的屈原，就是在这汨罗江投水自沉的。他是中国广为人知的诗人，春秋时代的楚国大臣，一直是爱国忠君、济世救民的人格典范。他所创造的楚辞奇诡莫测，古奥难解，曾难倒了一代又一代争相注疏的儒生。但这也许恰恰证明了，楚辞从来不属于儒生。侗族学者林河先生默默坚持着他对中原儒学的挑战，在八十年代使《九歌》脱胎于侗族民歌《歌（嘎）九》的惊人证据得见天日，也使楚辞诸篇与土家、苗、瑶、侗等南方民族歌谣的明显血缘关系昭示天下。在他的描述之下，屈原笔下神人交融的景观，还有天问和招魂的题旨，以及餐菊饮露、披花戴草、折琼枝而驷飞龙一类自我形象，无不一一透出湘沅一带民间神祀活动的烟火气息，差不多就是一篇篇礼野杂陈而且亦醒亦狂的巫辞。而这些诗篇的作者，那位法号为"灵君"的大巫，终于在两千年以后，抖落了正统儒学加之于身的各种误解和矫饰，在南国的遍地巫风中重新获得了亲切真相。

我更愿意相信他笔下的屈原。据屈原诗中的记载，他的流放路线经过荆楚西部的山地，然后涉沅湘而抵洞庭湖东岸。蛮巫之血渗入他的作品，当在情理之中。当年这一带是"三苗"蛮地。"三苗"就是多个土著部落的意思。"巴陵（今岳阳）"的地名明显留下了巴陵蛮的活动痕迹。而我曾经下放落户的"汨罗"则是罗家蛮的领土。至于"湘江"两岸的广大区域，据江以人名的一般规律，当为"相"姓的部族所属。他们的面貌今天已不可知，探测的线索，当然只能在以"向（相）"为大姓的西南山地苗族那里去寻找。他们都是一些弱小的部落，失败的部落，当年在北方强敌的进逼和杀戮之下，从中原的边缘循着河岸而节节南窜。我曾经从汨罗江走到它与湘江汇合的辽阔河口，再踏着湘江堤岸北访茫茫洞庭。我已很难知道，那些迎面而来的男女老少，有多少还是当年"三苗"的后裔——几千年的人口流动和混杂,毕竟一再改写了这里的血缘谱系。

但是我们还是可以看见那些身材偏瘦偏矮的人种,与北方人的高大体形,构成了较为鲜明的差别。他们"十里不同音",在中国方言版图上形成了最为复杂和最为密集的区位分割,仍隐隐显现着当年诸多古代部落的领土版图和语言疆界。当他们吟唱民歌或表演傩戏时不时插入"兮""些""耶""依呀依吱"等语助词时,你可能会感到屈原那"兮""兮"相续的悲慨和高远正扑面而来。

楚辞的另一面就是楚歌。作为"兮"字很可能的原型之一,"依呀依吱"在荆楚一带民歌中出现得太多。郭沫若等学者讨论"兮"应该读 a 还是应该读 xi 的时候,似乎不知道 a 正是"依呀"之尾音,而 xi 不过是"依吱"的近似合音。作为一种拟音符号,"兮"的音异两读,也许本可以在文人以外的民间楚歌里各有其凭。

这些唱歌人,即便在二十世纪中叶现代革命意识形态一统天下的时候,也仍然惺忪于蛮巫文化的残梦。我落户的那个村子,有一个老太婆,据说身怀绝技,马脚或牛脚被砍断了的时候,只要送到她那里,她把断腿接上,往接口处吐一口水,伸手顺毛一抹,马或牛随即便可以疾跑如初。人们对此说法大多深信不疑。村子里的人如果死在远方,需要在酷热夏天运回故土,据说也有简便巫法可令尸体在旅途中免于腐烂。他们捉一只雄鸡立于棺头,这样无论日夜兼程走上多少天,棺头有雄鸡挺立四顾,待到了目的地之后,尸体清新如旧,雄鸡则必定喷出一腔黑血,然后倒地立毙,想必是把一路上的腐毒尽纳其中。人们对这样的说法同样深信不疑。

他们甚至把许多当代重要的历史事件,同样进行巫化或半巫化的处理。一个陌生的铜匠进村了,他们可能会把他当作已故国家领袖的化身,崇敬有加。某地的火灾发生了,他们也可能会将其视为自己开荒时挖得一只硕鼠鲜血四溅的结果,追悔莫及。他们总是在一些科学人士觉得毫无相干的两件事之间,寻找出他们言之凿凿的因果联系,以编织他们的想象世界,并在这个世界里合规合矩地行动下去。

他们生活在一块块很小的方言孤岛,因语言障碍而很少远行。他们大多得益于所谓"鱼米之乡"的地利,因物产丰足也不需要太多远行。于是,家门前的石壁、老树、河湾以及断桥便长驻他们的视野,更多地启发着他们对外部世界的遐想。他们生生不息,劳作不止,主要从稻米和芋头这些适合水泽地带生长的植物中吸取热能;如果水中出产的鱼鳖鳝鳅一类不够吃的话,他们偶尔也向"肉"(猪肉的专名)索取脂肪和蛋白质——那也是一种适合潮湿环境里的速生动物。这样,相对于中国北部游牧民族来说,这些巫蛮很早以来就有了户户养猪的习惯,因此更切合象形文字"家"(屋盖下面有猪)的意涵,有一种家居的安定祥和景象,更能充当中国"家"文化的代表。

他们当然也喜好"番(汨罗人读之为 ban1)椒",即辣椒,用这种域外引入的食物抵抗南方多见的阴湿瘴疠;正如他们早就普遍采用了"胡床",即椅子,用这种域外传来的高位家具,使自己与南方多水的地表尽可能有了距离。"番"也好,"胡"也好,记录着暧昧不明的全球文化交流史,也体现出蛮巫族群对外的文化吸纳能力。当欧洲一些学者用家具的高低差别(高椅/低凳,高床/低榻,等等)来划定文明级别时,这些巫蛮人家倒是以家具的普遍高位化,显示出在所谓文明进程中的某种前卫位置,至少在印度人的蒲团(坐具)和日本人的榻榻米(卧具)面前,不必有低人一等的惭愧。

我们可以猜测，是多水常湿的自然环境，是农业社会的定居属性，促成了他们这种家具的高位化。当然，我们还可以猜测，正是这相同的原因，造成了他们的分散、保守以及因顺自然的文化性格，无法获得北方部族那种统一和扩张的宽阔眼界，更无法获得游牧部族那种机动性能和征战技术，于是一再被北方集团各个击破，沦落为寇。

我曾经发现，这里的成年男人最喜欢负手而行，甚至双手在身后扭结着高抬，高到可以互相摸肘的程度。这种不无僵硬别扭的姿态，曾让我十分奇怪。一个乡间老人告诉过我：这是他们被捆绑惯了的缘故。这就是说，即便他们已经不再是战俘和奴隶，即便他们的先民身为战俘和奴隶的日子早已远去，无形的绳索还紧勒他们的双手，一种苦役犯的身份感甚至进入了生理遗传，使他们即便在最快乐最轻松的日子里，也总是不由自主地反手待缚。这种遗传是始于黄巢、杨么、朱元璋、张献忠、郝摇旗、吴三桂给他们带来的一次次战乱，还是始于更早时代北方集团的铁军南伐？这种男人的姿态是战败者必须接受的规范，还是战败者自发表现出来的恐慌和卑顺？

已故的湘籍作家康濯先生也注意过这种姿态。作为一种相关的推测，他说荆楚之民称如厕为"解手"（在某些文本里记录为"解溲"），其实这是一种产生于战俘营的说法。人们都被捆绑着，只有解其双手，才可能如厕。"解手"一词得到普遍运用，大概是基于人们被捆绑的普遍经验。

他们远离中原，远离朝廷，生活在一个多江（比如湘江）多湖（比如洞庭湖）的地方，使"江湖"这一个水汪汪的词不仅有了地理学意义，同时也有了相对于"庙堂"的社会和政治的意义。当年屈原的罢官南行，正是一次双重意义上的江湖之旅。

传统的说法，称屈原之死引起了民众自发性的江上招魂，端午节竞舟的习俗也由此而生。其实,"舟楫文化"在多水的荆楚乃至整个南方,甚至远及东南亚一带,早已源远流长,不竞舟倒是一件难以想象的怪事。有越来越多的证据表明,这种娱乐与神祀相结合的民间活动,与屈原本无确切的关系。这种活动终以北来忠臣的名节获得自己合法性的名义,除了民众对历史悲剧怀有美丽诗情的一面,从另一角度来说,不过是表明江湖终与庙堂接轨,南方民俗终与中原政治合流。这正像"龙舟"在南方本来的面目多是"鸟舟"(语出《古文穆天子传》),船头常有鸟的塑形(见《淮南子》中有关记载),后来却屈从于北方帝王之"龙",普遍改名为"龙舟",不过是强势的中原文明终于向南成功扩张的自然结局——虽然这种扩张的深度效果还可存疑。

一些学者曾认为,中国的北方有"龙文化",中国的南方有"鸟文化"。其实这种划分稍嫌粗糙。不论是文物考古还是民俗调查,都不能确证南方有过什么定于一尊的"鸟"崇拜。仅在荆楚一地,人们就有各自的狗崇拜,虎崇拜,牛崇拜,蜘蛛崇拜,葫芦崇拜,太阳崇拜等等,或者有多种图腾的并行不悖,从来没有神界的一统和集权。他们在世俗政治生活中四分五裂的格局,某种弱政府乃至无政府的状态,与人们的神界图景似乎也恰好同构。我曾经十分惊讶,汨罗原住民嘴里的"不服气",总是表达为"不服周":在这里,一个"周"字,一个"周"天子,竟在本土方言里存续数千年,莫非是要永远铭记楚人们一种蔑视官威和仇怨官权的胆大包天?

北方征服者强加于他们的绳索,并不能妨碍他们的心灵在体制之外游走和飞翔,无法使他们巫蛮根性灭绝。一旦灾荒或战乱降临,当生存的环境变得严酷,这一片弱政府甚至无政府的江湖上也会冒出集团和权威,出现各种非官方的自治体制。在这样的时候,"江湖"一词的第二种人文含义,即"黑社会",便由他们来担当和出演。宁走"黑道"而不走"红道",会成为老百姓那里相当普遍的经验。一九七二年我还是个知青,曾奉命参与乡村中"清理阶级队伍"的文书工作,得知我周围众多敦厚朴质的农民,包括很多作为革命依靠对象的贫下中农,大多数竟是以前的"汉流"分子。"汉流"即洪帮,以反清复明为初衷,故又名"汉(明)流"。我后来还知道,这个超大帮会曾以汉口等为重要据点,沿水路延伸势力,在船工、渔民、小商中发展同党,最后像传染病一样扩展到荆楚各地广大乡村,在很多村庄竟有五成到七成的成年男子卷入其中。据实而言,这个组织在有些地方难免被恶棍利用,但多数加入者只是自保图存,有点顺势赶潮的意味。其中有一些忙时务农、闲时"放票"的业余性帮匪,也大多限于仇富仇官,与其说是反社会的罪恶,不如说是非法制的矛盾调整。

有意味的是,他们一直坚持"汉流不通天"的宗旨,决不与官府合作。但他们也有自己的影子官府,并没有活在体制真空。他们还有"十条""十款"的严明法纪,以致头目排行中从来都缺"老四"与"老七"——只因为那两个头目贪赃作恶违反帮规而伏法,并留下"无四无七"的人事传统以警后人。他们奉行"坐三行五睡八两"的分配制度,更是让我暗暗感叹:病者(睡八)比劳者(行五)多得,劳者(行五)比逸者(坐三)多得,可以想见,这种简洁而原始的共产主义,在社会结构还较为简单的农业社会,对于众多下层的弱者和贫者来说,闪烁着何等强烈诱人的理想之光。

当时同在南方渐成气候的红军,其内部的战时分配制度,难道与它有多少不同吗?

二十世纪的二十年代到三十年代,江湖南国正是多事之地。一个千年的中央王朝,终于在它统治较为薄弱的地方,绽开了自己的裂痕以及呼啦啦的全盘崩溃。英豪辈出,新论纷纭,随后便是揭竿四方，这其中有最终靠马克思主义取得了全国政权的湘鄂赣红军及其众多将领，也有最终归于衰弱和瓦解了的"汉流"及其他帮会群体，在历史上消逝无痕，使江湖重返宁静。同为江湖之子，人生毕竟不会有完全相同的终局。

在我落户务农的那个地方，何美华老人就是一个洗手自新了的"汉流"。他蹲在我面前的时候，我完全想象不出他十八岁那年，就是一个在帮会里可以代行龙门大爷职权的"铁印老幺"——他操舟扬帆，走汉口，闯上海，一条金嗓子，民歌唱得江湖上名声大震，一刀劈下红旗五哥调戏弟嫂的那只右手，此类执法如山的故事也是江湖上的美谈。他现在已经老了，挂着自己不觉的鼻涕，扳弄着自己又粗又短的指头，蹲在箩筐边默默地等待。

保管员发现了他，说你的谷早就没有了。

他抬头看了对方一眼，然后起身，用扁担撬着那只箩筐走下坡去。他好几次都是这样：一到队里分粮的日子，早早就来到这里蹲着，看别人一个个领粮的喜悦神色，然后接受自己无权取粮的通知，然后默默地回去。

他太能吃了，吃的米饭也太硬了，太费粮了，以致半年就吃完了一年的口粮，但他似乎糊涂得还不大明白这个事实，没法打掉自己一次次撬着箩筐跟着别人向谷仓走来的冲动。

后来他去了磊石，那个湘江与汨罗江的汇合之地。据说在围湖修堤的工地看守草料和竹材，因为大雪纷飞的春节期间没人愿意当这种差，他可以赚一份额外的赏粮。但他再也没有从那里回来，不幸就死在那里。当地人对他的死有点含含糊糊，有人说，他是被湘江对岸一些盗竹木的贼人报复性地杀了，也有人说，他死于这一年特有的严寒。但不管怎么样，他再也不会蹲在我的面前拨弄自己粗短的指头。

汨罗江汇入湘江的磊石河口，我也到过那里的。我至今还记得那一望无际的河洲，那河湾里顺逆回环的波涛交织着一束束霞光，那深秋里远方的芦花是一片滔滔而来的洁白。那一片屈原曾经眺望过的天地，渺无人迹。

金牛山下一把香，
五堂兄弟美名扬，
天下英雄齐结义，
三山五岳定家邦。
……

江上没有这样的歌声，没有铁印老幺何美华独立船头的身影，只有河岸上的芦苇地里白絮飞扬。

一九九八年五月

○
最初发表于一九九九年《美文》杂志。

大视角下的小故乡

我是距离这里最近的与会者,家里离这里就几百米。如果不是一个小山头挡住视线,你们可以直接看到我家的屋顶。大家有兴趣的话,闲时可以散步到那里,到我家去喝茶。

那个房子是一九九八年建的,当时国务院还没有下文禁止城市居民到乡下买宅基地。盖房的时候我并不在场,只是委托一个朋友打理,我说就盖成砖墙、柴瓦、木门木窗的那种,同农民打成一片。后来才发现农民根本不愿意同我打成一片,全是瓷砖、铝合金,甚至来几个落地窗和罗马柱,洋别墅的式样。这样,我那个房子就变成一个老土的房子。

我刚入住的时候,农民也不大理解。那时正是进城的高潮,大部分有点钱的人都会搬到城里去,至少到长乐镇——你们上午看过的地方,然后是县城、省城、北上广一类。所以他们觉得你来到这里,要么是脑子进了水,要么就是犯事了,来这里躲债、躲案子……有各种各样的猜测。后来他们知道我是一个作家,但也不大知道作家是干什么的。比较有见识的人,以为作家是记者,或者是秀才，会写对联、写祭文的那种。

我这样说，并不是说他们与文学毫无关系。事实上，写对联至少是乡村最大的文学运动，遣词造句是很讲究的，经常要被人挑剔来挑剔去。我写的《马桥词典》啊，《山南水北》啊，他们后来也偷偷地看，猜里面的谁是谁，要"对号入座"。我在书里写到一个神医，一个江湖郎中，其实名字也换了，地名也换了，但那个人物原型一看就知道我写的是他。他被我写成"神医"，其实有几分得意，但不满意我把神医写成了个"塌鼻子"。"我不是一个塌鼻子啊，我的鼻子长得很好啊。"直到他去世之前，他一直想找到我把这个鼻子的事说清楚。

这里原来建制上是一个乡，去年合乡并镇，同黄灯（汨罗籍作家、学者）的老家那边并成了一个镇，叫三江镇，有人口将近三万。很多人以为乡村和城市完全是两个世界，其实不是，至少不尽然。据我观察，城市有的问题，乡村差不多都有；城市里有的话题，乡村里差不多也都有。曾有一个七十多岁的老农，有一次酒过三巡突然问我：韩先生，我要问你个问题，这个问题我问了好多老师，好多科级和处级干部，他们都答不上来。我看了几十部电视连续剧，也没找到答案。我不知道他要问什么，有点紧张，说你问吧问吧，我尽可能试一下。他的问题是：什么是爱情？什么是友情？爱情和友情的区别在哪儿？这个可真是把我难住了。我说这是一个琼瑶式的问题啊，你问错对象啦。我支支吾吾，说爱情和友情之外，还有交情、亲情、色情……他说，色情我知道，那是吃快餐盒饭，止一下饿，我不谈论那个，那个太低级了。你们看看，一个乡下七十多岁的老头，同我们那些城市里的所谓小鲜肉、小清新呀，纠结的事好像也相差不远吧？

这里是汨罗的一个山区。就在我们开会的这个地方的下边，现在被水淹掉的一个地方，叫枫树坪，当年中共湘北特委的所在地，印发过《巴黎公社纪念宣传大纲》，与巴黎有关系的。为此，光这个乡就出了一百多个烈士。你们今天上午经过的前面那一个山口，叫梅冲，一九四四年王震领导的八路军南下支队在那里设过司令部。他们当时想在国民党的区域挖出一块红色根据地，打出一片天下，后来计划失败，又中原突围，回到陕北。我以前对这里也不熟，是当知青的时候来过这里。那时要买树、买竹子、买木炭，虽然是给集体买，但没有计划指标，所以也同做贼差不多，要挑着百来斤的东西躲过各种路卡，晚上翻山越岭，赶在天亮前走到长乐镇，喝一碗五分钱的甜酒，再一口气挑到我落户的地方，整个来回行程是一百多里路。那时还没有这个水库。八景峒、向家峒、蓝家峒三个大水库，都是"文革"中后期建立起来的。

我二〇〇〇年重新来到这里，阶段性地居住，带来一辆捷达车，算是这个乡第一辆私家车。好多人来围观，这个说他下个月要嫁女，那个说他明天要开会，都想借车用一下。他们被拒绝之后，不免有些沮丧。我就说，放心吧，二十年之内，你们都有希望开上车。那时我说二十年，还觉得是一个很大胆的预言。其实也就是十年左右，这里的私家车已普及到百分之五十的家庭。有一次他们开大会，小客车、小货车停满了学校半个运动场，吓了我一跳——这不活脱脱就是美国景象吗？以前，农村最揪心的事是吃不饱。现在呢，一家家开始愁"富贵病"，糖尿病、脑血栓、脂肪肝、血脂高什么的。我经常批评他们，说以前你们天天劳动出汗，现在却成天关起门来吹空调、打麻将，这个身体怎么受得了？你们以前几个月才吃一次肉，现在天天吃肉，顿顿吃肉，也是转弯太急了，这个身体怎么受得了？

很明显，中国乡村的经济建设已有了巨大的成就，但这并不是说没有问题。下面我就要回到今天交流的主题：怎样看待这些问题？如果给中国乡村来一个定位，需要哪些必要的参照坐标？

从历史看乡村

现在，我们有些年轻读书人不容易再回到故土，不大能接受家乡，倒不是说那里贫穷、落后、土气、青山绿水不再——这些他们大多还可以忍受；他们常常最觉得受不了的，是道德的崩坏，是世道人心和公序良俗的根基动摇。所谓笑贫不笑娼、笑贫不笑贪、笑贫不笑刁，这种情况在有些地方确实是一种刺心的存在。赤裸裸的金钱关系，连亲人之间也寡恩薄义，那么年轻人即便一心热爱家乡，怎么爱得起来？美好的乡情和乡愁在哪里？

所谓"土豪"现象，道德与文化确实是中国现实的一个短板，是乡村建设的重要短板之一。对这个问题光是放一放道德嘴炮，并不解决问题，需要一些冷静的观察。有一次打雷——我在城市住过多年之后，已几乎没有关于雷击的概念了——结果一个雷打下来，家里五件电器全被烧坏，搞得我狼狈不堪。但乡下人以前经常与雷电打交道，甚至很多道德观念也是靠这一类不可知、不可控的神秘力量来维系。"天人感应""因果报应""天打五雷轰"等，就是相关的说法。邻居告诉我，以前见天色不对，要打雷了，很多人就会及时关心父母：老娘，你是不是要一件新棉袄呀？我这马上就去做。老爹，你是不是想吃肉呀？我这马上就去买。这些话一定要靠近门窗大声说出来，让老天爷听见。为什么呢？因为老天听见了，在很多人看来，雷电就不会殃及其身了。

问题是，随着科学技术发展，现在我们装上避雷针了，雷公电母不起作用了，我们的老爸还能不能吃上肉，我们的老妈还能不能穿上新棉袄？当我们的医疗手段越来越发达，大幅度降低伤病的危害；当我们的救灾手段越来越发达，大幅度减少洪水、干旱、山火、蝗虫的危害，总之，不可知、不可控的神秘力量一步步减少，那么靠"老天"管理世道人心的机制还灵不灵？替代性的机制又如何建立？

除了"老天"，以前管理道德的另一个重要工具就是先人。在西方，人们常说"以上帝的名义"，但中国人爱说的另一句话是，"对得起先人"。先人，或说祖宗，就是一个中国化的上帝。祖宗意味着名誉和尊严，是一种无所不在的公共监视和家族群体压力，多少能约束人的一些行为，但现在呢，这样的作用恐怕也大不如前。将近三分之二甚至四分之三的乡村青壮年正在进入城市，成为流动、混居、相互陌生甚至处于匿名状态的农民工。祠堂基本上消失；祖坟也不再出现在房前屋后；周围没有族人们的身影；甚至连邻居也极不稳定，三天两头得重新辨认；碰到清明节、亡人节（七月半）、重阳节，在城市里也没法上香烧纸，没法建立和加固一种与先人仪式性的对话关系。如此等等，不过是因为环境的变化，因为生产方式和生活方式的变化，祖宗这个制衡角色正在弱化、淡化、虚化。这也是我们需要有所准备的一个历史过程。

当然，对于道德管理来说，历史性变化也不全是负面的。以前的乡村人情有很强的经济功能，"人情是把锯，你一来我一去"，隐含着一种先存后取的互助机制和期权关系。如果我们仔细了解一些贪官的案情，也许能发现有些当事人的隐情。比方他们来自乡村，以前家里穷，考上了大学没学费，怎么办？于是就把亲戚、族人们请来吃一顿饭，意在收礼金，拉赞助，相当于融资和参股，借助家族或村社的合力来对付高昂学费。那么问题来了，当他学成就业、升官晋级以后怎么办？他欠下那么多债，看起来软，实际上很硬，能不偿还吗？他一个科长，一个副局长，工资就那么几个钱，若不利用权力介绍个工程、安插两个人头、揩一点国家的油水,又拿什么来回报?有一个村的书记曾对我说:教育真是特别重要啊,一个地方关键是要出人才啊。你想想,将来读大学的多了,我们在财政局有人,在交通局、农业局、水利局也都有人;就算他们全部成了贪官,不要紧啊,肥水不流外人田,这些人总要回家盖点房子,修点路吧。

你们不要笑,这个书记是真心诚意这么说的,逻辑就是这样简洁和务实的。他觉得一个人读书做官,不捞点钱怎么回报家族和家乡?由此可知,经济不仅仅是经济,也是道德和文化的关联条件。所谓"人穷志短"——相反,一个人脱贫了,小康了,他的人格就可能更独立一些,更阳光一些,至少不必因一笔学费而背上沉重债务,受制于某种人情关系网的枷锁。这就如同工业化能带来妇女解放——没有工业化,女强人再多也困难重重;有了工业化,妇女们想不解放都不行,谁都拦不住。这里面都有一个历史变化的水到渠成。

那么,为了补上道德与文化这块短板,与其着急和开骂,还不如顺势而为,因势利导,注意各种新的资源、新的方式、新的机会,以便于拿出有效的治理举措。

从世界看乡村

中国的人情传统源于漫长的农耕定居历史,与欧洲人的游牧史迥然有别,这个老话题我们就不说了。

这里说一说土地政策的问题。我在印度、墨西哥看到过巨大的贫民窟,所谓世界上三大贫民窟奇观,只差一个巴西的没看了。你们可能看过电影《贫民窟里的百万富翁》——满世界的乞丐和流浪汉,就是那种景象,像一片五光十色的"垃圾"海洋,把城市里三层外三层地团团围住,谁看了都会觉得恐怖和窒息,觉得轰的一声天塌了。

稍懂得一点经济学的人肯定知道,这些国家的农村政策肯定出了大问题,土地政策一定是失败的。简而言之,因为土地私有化,因为土地兼并严重,大量失地的农民无路可走,从四面八方拥向城市,而虚弱的城市和工业又吸纳不了他们,于是只能把他们排拒在城外,成了里三层外三层包围这些孤岛型城市的海洋。只有在这里,人们才可能理解中国土地革命的意义,理解土改的意义,还有土地家庭联产承包制的意义。说实话,以前我觉得家庭联产承包责任制并不是一个最有效率的制度——农民就这一点点田土,人均几分地,顶多一两亩地,鸡零狗碎的,怎么形成规模效益?怎么走向"大农业"?生产、销售、技术创新的单位高成本怎么降下来?我也曾差一点赞成土地私有化,差一点相信市场这只"看不见的手",能自动解决失地农民的谋生问题。但我看到国外的贫民窟以后,发现问题远不是那么简单。

不少经济学家说,如果允许土地自由买卖,农民立刻可以通过卖地获得可观的原始资本,就可以自主创业,进城做生意等等,促进现代化和城市化。但我在海南工作多年,亲眼看到不少郊区农民发了土地财,卖地以后腰缠万贯,手上戴几个金戒指,兜里一掏都是美元或日元,但一两年过去,两三年过去,他们的钱很快就挥霍一空,无非是赌博、嫖娼、吸毒、养二奶,三下五除二就被打回原形,重新成了需要社会救助的穷光蛋。林森(青年作家)是海南来的,你应该知道这些情况。由此可见,所谓人们都是"理性人"的启蒙主义假设,以为人人都是天然的理财能手、都能"利益最大化"的假设,大半是书生的想当然,具有极大风险。

如果从实际出发,我们才可能知道,为什么家庭联产承包责任制尽管不一定是最好的制度,却是社会巨大的稳定器,是给一大半老百姓社会保障托底。其微观经济效益如果不是最优，但至少有宏观的社会效益最优——至少让中国不至于成为全球第四个贫民窟大国。这种安排给广大农民工留了一条谋生的后路，也为工业经济应对波动周期，提供了充裕的回旋余地和抗压能力，形成另类工业化道路的"中国特色"。西方媒体把中国的"农民工"普遍译成 migrant labour（移民工），完全漏掉了亦"工"亦"农"的义涵，在这方面的理解上一直不得要领。

事实上，日本、韩国和中国台湾地区等东亚社会，也都是警惕土地兼并风险的。大体上说，这些国家和地区的乡村建设、农业发展相对成功，有关经验值得借鉴，比欧美经验更重要。欧美基本上都城市化了，因为他们碰上历史机遇，抢上了工业化的早班车，已把辽阔的发展中国家当成他们的"农村"，自己当好世界的"城里人"就行了。即算他们还有一点农业的问题，但基本上没有农村和农民的问题，只有 farmer（农场工），没有 peasant（农民）；只有前者的现代身份，没有后者的前现代身份；不像我们这里是农业、农村、农民三位一体，"三农"总是捆起来说的，现代／前现代的双重挑战是需要一并应对的。

欧洲多是"雨热不同季"，土地好，气候不好，即气候不大宜农，因此那里的森林和牧场还不错，却从未有过东亚这样深厚的农耕传统，直到很晚近的时候才摆脱农产品大量进口的地位。这样，他们的经验离我们太远，参考价值不大，更不可作为发展范本。有人想让中国重复欧洲历史，比如也把农村人口比例降到百分之五以下，但我一直不知道他们这样说的根据是什么。我们从未重复过他们的游牧经济、中世纪、殖民时代，为什么就一定要重复他们那种"都市化"？

东亚当然也有内部的差异性。比如，我曾注意到台湾的村庄大多人气旺，晚上万家灯火，寺庙香烛熏腾，"空心村"的现象很少见。后来才知道，台湾就那么大的地方，村里人白天进城打工，晚上坐一个捷运或大巴，骑一辆摩托，也是可以回村和回家的。再不济，周末才回村和回家，也大体上能照顾村务与家务。这使他们宗族、村社、部落的格局都相对完整和稳固，一时半刻没法被掏空。相比较而言，大陆幅员太辽阔了，广西的农民工去北京，贵州的农民工跑杭州，一去就是数千里，晚上怎么回村？"白天进城，晚上回村"的生活模式怎么可能？就因为这一点，这一个地理幅员条件的制约，现在大陆的乡村治理、乡村建设、乡村文化、乡村留守儿童和老人等问题，都多出了一个人力资源的困局。有时要找个能干正派的年轻人当村主任，配强几个村民组的业余组长，还真不那么容易。连划个龙船，跳个广场舞，都可能人力短缺。那么，大陆与台湾这一差异，是否会带来什么影响，会怎样影响两岸各自教育、民俗、公益、经济、政治、城镇化进程？

凡此种种，恐怕都是有意思的课题。

"发现故乡和乡土书写"是一个很重要的会议主题。今天我就此谈了一点零散的体会，算是起个头。谢谢大家。

> 此文为二〇一七年八月在湖南省汨罗市八景村"发现故乡与乡土书写"工作坊的演讲记录稿。

大道之问

知识，如何才是力量

在社会人文领域，经济学看上去已最像"科学"，至少最接近"科学"。这一学科在逻辑化、数理化、实证化等方面都努力向理科看齐，且走得最远，表现最为突出，动不动就有统计、民调、量化、实验的硬数据支撑，各种数学建模相当酷炫，不懂高等数学的人根本没法在圈子里混，一般文科生也读不懂他们的文献。但可惜的是，对二〇〇八年始于美国华尔街的全球金融海啸和经济地震，这个学科一直麻木不仁，发出预警的吹哨人极为罕见。差一点就囊括了本世纪所有诺贝尔经济学奖的美国大神们，尽管团购批发一般摘金累累，各有骄人建树，从总体上看，却也从未拿出有效对策，来标本兼治产业空心化、不平等加剧、气候变化等危急趋势。两位诺奖得主受聘到华尔街操盘，甚至在汇市、股市里炒得自己大栽跟头[1]。

---

[1] 一九九七年诺顿贝尔经济学奖得主默顿和斯科尔斯，后来操盘暴亏四十二亿美元。

相比面目老派一些的哲学、史学、人类学……这个已用数学武装到牙齿的学科,是不是更像一门低能学科?

政治学也越来越像理科了,一直摆出高冷姿态,客观、严谨、中立、拒绝感情和价值观,但从业者们消耗了天文数字般的学术经费后,在二〇一六年几乎异口同声断言:特朗普根本不可能当选!他们后来眼睁睁看到事情偏偏就那样,看到二〇二一年初"勤王大军"暴力冲击国会,其憋足了劲的精英反应,也只是发表一份两千多位学者联名的公开信,声称他们"只求理解政治而不参与政治",呼吁捍卫民主和赶走时任总统,然后了事——是的,了事。如此不痛不痒的半纸鸡汤文,到底"理解"了什么?理解来理解去的结果,不过是一枚油腻和万能的"民主"标签?他们就不能比街头小贩或乞丐说出更多一点智慧?

心理学也好不到哪里去,已越来越依靠药片、仪器、实验室、数据库、模糊数学,其理论前沿已推进到神经元、基因、人机系统、大脑图谱的纵深。与此同时,当世界卫生组织宣布全球严重抑郁症数目一路狂增,将在十至十五年内成为第二大致亡疾病(二〇一九年);当法国国家卫生院的德斯穆格(Michel Desmurget)报告,以十多个国家的数据,证明人类的平均智商竟第一次出现隔代下滑(二〇二〇年);心理的"学"在哪里?能否告诉我们对策和出路何在?随着心理学的产业化,那日益火爆的心理诊疗有偿业务,到底是证明这一学科的成功还是失败?

社会人文"科学"的很多现状就是这样。

这不仅仅是哪一国的现状,全世界似乎都程度不同、特点不同地面临同样的窘境,面临同样的精英危机。

也许,衮衮诸公的研究并非一无是处。蚊子也是肉,钢镚也是钱,众多局部的发现和创见,积累于人类文明的长河,均可望助益新文明的成长。只是从总体上说，从实效上看，这些学科的"科学化"，即向理科的靠拢和模仿，离预期目标还十分遥远，至少尚未出现经济学、政治学、心理学等领域里划时代的牛顿和爱因斯坦，并未在人类重大的困难和挑战面前，有效履行科学家"整理事实、找出规律、并做出结论"（达尔文语）的职责。

他们是在哪里偏离、远离甚至背离了"科学"？

或者，我们是否一开始就误解了"科学"本身？

一个科学的低谷期

Science（科学），中国俗称"赛先生"，在严格意义下限指十六世纪以来的近代自然科学，即"牛顿时代带着唯理论浪潮、也带着经验论浪潮呈现在我们面前"（赖欣巴哈语）[1]的一系列认识成果。在这里，如赖欣巴哈指出：一是唯理论，一是经验论，两大浪潮的汇合，即数理工具和实验工具的并举，演绎法和归纳法的兼备，才构成了"科学"的成熟形态和清晰边界。

爱因斯坦有类似看法。一九五三年，他给一位叫斯威策（J. E. Switzer）的人写信，谈到"西方科学的发展以两项伟大的成就为基础"：其一是"源于古希腊欧氏几何学的形式逻辑体系"；其二是"文艺复兴以来依靠系统的实验以发现因果关系的可能"。他说："人类居然做出了如此发现，（这）才是令人惊奇的。"[2]

在这个意义上，如不少前人所指出，科学是近代以来的特定产物，并不等同于"知识"（否则传统艺人、哲人的所有知识都可算作"科学"，中医理论更是如此）；也不等同于"正确"（托勒密

1　见 H. 赖欣巴哈：《科学哲学的兴起》，商务印书馆二〇〇七年版。
2　见爱因斯坦：《走近爱因斯坦》，许良英编译，辽宁教育出版社二〇〇五年版。

的地心说，哥白尼的日心说，在后人看来都不算"正确"；热力学、活力学等在将来肯定也这样）。科学只意味着一种并非万能、不会完结的新型知识生产机制及生产过程。不过，这已够激动人心的了。作为欧洲启蒙运动的核心，这种科学，即数理与经验（演绎与归纳）的双引擎发力，缘聚则生，修成正果，贡献了一轮空前的全球性知识爆炸，带来了生产方式与生活形态的翻天覆地——特别是物质层面的巨变，把人类送入现代文明。以致当今太多人，会情不自禁地把"科学"等同于"知识"，再等同于"正确"，一个词集万千宠爱于一身，无限越位，无限升格，视之为可解决一切问题的神器。

这不是不可理解。

——即便这已类似神学家的态度，即很多科学家强烈反对过的态度：以为上（ke）帝（xue）可搞定一切的妄自尊大。

文科一窝蜂向理科看齐，觉得自己不懂"数理"的纷纷内疚，怎么也得"实验"起来的万般焦灼，如此"科学化"潮流，就是在这种情况下发生的。这也许没什么不好。文理之间的互鉴纯属正常。事实上，这也有望克服不少文科著作中常见的空疏、虚玄、零散、模糊、偏好、独断、大而不当，还有过于依赖比喻的抖机灵或耍滑头——出于职业习惯，科学家最反对这样做。

不过，真正懂一点科学，真正学来科学的精神和方法，并且在运用中增强而不是削弱文科自身的所长，克服而不是包装文科自身的所短，并不那么容易。比如，不太好的消息是，文科生所热烈追求的科学——特别是基础科学，在二十世纪却不幸陷入停滞。有心人已发现：一九七〇年，第一架波音七四七飞机从纽约飞往伦敦用了八小时，而五十年后，类似飞行的时间未见任何缩短。一九六九年的载人航天器着陆月球，但接下来的半个多世纪里，人类足迹未能延展得更远，太空探测器也无质的更新，如火箭仍依赖化石燃料。一九二七年的列克星敦号航母，最高航速已达三十三节，而七十多年后投入现役的核动力戴高乐号，舰重减轻，航速却只有二十七节。二十世纪的六十年代，很多人认为有生之年可实现星际旅行，但眼下连他们的孙辈，也只能用游戏机去火星。二十世纪五十年代，教授告诉学生们，五十年内人类将实现可控核聚变，清洁能源、人造太阳、海底城市、汽车飞天也不是梦想，但眼下学生的学生告诉学生，再等五十年吧，也许，可能，大概，是外星人远程锁控了我们的大脑（网友语）……

爽约不胜枚举，也令人困惑。回望一九一五年（广义相对论提出）、一九二七年（量子力学形成）、一九二八年（《基因论》发表），现代科学最重要的几大基石，竟在短短的近二十年间相约而至，高峰迭起，砍瓜切菜一般——那是多么辉煌的狂飙时代呵，后来的人类怎么啦？学制越来越长，经费越来越多，队伍越来越大，论文越来越厚，但悠悠百年过去，科学界仍活在前辈巨人的阴影之下，即便在一些枝枝叶叶的项目那里，很多人也不过是为赛道上毫米级的胜出而毕生呕心沥血。

一九〇〇年四月二十七日，一位物理学泰斗在英国皇家研究所的报告会上，对欧洲科学家们宣布，物理学已走到尽头。这一刻正在逼近相对论与量子力学二者所构成的分裂僵局。二〇一一年，美国经济学家泰勒·科文在《大停滞》一书中断言，人们已经摘完了科学"所有低垂的果实"。二〇一三年，《自然》发表一篇更悲观的文章：《爱因斯坦之后，科学天才灭绝》。美国量子物理学家瑟奇（Christopher Search）认为："理论粒子物理绝对是一门死学科。""几十年来我们对物理学的理解没有任何根本性的新发展。"其证据之一是："现在的研究生使用的教材同我读研究生时用的完全一样……如果某个领域取得了根本性突破，难道你不认为教科书会过时，必须被全新的取代吗？"[1]

好容易，一线机会终于出现。二〇一一年，欧洲"超光速中微子"实验团队（奥普拉）大喜，宣布他们已两次捕捉到这种粒子，打破了爱因斯坦关于光速是极限速度的论断。全球科学界为之一震：显然，这对科学的颠覆将超乎想象，几乎意味着因果律的轰然坍塌，时光机、时间隧道等触手可及。但接下来，各路科学家汇集于白雪皑皑的意大利格兰萨索山，十多万人通过视频日夜观看实验现场，最终只等到一个令人哭笑不得的乌龙：法国籍和瑞士籍的两位团队领导引咎辞职，因为"超光速"并未实现，团队此前的两次假成功，不过是掉链子——"GPS接收器与电脑之间的光缆松动了"。以致一位意大利同行自嘲：这就对了，我们不可能打破自然界的一条基本法则：在意大利，没有任何事情是准时的。[2]

研究生们的教材看来还是无法更新。

这是新科学临盆前一时的屏息宁静？还是科学在微观和宏观两大铁板之间已脱困无望？没有人知道。当然，基础科学的大体封盘，并不妨碍近几十年来应用科学、应用技术的长足发展，甚至日新月异，遍地开花。人们毕竟迎来了抗生素、电视机、计算机、互联网、核动力、太空望远镜、人工智能……这一切在媒体上眼花缭乱热浪滚滚，正在全面定义新的业态与生活——不过，称之为"科学革命"让人犹豫，换上"技术革命""技术繁荣"之类用词显然更合适。不是吗？技术受惠于科学——特别是其基础与核心的原理，总是比后者慢一拍，不过是科学的传导、应用、衍生、物态化以及潜能释放，是科学这棵大树上晚来的开花

---

[1] 见二〇二〇年二月十六日《科学美国人》杂志。
[2] 见二〇一二年四月十七日《南方周末》。

结果。

人们享受果实时,希望确保果树根系的强旺活力,确保下一轮种苗的萌发,大概不会是一份多余的关切。

理性工具大不如前

人的知识从哪里来?

一个中国人可能这样回答:实事求是,因实求名,格物致知,知行结合,能抓老鼠就是好猫,实践是检验真理的唯一标准……但中国传统中的这一套实践大法,接近西方的"经验论",在古希腊主流学界那里却基本上行不通。

相反,古希腊学者虽不排斥实践,但不觉得实践是多大的事——也许那些宗教精英、贵族精英们成天翻着羊皮书,对出门干活流汗一类本就不大擅长。在他们眼里,"真理"(true)高于"真实"(fact),是世界固有的内在性逻辑,是以数学为范本的抽象体系。人类不是靠观察而是靠洞见才能一步步进入那个普遍、绝对、神圣的公理化秘境——为此,你哪怕成天闭门造车,也没什么关系。

有一个根号二的故事。毕达哥拉斯是古希腊伟大的几何学家,最先证明了直角三角形中,"两直角边的平方和等于斜边的平方"。这叫"毕达戈拉斯定理",又称"勾股定理"或"百牛定理"——因为他的团队曾宰杀一百头牛,欢庆这一伟大定理的诞生。不料,他的学生西伯索斯却发现一个疑点:如果一个正方形边长为一,那么根据该定理,其对角线的长只能是根号二;然而这既不是整数,也不是整数的比,在无理数概念尚未产生的当年,完全是一个怪物。毕达戈拉斯对此也百思不解,守着一条真真切切的线,面对一个逻辑漏洞,惊骇不已痛不欲生。为防止整个公理体系的崩溃，他恼羞成怒，下达封口令，严惩学派"叛逆"，不惜派一群打手出海追击，把那个仓皇出逃的家伙五花大绑，丢入大海喂鱼。这就是说，解决不了问题，就把提出问题的人解决；若事实抵触公理，那就把事实干掉！

事实算什么呢？事实能放之四海而皆准吗？在他们看来，观察和经验一再欺骗我们。想想看，水中折棍、海市蜃楼等，都是这样差点骗过人们眼睛的事实幻影。那么根号二肯定也是！

毕达戈拉斯学派就是带着这一股唯理论的狠劲，一种痴迷和一根筋，不管不顾，长驱直入，倒是在演绎法上别有所长——这是事情的另一面。从"万物皆数"（毕达哥拉斯语），到"数学是一切知识中的最高形式"（柏拉图语），到"自然之书是用数学语言写就的"（伽利略语），到"一切科学均可最终转化为数学"（莱布尼兹语），到"数学是科学的皇后"（高斯语）……欧洲的数学狂们层出不穷，创造了埃及、印度、中国等古文明中都不曾有过的一种知识理想和知识类型。习风所染，亚里士多德在《形而上学》中穷究五花八门的本质属性：人有人性，猫有猫性，树有树性，火有火性，三角有三角性，连普遍与具体本身也各有其"性"，自然与理念本身也各有其"性"。这些"性"，或者说这些"是"（Being），在中国人读来很陌生，特别扭，太烧脑，简直没法准确汉译。[1] 其实，作者不过是想编绘出一册数学式的公理大全，把满天下的抽象本质一网打尽，让它们从不甚完美的"事实"表象中显现出来。

不得不承认，这种准神学家式的执拗，使一种强大的数理工具源远流长。当东方的实践家们有了算术，有了算术就大体够

---

[1] 可比对中文版亚里士多德：《形而上学》，吴寿彭译，商务印书馆一九八一年版与一九六五年的 Pengquin Books 英译版。

用,能应付春种秋收、治国安民一类俗务,欧洲的唯理派却收获了数学——包括欧氏几何、无理数、对数法、虚数、微积分等,为"科学"勃兴提供了重要基础。

一旦与发端于英国的经验主义思潮两相汇合,互为依托,便如虎添翼,牛顿时代的喷薄而出就只是迟早问题。人们或是靠实验采集知识,然后用数理加以组织;或是靠数理推测知识,然后用实验加以印证,似乎怎么走都顺,哪一条腿迈在前面都行。以致从某一个节点孤立地看,有时知识还可以跳过实践,在学者密室里以先知预言的方式"先验"地发生——上帝就是这样干的吧?海王星的故事就是这样:先是有人推算出它的空间位置,当天文学家后来架起望远镜,对准夜空中的那个位置时,果然发现了一个小小白点,与预估点位竟相差无几。化学元素周期表的故事也是这样:门捷列夫依据原子质量大小,对元素予以排列和推导,发现了一些先有数据、而无实证的空白格子,而这些当时尚未发现的元素(镓、钪、锗等),事后果然被发现,由实践家们一一捉拿归案。

正因此,爱因斯坦在晚年《自述》一书中谈及真理的标准,除了"外部的证实",即经验派所拥戴的实践检验,还加上另一条:"内在的完备。"包括逻辑的简洁和美(比如他爱不释手的 $E=mc^2$)——这其实是延续唯理派一脉遗风,深切怀念演绎法永远要求的严密与纯净。

"上帝不会掷骰子。"他的另一句名言,显示出他对因果律笃信不疑,相信世界就是笛卡尔心目中那种精密运行的钟表。

提到这一点,是因为唯理派在牛顿时代的好运气,并未延续太久。一旦遭遇现代科学的冲击,一旦触及更深广的未知领域,"钟表"之喻渐渐不合时宜。

不妨耐心回顾一下。源自古希腊的理性主义,一种普遍、绝对、神圣的世界因果秩序,首先在康德等人那里撞上辩证法,陷入正题、反题、合题的迷阵,形式逻辑让位于辩证逻辑,"自相矛盾"从此有了合法性。接着,它在贝叶斯等人那里撞上概率论,必然逻辑让位于或然逻辑,等号几乎都成了略等号,"差不多"和"大概是"从此有了正当权。再后来,它在哥德尔等人那里撞上"不完全性定律",发现公理的一致性与完全性不可兼得,数学的自洽和相应证明不可兼得,看似完美的逻辑体系原来一直处于带病的状态,不能不让人惊醒和沮丧。与此同时,它被欧氏几何与非欧几何的分裂炸了个半晕,发现在高斯、黎曼等人那里,公说公有理,婆说婆有理,此真理和彼真理居然互不通约,统一逻辑变体为多重逻辑。它还在普朗克、海森堡、玻尔、薛定谔等人那里,被量子力学拖入一片泥沼,发现在亚原子层面的微观世界,与常规世界不同,几乎一切都"测不准"。A也是B,有也是无,到底是什么,其随机结论只是取决于人们采用何种观察方法和观察工具,因此因果认知的客观性被釜底抽薪。

连因果律的坚信者爱因斯坦——如果不是在实证层面,至少在假说层面,也对自己伏下了潜在威胁。所谓因果,只能是前因后果吧,只有在时间轴上才有意义吧。然而,恰恰是根据他的相对论,时空不可分割,均在运动中变化。运动的尺在相对变短;运动的钟在相对变慢,达到光速时则时间消失。这就相当于说,一切因果链在那时都会溃散,在超过光速时则会倒置。一个乡下老汉可能因此万分惊骇:照这样说,人岂不会先死而后得病?孙子还会出生在儿子以前?

显然,要安抚老汉,确信这种惊骇大可不必,只能靠一条:宣布时光机之类是无聊的科幻,宣布爱因斯坦就是物理学的终点,关于光速是极限速度的判断永不可动摇。所有后来者都得趁早死心,不要像"奥普拉"团队那样,再去打光速的主意。

人们都会同意这一点？

很多人也无法证伪这一点。一切还是疑雾重重，构成了眼下知识生产的重大困难。换句话说，作为科学远航的双引擎之一，唯理论看上去已透支和冷却，数理工具的有限边界日显，对实验工具引领和支撑的作用远不如昨，即便——如前所述——数理革命的余热还热在应用技术的另一头，包括成为某些文科研究领域的新时尚，包括"数字经济"启爆革新大潮，"大数据""云计算"风起云涌，算法工程师和独角兽企业拿走了业界最丰厚的年薪或利润。

实践也多方面变味

爱因斯坦以后的科学发展，看来主要依重经验路线和经验方法。可望成为科学最新主角的生物学据说就是这样。黑洞、暗物质、希格斯粒子等前沿研究，也多是依据海量的观察和实验，靠的是科学家们务实苦干、摩顶放踵、大海捞针、积沙成塔——发现海王星的那种先知式奇迹，已十分少见。

这其实很对中国知识传统的胃口。中国古人讲究急用先学，仅靠区区算术就鼓捣出了"四大发明"，还鼓捣出算术因素更弱更少的中医成果。中国人摘取诺贝尔科学奖尚少，但世界上最多的理工科大学毕业生、最多的技术专利申报、最多的科技论文发表、最高增速的新技术产业规模……都汹涌而来蔚为大观。中国人重应用、重实据的务实风格，在一些人看来，不过是儒家传统中"实用理性"（李泽厚语）或"实用主义"（安乐哲语）的一脉相承。

在某种意义上，中国的知识风气远欧陆，而近英美。英国人培根就狂赞过"三（四）大发明"；同是英国人的李约瑟认为中国知识水平远超西方直至十三世纪。孔夫子则最像美国实用主义的理论旗手"杜威先生"（蔡元培语）。当唯理派走下神坛，英美经验派更愿意强调，毕达哥拉斯的几何学其实源于古埃及修水利、建金字塔的工地，同样是干出来的学问，其人间烟火气不应被掩盖。中国人对这样的说法最可能鼓掌。

这没什么不好。实践确实是真理之母，哪怕在爱因斯坦的那里，也是检验真理的唯二标准之一，响当当的。只是作为科学远航中的另一台引擎，进入现代以来，实践也面临新的故障。

至少可注意下面三点：

一、实践盲区

这么说吧，前人的观察和实验都较为简易，便于操作，花费不大，也比较个人化。阿基米德靠一盆洗澡水，就可以发现浮力原理。牛顿靠一个枝头掉下的苹果，就可以构想重力学说。伽桑地在一条航行的船上，从桅顶落下一块石头，就能检验地心说的真伪……那时的科学家都像草根"民科"，多是单枪独马，小打小闹就做出大学问，在知识的荒原上到处开疆拓土。

相比之下，随着日常环境和常规层面的科学发现接近饱和，特别是在物理学领域，易啃的骨头已啃完，科研就不再以米为单位、以克为单位、以秒为单位，而是一头指向亚原子层面的微观，另一头指向深空星际的宏观。这时候，观察和实验的成本急剧升高，"民科"风格就行不通了，绝大多数聪明的人和机构被排拒在机会之外。大型球面射电"天眼"，只有一两个国家可做。一台高能粒子对撞机，动不动就数百亿甚至千亿的投入，连美国、日本都供不起，谁还能玩？故杨振宁建议中国根本不要去搞。在高预算、高设备、高薪酬、高技术产业、高质量教育等配套条件缺位时，发展中国家的很多创新也无从谈起，几乎"被贫穷限制了想象"。很多国家的理科大学近乎奢侈品，既缺财务保障，又缺就业空间，于是重文轻理，甚至弃文从戎，实属学子们的无奈之选，诺贝尔奖这事不必想得太早。

　　进入一个市场经济时代，若无公权力的大手笔合理调控，很多实践总是缺乏后援。投资商以营利为目的，只会青睐那些周期短、见效快、有购买力的应用科学和应用技术，宁可对奇巧淫技砸下重金，也不会对荒漠化、农田土质修复、非洲地方病等投入情怀；宁可"山寨""接汤""做下游"，到处捡一些边边角角的业务，也不会对基础科学长期的冷板凳和可能的投资黑洞，多看上一眼。"军工联合体"通常成为拼抢战略红利的优先投入部门。依据同样的利益逻辑，早在一九七六年，美国的一半医疗支出都用于照顾病人生命的最后六十天，加上另一大块用于性无能和脱发谢顶，相关研发显然不是为大面积穷国和穷人所准备的[1]，也不会顾及商业意义太小的数千种罕见病（且不包括误诊、无名的类似病患）。全世界用于宠物、化妆品、奢侈品的研发投入，只要拿出百分之一，牙缝里省下一点点，培训四十多个极贫国家的脱贫技能也绰绰有余。

　　长此以往，知识与利益捆绑，知识生产中的一部分，即零收益或收益不确定，却可能是人类迫切需要乃至整个知识生态中至关重要的那部分，倒可能受到市场挤压，退出人们的视野。

　　一种知识的失衡不易补救。

二、实践窄道

　　一个前辈观察当下的生活，也许也会觉得现代人太无能，在

---

[1] 李尚仁：《现代医学的兴起、挫折与出路》，载金观涛等：《赛先生的梦魇》，东方出版社二○一九年版。

越分越细的现代分工体制下，只能打拼在生产链的一个小小节点，只能是偏才，只能是人形零件，放在相邻工序就是废才，比如医院里的胃博士不可代班肠大夫，管结肠的与管直肠的也各管一段相互袖手。这远不如从前：医生多是全科医生，教师多是"全科"教师（至少可打通文史哲，或打通数理化），连一个农民也可能是"全科"农民（农林牧副渔样样上得手），如此等等。

现代人回到家里也许就更笨了，即便是高学历的白领，也可能煮不好一碗面，洗不好一件衣，更不懂如何修桌子或出门挖草药。他们被"傻瓜化"的各种家用自动设备，被发达的电商配送服务，宠成了一个个"巨婴"，屁股常在沙发里生根，不时靠旅游、八卦、表情包来打发闲暇，还以为自己操弄傻瓜相机就懂得了摄影。

专业细分是知识增长的势所必然，有利于提高劳动效率，不就得这样吗？何况日子过好了，有钱人无须什么事都自己干，很多过时的知识和能力，要丢那就丢了吧。不过，如果他们的实践面过分收窄，"零件化"的职业状态叠加"原子化"的心理状态——某种个人主义的自恋和自闭，就很可能失去走出自我的能力，失去对父母、亲戚、邻居、朋友、服务者、合作者、庶民大众的兴趣和了解，失去在困苦、焦虑、情义、背叛、绝望、斗争、虚伪、牺牲中的历练，欠缺作为一个群居生命不可或缺的社会阅历。如果事情是这样，"巨婴"们就真的长不大了。

经验蕴积不够，必有感受机能的退化失敏，一如赤道居民对"冰雪"一词无感，即便翻字典读懂了，但肌肤、神经、情绪上还是无感。到这一步，任何优秀的文化和思想都不易与他们的心智接轨，更谈不上共振。"奶头乐"（Titty Tainment）的亚文化潮流便会应运而生，取而代之，找到最合适的生长土壤，找到兴风作浪的资本吸金神器。娱乐为王，刺激为王，搞笑搞怪就是一切。

因一味迁就受众轻浅的理解力，各种"神剧"都能成为热剧，"狗血"与"鸡汤"最容易成为头条。即便偶尔涉及历史和政治话题，有几枚流行标签就够了。他们一通嘴炮打下来，信者恒信，不信者恒不信。记得的恒记，不愿记的恒不记。碰到不顺耳的看法，有条件时要踩，没条件时创造条件也要踩——事情就这么简单！

这就说到文艺和时论，回到文科知识了。据说"奶头乐"是出于冷战对手的阴谋，是刻意制造娱乐快餐，意在填满弱者心智，消解反抗既得利益者的意愿和能力。其实，即便没有外部输入，即便也不如另一些人所忧，可诿责于父母、学校、社会的"娇惯"和"过度保护"，就更深原因而言，只要前述条件和趋势不变，只要人们对社会实践的疏远面、绝缘面、无知面不断增大，这些人想离开文化奶嘴，恐怕也难——这里既有知识的失衡（多表现于理科），也有知识的失真（多表现于文科）。

最日常的现象是，一些大学生居然被小无赖忽悠，一些硕士或博士被校园贷、高消费、假网恋、出国梦、成功学、邪教组织无谓吞噬生命，悲剧时见报端。他们的学业高分，他们的超长网龄，都不足以摆脱"利令智昏"的古老魔咒，不足以换来连古人也不缺乏的基本判断力，无法健全自己成熟和正常的人格。

三、实践浮影

延续前面的话题，这是指现代人特别容易重知轻行，以知代行，使自己的实践日益虚浮，知识生产"脱实向虚"。

这也是说，牛顿和爱因斯坦那个时代尚属正常，资本主义拉动生产力，知识多服务于实业；然而自后工业化时代以来，正如金融玩起了体内循环，知识也开始服务自己。金融（投机）与知识（自肥）两大产业，已构成新资本主义的双"虚"。事情起码是这样。

读书当然是一件好事。特别是在古代，交通和通信工具不发达，人们的活动半径小，知识多是亲历性的直接知识，所谓要知道梨子的滋味，就亲自吃上一口。由此产生的知识量显然不够，非常不够，人们急需用书本补充间接知识，不能不羡慕"秀才不出门，全知天下事"。尽管庄子对书本并不特别信任，在《秋水》中警告"可以言论者，物之粗也；可以意致者，物之精也"；陆游也对书本一直警惕，在《冬夜读书示子聿》中感慨"纸上得来终觉浅，绝知此事要躬行"；但毕竟那时间接知识极度稀缺，读书人都是宝贝疙瘩，直到二十世纪前期，中国军队里的连长或营长，身边能有个识文断字的文书官，能看懂公文和地图的那种，还相当稀罕和要紧。

变化的拐点很快到来。中国的文盲率已从七十年前的百分之八十降至百分之四，高校毛入学率接近五成，这意味着印刷机、网络服务器开始热得发烫，谓之"信息"的间接知识出现疯长和爆炸，反过来大规模挤压和取代直接知识。在很多人那里，"知识"已等同于书本知识，"良好教育"已等同于完整学历，"知识就是力量"无异于文凭就是身价和话语权。一百本书产生一百零一本书，一千本书产生一千零一本书，知识的自我繁殖和次生、再生链条无可遏止。知识的分支也无比庞杂，以致同科俩博士也可能互为聋子，因分支不同就听不懂对方的概念。从学前班到博士后，从鼻涕娃到白发生，很多人半辈子或大半辈子都在读读读，如果入职院校或媒体，更可能成为终身"书虫"——这种情况在文科领域特别多见，也特别令人担心。

书本有什么不好吗？能因此见多识广、旁征博引、集思广益，充分吸收前人和他人的成果，不正是人类智商提升和文明兴旺的最大优势？

这话没错。不过，美国电影《心灵捕手》（一九九七年）里，一个禀赋过人的学霸，一位叛逆的天之骄子，曾被老师的一段话震击：

> 你从未离开过波士顿，是吧？所以你说到艺术，只有一些艺术书籍里的粗浅论调，关于米开朗基罗，关于他的政治抱负，关于他与教皇的故事，关于他的性取向和他所有的作品，你知道得很多，对吗？但你不知道西斯廷教堂的气味，你也从未站在那里久久凝视美丽的天花板。
>
> 如果我说到战争，你会说出莎士比亚的话：共赴战场，亲爱的朋友，如此等等。但你从未接近过战争，从未把好友的头抱在膝盖上，看他呼出最后一口气，向你绝望地呼救。
>
> 如果说到女人，你八成也会说出个人偏好的谬论，你上过几次床，如此等等，但你说不出你在女人身旁醒来时那种幸福的滋味。你也许会引述十四行诗，但你从未看到过女人的脆弱，也从未看到她能击倒你的双眼，让你感觉到上帝的天使为你而来，把你从地狱里救出。你也并不了解真正的失去，因为唯有爱别人胜过自己的人才能体会，你大概不敢那样爱吧？
> ……

不明书本之短，便有上述电影中的书本学霸，便有："知识最大的敌人——不是无知而是知识的幻觉。"（霍金语）

这些大量冒出的"知道分子"（网友语），与真正的知识分子的最大差别，在于前者缺少现场性的感受和经验，缺少实践的重力与活性。采访、座谈、参观、视察、实习……当然也是实践，聊胜于无，但如果没有足够和深度的做，便不足以激活、消化、修正、补充间接知识——更不要说发展了。永动机的空头理论，看似环环缜密、甚至合得上能量守恒定理，做起来根本没戏，就是这样来的。文科里的"口舌之学"而非"心身之学"（王阳明语），也是这样来的。笔者曾在一篇文章里说过：一位从未做过任何生意的在教经济学，一位从未参加过任何实战的在教战役学，一个从未当过记者或编辑的居然开讲新闻学，一位既未当过官也未造过反的居然把持政治学，而一位个人品行很糟糕的家伙则可能一再发表伦理学论文……你就那么相信？把他们的学问不断学舌和复制下去，人们就那么放心？

读书充其量只是半教育。积弊日深的全球现有教育体制延绵数百年，经新资本主义的塑造升级更为根深蒂固，需要一种大体检，需要一场大手术。这包括设计和推出一种新制度，视工龄与学历同等重要，更鼓励师生双方对险难岗位工龄、研发工龄、多岗工龄的积攒，以重建人才评价标准体系，大大提升实践的地位，从根本上打掉应试教育、论文生涯所组成的荒唐闭环。如此等等，也许是所有社会改革议程中更具有基础意义的改革——至少是之一。问题是，各种既得利益集团不可能接受这一点。文凭工厂、论文生意等已把他们养得够肥，好日子还得过，知识利益的等级化和垄断化还得加固。哪怕"花钱买版面"在眼下很多地方已见多不怪并寡廉鲜耻，哪怕"SCI 数据库""JCR 报告""影响因子"充满猫腻，不过是出自一家私人公司的生意经，业内不少人心知肚明，但还是会被奉为国际科研评价体系的超级指挥棒。[1] 寄生于现有体制的大批教育商、学术商、传媒商、知识官僚已不习惯让实践家——特别是底层的实践家，带着汗水和手茧闯入他们的专属殿堂。

也会被他们说一说，出现在什么演讲词里。不过其意思很

---

[1] 江晓原：《SCI 神话早该破了》，瞭望智库公众号，二〇二〇年二月二十五日。

可能被理解为旅游的消费账单，或看一眼平板电脑里的专题纪录片。如果能成为社会公益的形象工程，三两点缀于履历表，那更属难能可贵。

这样，很多企业和事业机构常感到无人可用，而越来越多的大学生却对社会感到畏惧，不愿毕业离开安全的校园，也不愿结束"宅男""宅女"的日子。教育与社会的裂痕日渐扩大，知识的信用度一路下滑。"我喜欢没受过什么教育的人！"特朗普这一口白，迎合了相当一部分底层人对精英阶层的戒心和愤怒，竟助其收割了史上选票第二高的政治人物光环。美国学者尼古拉斯·卡恩斯对全球二百二十八个国家和地区进行统计和比对，发现政治家中，平均学历高的反而比学历低的治理成绩更糟。[1] 连麦肯锡这个全球最大的人力资源咨询管理公司，其老板的用人标准，也是一要 hungry（饥饿），即绝不要富二代、官二代；二是要 street smart（街头聪明）：即灰头土脸摸爬滚打一路拼上来的，切不可是高学历的书呆子。[2]

这类迹象通常会被主流媒体闪过去。不用说，实践主体意味着人民主体，意味着为人民服务的价值观，将严重冒犯某种隐形的政治机心与伦理禁脔。不少媒体人对此心照不宣，不会去斗胆冒险。

下要接地，上要接天

二〇二〇年的美国让人看得步步惊心，一些中国"文革"的

---

[1] 见 Nicholas Carnes, *White-Collar Government: The Hidden Role of Class in Economic Policy Making*, University Of Chicago Press, 二〇一三。
[2] 陈平：《罗杰斯破解市场迷雾的经验之谈》，观察者网，二〇一七年十二月二十九日。

过来人大概还有几分眼熟。很多城市在砸雕像、打招牌（大破"四旧"），游行示威不断冲击政府和议会（炮打司令部），烧汽车、抢商店、枪击案的暴力呼啸说来就来（文攻武卫），种族压迫的老账与暗中通俄的现行一起查（深挖阶级敌人），家人之间因政治反目并公开举报（亲不亲，路线分），连基本防疫措施也被视为政治陷阱（宁要资本主义的病，不要社会主义的医）……愤怒者几乎把一部历史剧异地重演了一遍。

两相比较，一个中国女孩穿条花裙子被指责为资产阶级的遗毒，与一位西方老妇戴口罩被指责为对自由主义信仰的背叛，实为异曲同工。中国当年并无贫富分化，也没外来移民群体，不存在具体利益冲突，也闹得那么凶，似乎不好理解。当这种失控出现在经济、教育高度发达的地方，出现于"山巅之国"和"上帝选民"，也是一种不好理解。可见，不论东方还是西方，不论在穷国还是富国，人类的理性启蒙成果都不宜过于高估。意识形态教条化、极端化的失控，可随时击溃人的智商和温良，集体犯晕是一个持久的隐患。

其实，意识形态是利益博弈的思想工具，在其早期大多争之以理，多少要照顾到证据与常识；一旦进入教条化、极端化的状态，才会滑向非理性，通常表现为信仰狂热，思维僵硬，脱离实际，无视事实，求助假新闻，成为一种不由分说和不可冒犯的神主。

邓小平在改革开放初期提出"不争论"，不是没有对主义的思考，只是因为书生们吵架误事，耗不起，说不清，不会有任何效果，"越辩越明"之类说法根本不灵。神主一上阵，只可能死嗑到底，掀桌子，砸场子，白刀子进红刀子出。那么来一道封口令，便不失为一个不是办法的办法，一种务实者的权宜。

马克思在原则上同样寸步不让，却也至少五次宣称自己"不是马克思主义者",见诸《马克思恩格斯全集》中文版第三十五卷三八五页、第二十一卷五四一页附录、三十七卷四三二页、第三十七卷四四六页、第二十二卷八一页。这无非是他担心自家学说也进入教条化、极端化的理解,失去生动活泼和包容开放的应有之义。他的自信表现为一再鼓励他人向自己发动质疑。

事情看来是这样,人们只要深入实际,来到现场,面对具体问题,由于各方都熟悉问题的来龙去脉和上下左右,有信息的充分沟通与分享,达成共识是大概率事件。要排涝就排涝,要修车就修车,要包产就包产,要反腐就反腐,谁会同自己的眼睛和钱过不去?除非白痴,很少人不通情理。因此,常见的情况是,越是到工人、农民、商人、基层官员、科技人员那里去,就越少听到意识形态化的口水仗。相反,一旦远离具体现场,一脑子事实换成一脑子理论,人们活得高雅和高深起来,闪耀着这种或那种"政治正确"的神圣光环,事情才会陷入危险,连"花裙子"和"口罩"也能通过"上纲上线"顷刻间变得易燃易爆。到那时,书本左派对抗书本右派,书本激进对抗书本保守,书本效率对抗书本公平……在书本知识的混战危机中,再好的道理都没法说了。

这并不是说"读书越多越反动",不是说大老粗具有天然优势。事实上,无论学历高低,人们谈"主义"时都容易崩,谈"问题"时都不难磨合,与穿不穿草鞋没关系。这也不是说书本一定会惹祸,而是说这世界上,所有知识最终都需要落地实用。唯实践能清醒所有"永动机"式的理论空想和逻辑迷信,唯实践能给神主知识退烧、脱敏、活血、解毒,是知识重获解释力和引领性的前提,是一切伟大理论活的灵魂。

毛泽东一九三七年撰写《实践论》。一个极穷、极弱、极乱的大国在当时几无发展前例可援,各种洋教条让国人左右皆误一再迷路,若无《实践论》的唤醒,没有一场大规模的知识生产自主解放，全社会行动力的不断凝聚和增强简直无从想象——那是一个并不遥远的生动故事，可为今人借鉴。

这就是"下要接地"的意思。

如果说神主知识不可取，碎片知识同样让人头痛，是时下求知者们的另一大灾情。这样说的背景，是当代的知识产能实在太强了，未来的知识更可能多得令人望而生畏。严格地说，对每一块石头都可考古，给每一个人都可写传记，而天上每一颗星星都值得成立N个研究院去探索……但我们需要那么多知识吗？太多信息让电脑死机。太多知识让人不堪其累，会不会反有多方丧生之虞，让人们不是更善于行动，而是更难于行动？

也许，需要一种筛选优化机制，助人们适时轻装上阵，排除大量不急需、不必要、不靠谱的知识。还需要一种活化组织机制，让万千知识各就其位，各得其所，组成手脚四肢和五脏六腑，共享统一的灵魂。不能不提到，随着解构主义等后现代哲学风行，旧的独断论遍遭清算，只是一篙子打翻所有的"大叙事"，视一切概念为"能指"和"神话"，在文本符号里层层揭伪，层层打假，把造反进行到底，痛快倒是痛快，但也有虚无之危——把"遮蔽性"统统罪名化，其本身是否也构成了一种新型的独断论？人们至少可以先问上这么一句。

这事暂且从略，不妨以后再说。物理学家霍金称："二十一世纪是复杂科学的世纪。"他是指理科。如果以物为认知对象的理科尚且如此，那么文科（还有医科等）以千差万别和千变万化的人为认知对象，当然更是复杂加倍——也许比微观和宏观的物理世界更复杂，即现有数理工具一时难以驾驭的复杂。这样，在一段时间内，一方面是识字率越来越高，知识产能马力全开，各领域、各层级、各门派、各分支、各种方法和风格、各种利益背景和实践细节，都无一不在盛产知识；另一方面却是再建"大叙事"确实困难重重,眼看着散化的知识一散到底,很多人已习惯于各说各话,自说自话,头痛医头(甚至只医头毛),脚痛医脚(甚至只医脚皮),知识封闭、内卷化的程度日深。

国学派同工业党谈不拢,多元派同法律党谈不拢,这还算好理解。反核圈同劳工圈谈不通,女权派与自由派谈不通,就有点费解了。更让人奇怪的是,同是动保人士,宠物派和野生濒危派可能势不两立。同是原住民维权的同道,修路派和拒路派可能不共戴天。同是在抗议超级跨国公司的资本全球化,新左派、同性恋、民族主义者、黑客、素食人士、裸体主义者倒可能自己也闹成一团,甚至打上一场。有关瑞典"环保少女"的争议不过是最新一段插曲。在笔者记忆中,有两位文学朋友曾靠三五句话一见如故,立刻撇下我等庸常之辈,另择一室亲密深谈。可没过几分钟,大概也就是七八句话的工夫,两人又破门而出各奔东西,一个大骂"骗子",另一个断言:"那家伙屁都不懂!"可见隔行如隔山,不隔行同样可能隔了万重山!

不是要百家争鸣吗?争一争也许不错。既然都有理有据,那么任何人都有权发声。但如果人们都是用高音喇叭拼命发声,都希望别人张大耳朵听好,却缺少耐心、兴趣、时间听别人发声,失去了理解和包容他者的能力,大概不是一种正常。即便把杠精们挡在门外,都端起学术架子,拿出绅士风度,开出一个个优雅的高端研讨会,然而只要小题目路线和"牛角尖"癖好继续当道,互相屏蔽者的合影与碰杯也不正常。

有必要指出,作为前述实践盲区、实践窄道、实践浮影的产物,这种碎片知识多出于白领人士,往往经验含量甚少,戴上旧式的"经验主义"帽子并不合适。也许它更像一种小教条主义,或者说,是小教条和小经验煮成的一些夹生饭。

长此以往,众声喧哗,谁也听不清谁。没有统领小真理的大真理，真理便让位于形形色色"我"的真理。换句话说，"大叙事"溃散，其意外代价是大"三观（世界观、价值观、认知观）"随之缺位或暧昧，碎化了浮躁而低效的心智，使碎片知识无法得到一种知识方法、知识伦理的黏结与组织，离可操作性已越来越远。这一情形离争夺资源的难看吃相，与恶俗的知识利益，倒可能越来越近。

作为知识失能的正常反应，民粹主义和反智主义在此时的入场便不可避免。很多人无奈之余，最容易把解决乱局难题的希望寄托于一些强人，那些根本不要知识、不讲道理、作风粗鲁而强悍的可疑救星——比如，指望一两个政治枭雄来痛击疑点重重的"全球化"。"刘项原来不读书"（毛泽东引用的章碣诗句），那意味着历史再一次把知识搁置和冷藏，大棒再一次成为最有效语言，知识分子目瞪口呆暂时退局旁观。

以上就是"上要接天"的缘起。

科学史家库恩说过"在公认的危机时期，科学家常常转向哲学分析……为新传统提供基础的一条有效途径"，包括借助"直觉""意会""无意识"，以革命的方式共约新的"知识范式"，[1]共建一个新的思维共惠平台。这差不多是说，在不同专业之间，靠嗅也能嗅出一种有关知识的知识，向上升维，分中求合，以结束各自的画地为牢，结束各自专业可能的死局和不安全感。

这种哲学高瞻，需要对人类实践实现大规模的修复，需要来自实践前沿的睿智，既贯串于各自的专业自信，也体现于及时的专业自疑，永葆自疑这一求实求新者的必备能力之一，以促成新思维的蓄势待发。这种哲学高瞻也需要人格与胸怀。康德是一

1　见托马斯·库恩：《科学革命的结构》，金吾伦、胡新和译，北京大学出版社二〇〇三年版。

个兼职数学家，终身蛰居偏僻小城，过着清贫的日子，其墓碑上却刻有这样一句："有两种东西，我对它们的思考越是深沉和持久，它们在我心灵中唤起的惊奇和敬畏就会越来越历久弥新，一个是我们头顶浩瀚灿烂的星空，另一个就是我们心中崇高的道德法则。"这一墓志铭体现了一个伟大时代众多求知者的风貌，也蕴积了当年知识之所以成为力量的磅礴心志。那时候的人们并非说话句句在理，但天地和心灵是多么广阔！人们握有经验方法与数理方法两大工具，差不多就是握有理科版的"接地""接天"之道，就能把整个天下真正揣在胸中。

前人已远，后人接薪。时值全球现代化面临新的十字路口，各种知识小格局碎了又碎，我们能否重建"三观"，重建形而上，打通知识的任督二脉，找到各种知识既能相互博弈和碰撞，又能相互通约、消化、滋养、激发的成长机制？我们能否跨过前人的许多见解，但找回前人的志向，谋术有别，为学相济，做事有别，为道相通，让全人类文明成果再次汇聚成共同前行的力量？这是逼近每个求知者的又一悬问。

二〇二一年一月

○ 最先发表于二〇二一年《文化纵横》杂志。

当机器人成立作家协会

一

人工智能，包括机器人，接下来还要疯狂碾压哪些行业？

自"深蓝"干掉国际象棋霸主卡斯帕罗夫，到不久前"阿尔法狗"的升级版Master砍瓜切菜般地血洗围棋界，江山易主看来已成定局。行业规则需要彻底改写：棋类这东西当然还可以有，但职业棋赛不再代表最高水准，专业段位将降格为另一类业余段位，只能用来激励广场大妈舞似的群众游戏。最精彩的博弈无疑将移交给机器人，交给它们各自身后的科研团队——可以肯定，其中大部分人从不下棋。

翻译看来是另一片将要沦陷之地。最初的翻译机不足为奇，干出来的活常有一些强拼硬凑和有三没四，像学渣们的作业瞎对付。但我一直不忍去外语院系大声警告的是：好日子终究不会长了。二〇一六年底，谷歌公司运用神经网络的算法催生新一代机器翻译，使此前的错误大减百分之六十。微软等公司的相关研发也奋起直追，以致不少科学家预测二〇一七最值得期待的五大科技成果之一，就是"今后不再需要学外语"[1]。事情似乎是，除了文学翻译有点棘手，今后涉外的商务、政务、新闻、旅游等机构，处理一般的口语和文件，配置一个手机App（应用软件）足矣，哪还需要职业雇员？

教育界和医疗界会怎么样？还有会计、律师、广告、金融、纪检、工程设计、股票投资……那些行业呢？

美国学者凯文·凯利（Kevin Kelly）是个乐观派，曾炫示维基百科这一类义务共建、无偿共享的伟大成果，憧憬"数字化的社会主义"[2]。阿里巴巴集团的马云也相信"大数据可以复活计划经济"。但他们未说到的是，机器人正在把大批蓝领、白领扫地出门。因为大数据和云计算到场，机器人在识别、记忆、检索、计算、规划、学习等方面的能力突飞猛进，正成为一批批人类望尘莫及的最强大脑，并以精准性、耐用性等优势，更显模范员工的风采。新来的同志们都有一颗高尚的硅质心（芯）：柜员机永不贪污，读脸机永不开小差，自动驾驶系统永不闹加薪，保险公司的理赔机和新闻媒体的写稿机永不疲倦——除非被切断电源。

有人大胆预测，人类百分之九十九的智力劳动都将被人工智能取代[3]——最保守的估计也在 百分之四十五以上。这话听上去不大像报喜。以色列学者赫拉利（Yuval Noah Harari）不久前还预言：绝大部分人即将沦为"无价值的群体"。这就是说，"无产阶级"的这件难事还没折腾完，庞大的"无用阶级"又叠加上来。再加上基因技术所造成的生物等级化，"我们可能正在准备打造

---

1 见俄罗斯二〇一六年十二月二十八日《共青团真理报》。
2 见凯文·凯利著《失控》，新星出版社，二〇一〇年版。
3 赫拉利语，转引自二〇一七年一月六日《环球日报》。

出一个最不平等的社会"[1]！是的，事情已初露端倪。"黑灯工厂"的下一步就是"黑灯办公室"，如果连小商小贩也被售货机排挤出局，连保洁、保安等兜底性的再就业岗位也被机器人"黑"掉，那么黑压压的失业大军该怎么办？都去晒太阳、打麻将、跑马拉松、玩一次说走就走的旅行？一旦就业危机覆盖到适龄人口的百分之九十九，哪怕只覆盖其中一半，肯定就是经济生活的全面坍塌。在这种情况下，天天享受假日亦即末日，别说社会主义，什么主义恐怕也玩不了。还有哪种政治、社会的结构能够免于分崩离析？

数字社会主义也可能是数字寡头主义……好吧，这事权且放到以后再说。

作为一个文学爱好者，不能不想一想文学这事。这事虽小，却也关系到一大批文科从业者及文学受众。

二

不妨先看看下面两首诗：

其一：

> 西窗楼角听潮声，水上征帆一点轻。
> 清秋暮时烟雨远，只身醉梦白云生。

其二：

---

[1] 分别见赫拉利著《未来简史》，上海社会科学院出版社，二〇一〇年版；《人类简史》，中信出版社，二〇一四年版。

西津江口月初弦，水气昏昏上接天。

清渚白沙茫不辨，只应灯火是渔船。

两首诗分别来自宋代的秦观，和另一位IBM公司的"偶得"，一个玩诗的小软件。问题是，有多少人在两首诗前能一眼分辨出"他"和"它"？至少，当我将其拿去某大学做测试，三十多位文学研究生，富有阅读经验和鉴赏能力的专才们，也多见犹疑不决抓耳挠腮。如果我刷刷屏，让"偶得"君再提供几首，混杂其中，布下迷阵，人们猜出婉约派秦大师的概率就更小。

"偶得"君只是个小玩意，其算法和数据库一般般。即便如此，它已造成某种程度上的真伪难辨，更在创作速度和题材广度上远胜于人，沉重打击了很多诗人的自尊心。出口成章，五步成诗，无不可咏……对于它来说都是小目标。哪怕胡说八道——由游戏者键入"胡说八道"甚至颠倒过来的"道八说胡"，它也可随机生成一大批相应的藏头诗，源源不断，花样百出，把四个狗屎字吟咏得百般风雅："胡儿不肯落花边，说与兰芽好种莲。八月夜光来照酒，道人无意似春烟。"或是："道人开眼出群山，八十年来白发间。说与渔樵相对叟，胡为别我更凭栏。"这种批量高产的风雅诚然可恶，但衣冠楚楚的大活人们就一定能风雅得更像回事？对比一下吧，时下诸多仿古典、唐宋风、卖国粹的流行歌词，被歌手唱得全场沸腾的文言拼凑，似乎也并未见得优越多少。口号体、政策体、鸡汤体、名媛体、老干体的旧体学舌，时不时载于报刊的四言八句，靠一册《笠翁对韵》混出来的笔会唱和，比"道八说胡"也未见得高明几何。

诗歌以外，小说、散文、评论、影视剧等也正在面临机器人的野蛮敲门。二十世纪六十年代，美国贝尔实验室早已尝试机器写作。几十年下来，得益于互联网和大数据，这一雄心勃勃的探索过关斩将，终得茧破化蝶之势。日本朝日电视台二〇一六年五月报道，一篇人工智能所创作的小说，由公立函馆未来大学团队提交，竟在一千四百五十篇参赛作品中瞒天过海，闯过"星新一奖"的比赛初审，让读者们大跌眼镜。说这篇小说是纯机器作品当然并不全对。有关程序是人设计的；数据库里的细节、情节、台词、角色、环境描写等各种"零部件"，也是由人预先输入储备的。机器要做的，不过是根据指令自动完成筛选、组合、推演、语法检测、随机润色这一类事务。不过，这次以机胜人，已俨如文学革命的又一个元年。有了这一步，待算法进一步发展，数据库和样本量进一步扩大，机器人文艺事业大发展和大繁荣想必指日可待。机器人群贤毕至，高手云集，一时心血来潮，什么时候成立个作家协会，颁布章程选举主席的热闹恐怕也在所难免。

到那时，读者面对电脑，也许只需往对话框里输入订单：

男一：花样大叔。女一：野蛮妹。配角：任意。类型：爱情/悬疑。场景：海岛/都市。主情调：忧伤。宗教禁忌：无。主情节：爱犬/白血病/陨石撞地球。语调：任意……

诸如此类。

随后立等可取，得到一篇甚至多篇有板有眼甚至有声有色的故事。

其作者可能是人，也可能是机器，也可能是配比不同的人（HI）机（AI）组合——其中低俗版的组合，如淘宝网上十五元一个的"写作软件"，差不多就是最廉价的抄袭助手，已成为时下某些网络作家的另一半甚至一大半。某个公众熟悉的大文豪，多次获奖的马先生或海伦女士，多次发表过感言和捐过善款的家伙,在多年后被一举揭露为非人类,不过是一堆芯片、硬盘以及网线,一种病毒式的电子幽灵,也不是没有可能。

法国人罗兰·巴特一九六八年发表过著名的《作者之死》,似已暗示过今日的变局。但作者最后将死到哪一步,将死成什么样子?是今后的屈原、杜甫、莎士比亚、托尔斯泰、曹雪芹、卡夫卡都将在硅谷或中关村那些地方高产爆棚,让人们应接不暇消受不了以至望而生厌?还是文科从业群体在理科霸权下日益溃散,连萌芽级的屈原、杜甫、莎士比亚、托尔斯泰、曹雪芹、卡夫卡也统统夭折,早被机器人逼疯和困死?

技术主义者揣测的也许就是那样。

三

有意思的是,技术万能的乌托邦却从未实现过。这事需要说说。一位美籍华裔的人工智能专家告诉我,至少在眼下看来,人机关系仍是一种主从关系,其基本格局并未改变。特别是一旦涉及价值观,机器人其实一直力不从心。据说自动驾驶系统就是一个例子。这种系统眼下看似接近成熟,但应付中、低速还行,一旦放到高速的情况下,便仍有不少研发的难点甚至死穴——比如事故减损机制。这话的意思是:一旦事故难以避免,两害相权取其轻,系统是优先保护车外的人,还是车内的人(特别是车主自己)?进一步设想,是优先一个猛汉还是一个盲童?是优先一个美女还是一个丑鬼?是优先一个警察还是三个罪犯?是优先自行车上笑的还是宝马车里哭的?……这些 Yes 或 No 肯定要让机器人蒙圈。所谓业内遵奉的"阿西莫夫(Asimov)法则",只是管住机器人永不伤害人这一条,实属过于笼统和低级,已大大的不够用了。

美国电影《我是机器人》（二〇〇四年）也触及过这一困境（如影片中的空难救援），堪称业内同仁的一大思想亮点。只是很可惜，后来的影评人几乎都加以集体性无视——他们更愿意把科幻片理解为《三侠五义》的高科技版，更愿意把想象力投向打打杀杀的激光狼牙棒和星际楚汉争。

其实，在这一类困境里，即便把识别、权衡的难度降低几个等级，变成爱犬与爱车之间的小取舍，也会撞上人机之间的深刻矛盾。原因是，价值观总是因人而异的。价值最大化的衡量尺度，总是因人的情感、性格、文化、阅历、知识、时代风尚而异，于是成了各不相同又过于深广的神经信号分布网络，是机器人最容易蒙圈的巨大变量。哪怕一部分旧变量可控之时，新变量又必定纷纭迭出。舍己为人的义士，舍命要钱的财奴……人类这个大林子里什么鸟都有，什么鸟都形迹多端，很难有一定之规，很难纳入机器人的程序逻辑。计算机鼻祖高德纳（Donald Knuth）因此不得不感叹："人工智能已经在几乎所有需要思考的领域超过了人类，但是在那些人类和其他动物不假思索就能完成的事情上，还差得很远。"[1]同样是领袖级的专家凯文·凯利还认为，人类需要不断给机器人这些"人类的孩子""灌输价值观"[2]，这就相当于给高德纳补上了一条：人类最后的特点和优势，其实就是价值观。

价值观？听上去是否有点……那个？

没错，就是价值观。就是这个价、值、观划分了简单事务与复杂事务、机器行为与社会行为、低阶智能与高阶智能，让最新版本的人类定义得以彰显。请人类学家们记住这一点。很可能的

---

1 转引自贺树龙《人工智能革命：人类将永生或者灭绝》，载 waitbuywhy.com。
2 见凯文·凯利有关前注。

事实是：人类智能不过是文明的成果，源于社会与历史的心智积淀，而文学正是这种智能优势所在的一部分。文学之所以区别于一般娱乐（比如，下棋和玩魔方），就在于文学长于传导价值观。好作家之所以区别于一般"文匠"，就在于前者总是能突破常规俗见，创造性地发现真善美，处理情和义的价值变局。

技术主义者看来恰恰是在这里严重缺弦。他们一直梦想着要把感情、性格、伦理、文化以及其他人类表现都实现数据化，收编为形式逻辑，从而让机器的生物性与人格性更强，以便创造力大增，最终全面超越人类。但他们忘了人类智能在千万年来早已演变得非同寻常——其中一部分颇有几分古怪，倒像是"缺点"。比如，人必有健忘，但电脑没法健忘；人经常糊涂，但电脑没法糊涂；人可以不讲理，但电脑没法不讲理——即不能非逻辑、非程式、非确定性地工作。这样一来，即便机器人有了遗传算法（GA）、人工神经网络（ANN）等仿生大招，即便进一步的仿生探索也不会一无所获，人的契悟、直觉、意会、灵感、下意识、跳跃性思维……包括同步利用"错误"和兼容"悖谬"的能力，把各种矛盾信息不由分说一锅煮的能力，有时候竟让 2+2=8 或者 2+2=0，甚至重量 + 温度 = 色彩的特殊能力（几乎接近无厘头），如此等等，都有"大智若愚"之效，还是只能让机器人蒙圈。

在生活中，一段话到底是不是"高级黑"；一番慷慨到底是不是"装圣母"；一种高声大气是否透出了怯弱；一种节衣缩食是否透出了高贵；同是一种忍让自宽，到底是阿Q的"精神胜利"还是庄子的等物齐观；同是一种笔下的糊涂乱抹，到底是艺术先锋的创造还是画鬼容易画人难的胡来……这些问题也许连某个少年都难不住，明眼人更是一望便知。这一类人类常有的心领神会，显示出人类处理价值观的能力超强而且特异，其实不过是依托全身心互联与同步的神经响应，依托人类经验的隐秘蕴积，相机选择一个几无来由和依据的正确，有时甚至是看似并不靠谱的正确——这样做很平常，就像对付一个趔趄或一个喷嚏，再自然不过，属于瞬间事件。但机器人呢，光是辨识一个"高级黑"的正话反听，就可能要瘫痪全部数据库——铁板钉钉的好话怎么就不是好话了？凭什么A就不是A了？凭什么各种定名、定义、定规所依存的巨大数据资源和超高计算速度，到这时候就不如人的一闪念，甚至不如一个猩猩的脑子好使？

从另一角度说，人类曾经在很多方面比不过其他动物（比如，嗅觉和听觉），将来在很多方面也肯定比不过机器（比如，记忆和计算），这实在没什么大不了的。但人类智能之所长常在定规和常理之外，在陈词滥调和众口一词之外。面对生活的千差万别和千变万化，文学最擅长表现名无常名、道无常道、因是因非、相克相生的百态万象，最擅长心有灵犀一点通。人类经验与想象的不断新变，价值观的随机生灭和聚散，倒不一定表现为文学中的直白说教——那样做也太笨了，太容易让机器染指了——而是更多分泌和闪烁于新的口吻、新的修辞、新的氛围、新的意境、新的故事和结构。其字里行间的微妙处和惊险处，"非关书也，非关理也"（严羽语），常凝聚着人类处理一个问题时瞬间处理全部问题的暗中灵动，即高德纳所称"不假思索就能完成"之奇能，多是"万象俱开，口忽然吟，手忽然书"（谭元春语），"恍惚而来，不思而至"（汤显祖语），"羚羊挂角，无迹可求"（严羽语），"此时无声胜有声"（白居易语），其复杂性非任何一套代码和逻辑可以穷尽。

四

如果事情就是这样，我们就只能想象，机器人写作既可能又不可能。

说不可能，是因为它作为一种高效的仿造手段，一种基于数据库和样本量的寄生性繁殖，机器人相对于文学的前沿探索而言，总是有慢一步的性质，低一档的性质，"二梯队"里跟踪者和复制者的性质。

说可能，是机器人至少可望胜任大部分"类型化"写作。不是吗？"抗日"神剧总是敌忾我威。"宫斗"神剧总是王痴、妃狠、暗下药。"武侠"神剧总是秘籍、红颜、先败后胜。"青春"神剧总是小鲜肉们会穿、会玩、会疯、会贫嘴，然后一言不合就出走……这些都是有套路的，有模式的，类型化的，无非是"○○七"系列那种美女＋美景＋科技神器＋惊险特技的电影祖传配方，诱发了其他题材和体裁的全面开花。以致眼下某些同类电视剧在不同频道播放，观众有时选错了台，也能马马虎虎接着看，浑然不觉主角们相互客串。街坊老太看新片，根本无须旁人剧透，有时也能掐出后续情节的七八分。在这里，一点政治正确的标配，一些加误会法或煽情点的相机注水，这些人能做的，机器也都能做，能做个大概齐。一堆堆山寨品出炉之余，有关的报道、评论、授奖词、会议策划文案等甚至还可由电脑成龙配套，提前准备到位，构成高规格的延伸服务。

机器人看来还能有效支持"装×族"的写作——其实是"类型化"的某种换装，不过是写不出新词就写废话，不愿玩套路就玩一个迷宫。反正有些受众就这样，越是看不懂就越不敢吱声，越容易心生崇拜，因此不管是写小说还是写诗，空城计有时也能胜过千军万马。评论嘛，更好办。东南西北先抄上几条再说，花拳绣腿先蒙上去再说。从本雅明抄到海德格尔，从先秦摘到晚清，从热销大片绕到古典音乐……一路书袋掉下来，言不及义不要紧，要的就是学海无涯的气势，就是拉个架子，保持虚无、忧伤、唯美一类流行姿态。"庆祝无意义！"（米兰·昆德拉语）遥想不少失意小资既发不了财，也受不了苦，只能忧郁地喝点小咖啡，能说出多少意义？脑子里一片空荡荡，不说说这些精致而深刻的鸡毛蒜皮又能干什么？显然，过剩的都市精英们一时话痨发作，以迷幻和意淫躲避现实，这些人能做的，机器也都能做，能做个大概其。无非是去网上搜一把高雅句子，再搓揉成满屏乱码式的天书，有什么难的？

还有其他不少宜机（器人）业务。

"类型化"与"装×族"，看似一实一虚，一俗一雅，却都是一种低负载、低含量、低难度的写作，即缺少创造力的写作，在AI专家眼里属于"低价值"的那种。其实，在这个世界的各个领域里，"高价值"（high value）工作从来都不会太多。文学生态结构的庞大底部，毕竟永远充斥着我等庸常多数。主流受众有时也不大挑剔，有一口文化快餐就行。那么好，既然制造、物流、金融、养殖、教育、新闻、零售、餐饮等行业，已开始把大量重复性、常规性、技术性的劳动转移给机器，形成一种不可阻挡的时代大势，文学当然概莫能外。在这一过程中，曾被称为"文匠""写手"的肉质写作机器，转换为机器写作，不过是像蒸汽机、电动机一样实现人力替代，由一种低效率和手工化的方式，转变为一种高产能和机器化的方式，对口交接，转手经营，倒也不值得奇怪。只要质量把控到位，让"偶得"们逐步升级，推出一大批更加过得去的作品也不必怀疑——何况"偶得"还有"偶得"的好处。它们不会要吃要喝，不会江郎才尽，不会抑郁、自杀、送礼跑奖，也免了不少文人相轻和门户相争。

显然，如果到了这一步，机器人的作家协会好处不算少，可望相对地做大做强，但只有一条：它终究只能是一个二梯队团体，恐不易出现新一代屈原、杜甫、莎士比亚、托尔斯泰、曹雪芹、卡夫卡等巨人的身影。这就像制造、物流、金融、养殖、教育、新闻、零售、餐饮等行业不论如何自动化,其创造性的工作,"高价值"的那部分,作为行业的引领和示范,至少在相当时间内仍只可能出自于人——特别是机器后面优秀和伟大的男女们。

五

　　问题重新归结到前面的一点:人机之间的主从格局,最终能否被一举颠覆?一种逻辑化、程式化、模块化、工具理性化的AI 最终能否实现自我满足、自我更新、自我嬗变,从而有朝一日终将人类一脚踢开?……不用怀疑,有关争议还会继续下去,有关实践更会如火如荼八面来潮地紧迫进行。至少在目前看来,种种结论都还为时过早。
　　在真正的事实发生之前,所有预言都缺乏实证的根据,离逻辑甚远,不过是一些思想幻影。那么相信或不相信或半相信这种幻影,恰好是人类智能的自由特权之一。换句话说,也是一件机器人尚不能为之事。
　　人机差异倒是在这里再次得到确认。
　　一九三一年,捷裔美籍数学家和哲学家哥德尔(Kurt Godel)发布了著名的"哥德尔不完全性定理",证明任何无矛盾的公理体系,只要包含初等算术的陈述,就必定存在一个不可判定命题,即一个系统漏洞,一颗永远有效的定时炸弹。在他看来,"无矛盾"和"完备"不可能同时满足。这无异于一举粉碎了数学家们两千多年来的信念,判决了数理逻辑的有限性,相当于釜底抽薪,给科学主义、技术主义泼了一大盆凉水。
　　看来,人类不能没有逻辑,然而逻辑是灰色的,生命之树常青;语言、理论、知识等人之所言(名),无论怎样高级也是灰色的，言之所指（实）却常青。换句话说，由符号与逻辑所承载的人类认知无论如何延伸，也无法抵达绝对彼岸，最终消弭"名"与"实"的两隔，"人"与"物"的两隔——数学也做不到这一点。这个世界就是这样要命的略欠一筹。牛津大学的哲学家卢卡斯（Colin Lucas）正是从这一角度确信：根据哥德尔不完全性定理，机器人不可能具有人类心智。

这就是说，改变人机之间的主从关系永远是扯淡，因为世界＞智能＞逻辑这个不等式不可改变——这也许既是人类之憾，也是人类之幸。

哥德尔出生于捷克的布尔诺，一个似乎过于清静的中小型城市。这里曾诞生过现代遗传学之父孟德尔、小说家米兰·昆德拉等，更有很多市民引以为傲的哥德尔。走在这条几乎空阔无人的小街上，我知道美国《时代》杂志评选的二十世纪百名最伟大人物中，哥德尔位列数学家第一，还知道当代物理学巨星霍金一直将他奉为排名最高的导师。我在街头看到一张哥德尔纪念活动的旧海报下，有商业小广告，有寻狗启事，还有谁胡乱喷涂了一句：

上帝就在这里
魔鬼就在这里

这也许是纪念活动的一部分？这意思大概是，哥德尔证明了上帝的存在，因为数学是如此自洽相容；也证明了魔鬼的存在，因为人们竟然无法证明这种相容性。

是这样吧？

当然，并不是所有人都在乎哥德尔。美国著名发明家、企业家库兹韦尔（Ray Kurzweil）就是一个技术主义的激进党，其新锐发声屡屡被大众传媒放大，看来最容易在科盲和半科盲的大多数那里引起轰动，被有些"文青"热议和追捧，以平衡自己无知的愧疚感。据他多次宣称，人类不到二〇四五年就能实现人机合一，用计算机解析世界上所有的思想和情感，"碳基生物和硅基生物将融合"为"新的物种"。时间是如此紧迫——这种新物种将很快跨越历史"奇点"（Singularity）[1]，告别人类的生物性漫漫长夜。

在他看来，在那个不可思议的新时空里，在科学家们的新版创世论之下，新物种不是扮演上帝而是已经成为上帝，包括不再用过于原始和低劣的生物材料来组成自己的臭皮囊，不再死于癌细胞、冠心病、大肠杆菌（听上去不错），不再有性爱、婚姻、家庭、儿女和兄妹什么的（听上去似不妙），是不是需要文学，实在说不定……总之，你我他都将陷入一个完全陌生的魔法大故事里去。

请等一等。我的疑问在于，文学这东西要废就废了吧，但关于上帝那事恐怕麻烦甚大，需要再问上几句。

一个小问题是这样：如果那些上帝真是无所不知，想必就会知道一个再简单不过的道理——全员晋升上帝就是消灭上帝，超人类智能的无限"爆炸"（库兹韦尔语）就是智能的泛滥成灾一钱不值。有什么好？相比之下，欲知未知的世界奥秘是何等迷人，求知终知的成功历程是何等荣耀，既有上帝又有魔鬼的生活变幻是何等丰富多彩，人类这些臭皮囊的学习、冥想、争议、沮丧、尝试、求证、迷茫、实践、创造及其悲欣交集又是多么弥足珍贵，多么让人魂牵梦绕。在那种情况下，没有缺憾就不会有欲求，没有欲求就是世间将一片死寂。上帝们如果真是无所不能，如果不那么傻，想让自己爽一点，最可能做的一件事恐怕就是拉响警

---

[1] 库兹韦尔著《灵魂机器的时代》，上海译文出版社，二〇〇六年版。

报,尽快启用一种自蒙、自停、自疑、自忘、自责、自纠,甚至自残的机制,把自己大大改造一番,结束乏味死寂的日子,重新回归人类。

难题最终踢到了上帝们的脚下。他们如果不能那样做,就算不上全能上帝;如果那样做了,就自我废黜了万能的特权。

我并不是说,那些上帝是仁慈的——就像不少技术主义者祈愿的那样。

库兹韦尔先生,我其实很愿意假定有那些上帝,也假定那些上帝并无什么道德感,甚至心思坏坏的太难搞定。不过它们即便一心一意地追求自我利益最大化,恐怕也只有那种"自私"的选择。

那一种纠结就绝无可能?

二〇一七年一月

○ 最初发表于二〇一七年《读书》杂志。

个人主义正在危害个人

越来越多的人找不到活下去的理由。美国《国家利益》网站二〇一九年六月三日报道：二〇〇九年至二〇一七年八年间该国的年轻人自杀率增长了百分之五十六，严重抑郁者在不同年龄段的青少年中分别增长百分之六十九至百分之一百。相关消息是，美联社同年九月十四日报道：二十年来合成阿片类药物造成的死亡人数增长百分之八百以上。而联合国儿童基金会和世界卫生组织同年十一月五日报告，已覆盖人口五分之一的抑郁症，估计在未来十年或十五年内将超过癌症，成为全球第二大致亡疾病，在不少地方成为第一大杀手。

这一趋势无关贫困。自杀率较高的不乏富国，不乏富国的都市和大学，倒是与全球四十多个最不发达国家的重合率极低。

这一趋势似乎也无关道德禁锢。历史上造成各种以身殉教、殉道、殉主、殉亲的意识形态，恰好在这个时代坍塌，让位于纵欲的消费主义最高峰值。

那么每年约八十万人的自杀，数百万人的自伤，已如一次次血腥战争——敌人在哪里？敌人又是谁？

　　法国社会学家涂尔干（Émile Durkheim）写过著名的《自杀论》。在他看来，西方近代以来所推崇的个人主义，破碎了"作为整体的社会"，使个人与家庭、宗教、社会相脱离，让一些人感到生活空虚并失去目标，因此是一种极端个人主义催生了"利己型自杀"[1]。眼下，如果我们注意一下身边相关案例，稍稍了解一点案情，看看很多当事人那苍白的面孔、冷漠的眼神、孤独的背影，特别是那里诸多似曾相识的低级心理事故，还有无端的紧张关系，那么重新想起涂尔干，不是什么难事。

僧侣或家族的社会主义

　　不少人认为，最早的个人主义来自游牧者一个个孤零零的毡包。那些先民没有邻居，或者说邻居总在远处的地平线那边。限于一种刚性的生产方式，他们需要游居，以不断发现新的水草；也必然散居，以便均匀分配各家的水草——扎堆肯定会徒增牛羊觅食之难。与之相异的是，农耕社会里长期定居和聚居的大家族，在这里不可想象。大禹治水一类水利建设所需要的大规模集群协作，在这里也几无根由。除了战争，七零八落、各行其是的生活图景，更是这里的日常。

　　不过，以游牧为主要生计的西方先民，并不是只认个人，只重个人，只有个人化（或小家化）的习俗。他们有过行会和村社里多见的互助，起码还有宗教。宗教的教产公有、律己守诫、博爱济贫，就是对个人主义的制衡，差不多是一种僧侣社会主义，特别适合相互陌生的下层民众，比如，亚欧大陆上那些足迹漫长

---

[1] 见《自杀论》，涂尔干著，台海出版社，二〇一六年版。

而复杂的牧人和难民。日后的《乌托邦》(托马斯·莫尔)与《太阳城》(康帕内拉),作为人们对美好社会的理想,多是在教堂的钟声里萌发。

另一种形态是,儒家成长于东亚,有"雨热同季"等宜农条件,依托稳固的家族体制和亲缘关系。人们在什么地方一住就是几代,甚至几十代,因此更看重"孝悌":以前者凝聚纵向的长幼,以后者和睦横向的同辈,编织亲属亲情网络。哪怕向外延伸,也是以"父子"推及"君臣",以"同胞"推及"百姓",以家喻国,视国为家,往根子上说,或可称之为家族社会主义,稍加放大便是天下"大同"的想象。

值得注意的是,十六世纪以后,宗教也好,儒家也好,都成了现代启蒙主义碾压的弃物。《圣经》说:"上帝爱世人。"但上帝是什么,谁能说得清?是那个让童女未孕而生并以圣血清洗世人原罪的耶和华大叔?《尚书》称:"天视自我民视。"那么"天"又是什么?白云苍狗不就是一些水蒸气?雷公电母一遇到避雷针,不也得黯然下岗?

显然,因无物理学、生物学、天文学、人类学、经济学等以为支撑,缺乏足够的证据链和逻辑链,先人们只能把一种群体关怀和道德理性大而化之,含糊其词,凑合一点故事想象和武断格言,最终归因于僧侣的"神意"或儒生的"天道"。这在人类文明早期也许够了——放到十六世纪以后,就不大容易听入耳,缺少实验室和方程式的配置。

一个科学的时代正在到场。

随着"神意"和"天道"退去,包括教会、儒林的腐败自损其公信力,群己关系的最大一次失衡由此开始,个人主义也开始由一种文化基因彰显为一种文化巨流。只有到这时候,一些中国学者才开始面生忧色,心生不安,渐启微词。费孝通担心西方文化长于"扬己"而短于"克己"。[1] 钱穆怀疑西方文化不过是偏离人性的"小我教"而非"大群教"。[2] 连严复也受欧洲一战的刺激,一反坚定西化派的立场,顾不上自己所译介的《天演论》(赫胥黎著),在晚年写给学生的一封信中,痛斥西方所为不过是"利己杀人,寡廉鲜耻",反而是自己曾恶批过的孔孟之道"量同天地,恩泽寰区"。不过,这些声音来自一个经济落后的农耕社会,很快就被学西方、赶西方、同西方一个样的激进声浪所淹没,并不能阻止个人主义挟工业化大势,在全球范围内一路高歌猛进。

重己、崇私、尚恶的现代伦理启蒙

看来,"个人"只是一项现代的发明。

英国生物学家达尔文游历世界,写出了《物种起源》,动摇了基督教的创世论。他提出自然选择、适者生存、优胜劣汰,获得了大批死忠粉,也派生出不少夸张的解释或发挥。斯宾塞、赫胥黎、霍布斯、马尔萨斯……这些大牌学者争相把"个人自由竞争"视为现代伦理的核心,把"自然选择"简化为人间互争大法。

即便达尔文不曾这样极端。

在这些人"科学"的目光里,人也是一种动物,人类社会也是凶险丛林,是弱肉强食的喋血屠场,是一切人反对一切人的"永无休止的自由混战"(斯宾塞语)——这既包括个体之间的混战(霍布斯等强调的),也包括群体之间的混战(卡尔·施密特等强调的)。哪怕他人或他们和颜悦色,但无论富豪还是乞丐、白皮肤还是黑头发、陌生路人还是至爱亲朋……严格地说,对任

---

[1] 参见《文化论中人与自然关系的再认识》,载《费孝通九十新语》,重庆出版社,二〇〇五年版。
[2] 参见《中国文化史导论》,钱穆著,商务印书馆,一九四八年版。

何一个生命主体而言，都是潜在的对手，有天然的敌意，有凶险的虎爪和鹰嘴，其存在本身就是威胁。这种社会达尔文主义，差不多曾被黑格尔一语道破："恶是推动历史进步的动力。"

大争之世必有大争之道。时值资本主义野蛮生长，掠夺与萧条乱象纷呈，战争与革命四处冒烟，全球动荡不安。几乎每个人都恐慌，担心自己落入饥饿、破产、流亡、灭绝的境地。在这种情况下，兔子急了也要咬人，人们都无法坐以待毙，必须摩拳擦掌干点什么，于是"神意"或"天道"的心灵鸡汤自然成了废话，更像是自我精神去势，连社会主义者也听不下去，对不上心，用不上手——倒是恩格斯多次引述黑格尔的"恶动力"说，更愿意用利益的硬道理来解释历史和动员民众。

民主制就是一种政治个人主义。阿伦特（Hannah Arendt）说现代政治的特征就是"私人利益变成公共事务"[1]。欧克肖特（Michael Oakeshott）也将英国式的代议制，定义为"伦理学中确立的个体主义在政治哲学上的对应物"[2]。一人一票，当然得个体本位了。至于民主，那不过是通过博弈和契约的方式，追求"生命、自由、财产"（洛克语）三大个人权利，相当于搭建一种AA制的临时集体，在无限期的零和游戏中，形成一种争成了啥样就啥样、有机会就再争下去的机制。应该说，这对于及时解放社会中下层（特别是最需财产权的男性工商业者），唤醒较大面积的人权意识，意义非比寻常。只是由此伏下一种重己、崇私、尚恶的伦理性半盲，一种基础性的知识片面，到后来才逐渐看得清楚——比如，民主既可以结束神权、君权那种虚伪的整体性，一旦需要向外争夺，也可以走火入魔，通向种族主义、殖民主义、

---

1 参见《人的境况》，阿伦特著，上海人民出版社，二〇〇九年版。
2 参见《政治中的理性主义》，欧克肖特著，上海译文出版社，二〇〇三年版。

法西斯主义的杀戮。

市场化是一种经济个人主义。作为一位重量级辩手，哈耶克（Hayek）既黑马克思，也灭凯恩斯，批评一切红色、粉色、白色的国家干预和社会福利，据说一度有助于扭转某些西方国家的经济失速。只是他的伦理学基点，仍沿袭斯宾诺莎、洛克、康德、尼采、黑格尔、霍布斯一脉，是个人主义的忠实传人。在《通向奴役之路》一书中，他宣称国有化一类出于"人为的设计和强制"，因此是必败的乌托邦；而私有制和市场资本主义的内在优势，不可战胜的最大理由，乃因"自生自发而生"，是一种"自然秩序"。这话听上去耳熟，与社会达尔文主义的"自然选择"明显撞脸。事实上，从亚当·斯密到米尔顿·弗里德曼（Friedmann），主流经济学家都这么说，大学里差不多都是这么教的。在他们看来，人类这些衣冠猴子面对食物和领地时，互争是"自然"，互助当然就是强制；恶是"真实"，善当然就是虚伪……这一叙事数百年来已成普遍共识，板上钉钉，不言而喻，以致日常生活中各种耍奸使坏的私语，大多能引起在场者会心一笑或挤挤眼皮，足以证明它的常识化、默契化，甚至DNA化。哈耶克不过是从DNA再次提取学问——即便他在日后的经济危机中遭遇冷却。

文化领域里的个人主义更是异象纷呈，其中弗洛伊德当然是不可漏提的一位。他推出了个人主义的非理性版，影响至深至远，以致作家罗曼·罗兰提名他获诺贝尔文学奖，理由是"他的精神分析学……在过去三十年间深深影响了文学界"——后来还差一点就真获了。彼得·沃森（Peter Watson）考虑到"现代主义可以看作是弗洛伊德无意识的美学对应物"[1]，干脆把自己的大部头取名《思想史：从火到弗洛伊德》。不过，据这本书说，在弗洛

1　见《思想史：从火到弗洛伊德》，彼得·沃森著，译林出版社，二〇一八年版。

伊德以前,"无意识"也好,"力比多"也好,早已是流行话题,并非弗氏发明。他的发明不过是把性欲视为所有癔症的根源,又是所有创造力的奥秘。这使他暴得一时大名,却一再依靠临床数据造假,差不多是"江湖骗子"所为。有意思的是,文化圈根本不理睬精神医学界的质疑和举报。外来的和尚就是好,就是灵,就是"科学"。诗人、小说家、画家、影评人等还是纷纷投奔弗门,热捧"本我/自我/超我"这一高端模式,把他人、思想、道德、法律、公权力、意识形态等统统视为压迫性力量,视为无意识的天然之敌,与神圣"本我"势不两立。

也许,身为单干户,这些人并不觉得群体有多重要,不在乎群体在哪里和怎么样,一直职业性地擅长个人视角。他们最喜欢理法之外的异想天开,差不多都是靠鼻子来嗅思想的,那么拥护弗门的个人化+非理性,就再容易不过。于是,"自我"从此成了文化圈频度最高的用词,"怎样都行"(达达派语),"他人即地狱"(萨特语),"一切障碍都粉碎了我"(卡夫卡语)等流行金句,满满的精神分析味,满满的疑似荷尔蒙,塑造出各种幽闭的、放浪的、孤绝的、晦涩的文艺风,释放出真痛苦或装痛苦、真疯狂或假疯狂、真多元或冒牌多元的文本,改写了二十世纪全球大半个文化版图。

甚至改写了后来世界上大半个文科的面貌和性能。

相对于理科生,相对于理科的一是一二是二,后来的"文青"们更可能自恋、自闭、自狂,以特立独行自许,甚至没几分无厘头或神经质,不把自己的生活搞得乱糟糟,就不好在圈子里混一般。后来的青少年亚文化,其中最浮嚣的那些广义"文青",不在公众面前把自己情绪往颓废里整,往虚无里整,往要死要活的地步整,就疑似平庸的废物,有负"先锋"和"前卫"的自我人设。

鲁迅曾对弗洛伊德不以为然,在《听说梦》一文中讥讽过:

"婴孩出生不多久,无论男女,就尖起嘴唇,将头转来转去。莫非它想和异性接吻吗?不,谁都知道:是要吃东西!"

只是这种声音在当时为数甚少。

而且有些批评家还一窝蜂上前,在鲁迅的小说里大挖荷尔蒙,一心揪出他这个暗藏的弗门分子,以维护整个文科的团结感和整体感。

整体大于部分之和

一些旅行者在南美洲森林边缘目睹过一幕:一次不慎失火,使荒火像一挂红色的项链围向一个小山丘。一群蚂蚁被火包围了,眼看黑压压的一片将葬身火海,甚至已在热浪中散发出灼伤的焦臭。突然,意料之外,这些无声的弱小生命并未坐以待毙,竟开始迅速行动,扭结成一团,形成一个黑色的蚁球,向河岸突然哗哗哗地滚去。穿越火浪的时候,蚁球不断迸放出外层蚂蚁被烧焦的爆裂声,但蚁球不见缩小。全靠烧焦的蚁尸至死也不离开自己的岗位,至死也相互紧紧勾连,直到整个蚁球最终冲下河流,在一片薄薄的烟雾中,赢得部分幸存者的成功突围……

这一故事随着《蚂蚁的故事》及其学术版《蚂蚁》传闻于世。[1]

在这个蚁球前,人们也许会感慨万千,联想到人间的志士英烈,那些在灾难或战争面前曾经真实的赴汤蹈火,义无反顾,奋不顾身,惊天地泣鬼神。稍稍不同的是,作为一种高智能动物,能够打领带、读诗歌、订外卖的直立智人,可能还比不上蚂蚁那里的奇妙、敏捷、默契、团结一致,蚂蚁们居然从来不懂何谓懦夫和逃兵。

---

[1] 霍尔多布勒和威尔逊所著《蚂蚁》,获一九九〇年美国普利策奖。

敲黑板：这也是"自然秩序"！

动物并不是道德家，并不都是温情脉脉和高风亮节。但一只蚂蚁总是将入腹的半消化物反哺同类，让它们分享营养；几只蟹可以帮一只仰面朝天的蟹翻身，以助其恢复行动能力；一群海鸥常相互紧密配合，协同反击来犯的猛禽；一群大象还会对一具象尸依依不舍，久久地绕行和凄厉长号……这都是"自然秩序"的一部分，而且是大部分。它们在生物学家们的笔记、档案、著作、标本库里车载斗量——至于完全独居的动物，其实为数不多，且易于衰退和折损。因此，在更多的生物学家看来，首先是合群，首先是互助，才是自然界的首要通则，是动物强大（比如延长寿命）和进化（比如发展智力）的最大优势。这坐实了整体大于部分之和的道理。"整体决定着各个部分发生作用的情况"（美国物理学家卡普拉语），于是惠及整体的"部分+"开始出现，不再是散沙化的各个部分。这与热力学第二定律也形成暗合与呼应——作为一种对有机现象的物理学解释，该定律把组织有序、共生互利看作负熵的生命化特征。

在这个意义上，反对社会达尔文主义的，最应该是物理学家和生物学家，包括达尔文的另一面——比如，他关注过蚂蚁和蜜蜂的利他行为，还记录过企鹅叼着一条鱼远赴三十英里以拯救目盲伙伴的动人故事。[1]

在个体与个体之间、群体与群体之间，动物诚然不乏互争，不乏有尾和嗜血的"霍布斯"。所谓"天下熙熙皆为利来，天下攘攘皆为利往"，只是"弱肉强食"远非事实全部，"性本私"并不等于"性本恶"。恰恰相反，"性本私"往往需要更多"性本善"式的友好环境营造。"食肉动物的数目是多么微不足道"（俄国地理学

---

[1] 参见《人类的由来》，达尔文著，商务印书馆，二〇〇九年版。

家克鲁泡特金语），即使在哺乳类动物里，据说占比也只有百分之六，实在是被人们夸张得太多了。动物一般来说也并不缺少食物和空间，蚁战之类多属偶然。若放到种群、生态、气候的大范围或多维度来看，如同时下网民说的来一点观察"升维"，就可以发现：动物"最害怕的并不是其他动物，而是几乎每一年都要发生的气候突然变化"（德国森林学家阿尔登语），还有传染病。请注意，这些宏观事实大异于微观事实。昆虫、鱼类、鸟类、哺乳类的大规模集群迁徙，就是这种情况下的团结求生，构成了一幕幕神奇的壮阔图景。在这一过程中，脱群者往往命运悲惨——相反，组织就是希望，纪律就是出路，合作就是看家本领，担当与牺牲才是普适真理，是"丛林"里必备的正义，差不多就是动物界不言自明的"神意"与"天道"。当它们终于抵达遥远的安全地，也许会忍不住用鸣叫、触须、羽振、液臭一类来交流心得：动物只为己，那才会天诛地灭呢。

　　个人主义无视或掩盖这一大块"自然秩序"和"自然选择"，算哪门子"科学"？看不到微观利益之外的宏观利益，看不到短期利益之外的长远利益，连某种可持续的个人主义都算不上，即便对个人来说也很不够用，很不负责吧。

　　他们又科学又哲学又艺术地反复折腾，折腾出很多高学历和大名头，到头来反而不如懵懂的虫鱼鸟兽——仅靠遗传的生理本能，就能直觉到最大利益所在，包括轻易超越博弈论里的"囚徒困境"。这是一个欧美大学里常用的经典案例，说的是两个（设定更多也差不多）嫌犯被拘，明知共同抵赖的结果最优，但因缺乏对同伙的信任和忠诚，只求自己减损，于是双双选择背叛。这样，同伙抵赖的话，自己就能被优待释放；同伙坦白的话，自己也可望坦白在先而被轻判一点点。事实上，他们不约而同争相背叛，把案情越吐越多，不可能达到结果最优，其自身利益最大化的算计，无异于适得其反，对自己下刀。

在这里，同那些愣头愣脑的昆虫、鱼类、鸟类、哺乳类相比，个人主义者的"最大化"在哪里？人们眼睁睁地发现，微观有效再一次≠中观、宏观的有效。他们利益理性的相加，居然加出了一个糟糕的集体非理性，有何优越可言？

何况，从小部落到全球化，从小作坊到跨国集群，人类社会已进入一个组织性、互联性、整体性程度越来越高的新形态，一个社会利益、生态利益、精神利益更为凸显的新时代，生产方式和生活方式更依赖共生互利，更需要群体关切。人们能记得蒸汽机是瓦特改进的，电灯是爱迪生发明的，飞机是莱特兄弟发明的……但互联网呢，手机呢，5G呢，超导呢，纳米技术呢，人造卫星呢，量子计算机呢，如此等等，它们分别是谁发明的？谁能答得上来？可见，哪怕在科技研发领域，单枪匹马的时代也已远去，个人奋斗的造型日渐模糊，黑压压的无名英雄群像却越来越多。研发几乎都成了大协作、长周期的持久共业，成了一些大规模的团体赛和接力赛。如华为公司创始人任正非所说：5G靠的就是"合作与友好的力量"，靠的是数千个数学家、物理学家、化学家及其他专业人才一起扑上去，持续多年集中"朝一个城墙的缺口猛攻"。也是在这个背景下，眼下很多企业的各种人才选用，既要看智商，更要看情商，甚至强调后者的权重须达百分之八十。

什么是情商？说直白一点，就是一种道德觉悟，一种适群者和利群者的心胸、眼界、性情、能力，一种能推进"合作与友好"的阳光品质。

"唯一者"们的世纪困局

战国时代的杨子哲学主张"拔一毛而利天下，不为也"，很快被中国知识界主流拉黑。一千多年后，似乎是杨子附体的德国人施蒂纳（Max Stirner）宣示："人都是利己主义者。""利己主义是自我意识的本质，是历史发展的趋势和真理。""什么对我来说是正当的，那么它就是正当的。"他反对一切纪律、组织、道德、国家以及宗教，终生迷醉于"我"这个世界上的"唯一者"和"纯个人"，堪称"拜我教"的洋鼻祖。当马克思和恩格斯在《共产党宣言》中号召"全世界的无产者联合起来"，他针锋相对地叫板："真正的利己主义者们、唯一者们联合起来！"[1]

据恩格斯说，他这位朋友其实为人温和，只是有些学究气。他年仅四十九岁就在贫困中死去，大概是那年头即便社会达尔文主义正香，他的"情商"也一定吓坏了太多人，吓走了自己的职位、面包、健康、合作人、亲友的笑脸。

差不多是一个欧版杨子的故事重演。

也许，"纯个人""唯一者"的一根筋在实际生活中根本行不通，最终只能害己。这样，哪怕是为了公共关系和营销策略，信奉者看来也需要几分含蓄，几分婉转，再加几分变通，离施蒂纳远一点，比如用"个人主义"来撇清"利己主义"，又用"自我实现"来包装个人主义和极端个人主义，用"物质化时代"指代"利益化时代"和"个人利益化时代"，让用语不那么敏感和刺耳，能与道德、公众、精神、诗与远方之类话题马马虎虎兼容，甚至能戴上平民（民粹）主义、民族主义的面具，抢占道德 C 位。这就是说，通行的话语风格务必改变。在很多地方，个人主义由此从一种文化大潮转型为一种文化暗流，有时看上去不过是文化亚健康，不那么要紧。

社会主义革命是穷人抱团闹翻身的故事，从无物质和财务

---

[1] 参见《唯一者及其所有物》，施蒂纳著，商务印书馆，一九八九年版。

的优势，只能以精神力量和道德理想为立身之本，事实上也一度进涌出"部分+"的"大我"气象，至今温暖着很多人的记忆，深藏于老照片或老歌曲。不过，一旦进入和平时期，共同的危机压力缓解，财富和资源逐渐丰裕，大家的个人利益重合度降低，大面积的私欲就必然归来，甚至可能补偿性地加倍袭来——公有制只能压抑出它的虚伪。德育的政治化（如"文革"时期学校里的"思想品德课"只讲阶级斗争），或德育的经济化（如二十世纪后期中国各地官方电视台的新年贺语，几乎全是"恭喜发财"，对公务员、教师、医生、记者、宗教人士也是如此热情励志），会使情况更糟。事实上，自引入市场和私有权，一些地方的笑贫不笑娼、笑贫不笑贪、笑贫不笑刁，没什么了不起，不值得大惊小怪，不过是此前某些人政治投机、政治歧视、政治构陷和迫害的改头换面，其价值观的滑坡却是一脉相承。

往远里看，恩格斯多次引述黑格尔的"恶动力"说（虽未公开肯定），意在为大众争利，有正义的内核，涉及千万万生灵解救，包括倒逼资本主义改革，其意义怎么估价也不为过。但这可能被误解为争利即一切，一如后来的"分田地""富起来""GDP翻两番"等，一旦被看作最高目标，哪怕是最高的群体目标，也就疑似"文化搭台经济唱戏"（相当于"灵魂搭台肉体唱戏"），把精神事务降格为争利手段。这可能轻忽人们富足之后几乎同样多的问题，也给自己的合法性增加风险——毕竟经济发展难免受挫、失速、停滞、遇到极限之时，毕竟人间最大的正义，是帮助人们在任何时候，包括贫困日子里也能活出尊严和幸福。

GDP远不是幸福的全部。

资本主义社会也面临价值观困境。尽管各地情况不尽相同，但社会达尔文主义是那里共同的前世今生，私有制传统深厚，"拜我教"深藏于各种彬彬有礼之后，虽经多番危机和改革，社会的风险和动荡仍频。如秦晖在《群己权界》[1]一文中分析的，一般情况下，欧美左、右两派各执一端——前者（美国民主党等）在经济上颇有"群体派"模样，赞成国家干预和全民福利，同情女性、少数族裔、中下层群体；在文化上则偏向"个人派"，差不多是性解放、堕胎权、同性恋、反宗教、纵欲主义文化的啦啦队。相比之下，后者（美国共和党等）在文化上很像"群体派"，最厌恶青年人的自由放任和举止乖张，一直重视家庭、国家、宗教的传统凝聚功能；在经济上倒是"个人派"，醉心于私有制，崇尚个人奋斗，最反感工会、高福利、国有企业这些妨碍市场自由的恶政。一旦气不顺，忍不了奥巴马的医保改革，就乱扣政治帽子，把总统画成头戴红五星、身着绿军装的红色领袖。

至于穷人，没人说不该去帮。只是在左派看来，这属于公共领域，应通过公权力予以制度性安排；而在右派看来，这属于私人领域，只能依靠爱心个体的志愿慈善——不少华尔街富豪确实也愿意慷慨解囊。

秦晖似乎认为，这种左右两派的相互错位、相互卡位，差不多已是一种较好的自然平衡了。只是读者的疑点可能在于，各持一端其实是各有选票利益的牵制吧，否则，双方沟通起来何至于如此装聋作哑心不在焉？医保问题、移民问题、种族问题、控枪问题、流浪者问题、基础设施老旧问题、产业空心化问题……还要不要解决？为什么总是无法解决？为什么一些连日本、新加坡、韩国等次等经济体（更不要说中国）都能解决的问题，美国就是死活也解决不了，老是止步在两派相互扒粪、相互死磕、相互刨祖坟的虚耗中？与秦晖对美国的制度信心不同，不少美国人倒是觉得这种制度已经有病，也需要痛加改革（如弗朗西斯·福

---

[1] 见《凤凰周刊》二〇〇六年第八期。

山等）；或者说，制度再好，也非灵丹妙药，不一定治得了文化和人性的疑难顽症。二〇一〇年一月二十七日的《基督教科学箴言报》载文指出：美国选民们"既要狂喝海吃又不要卡路里，既要挥金如土又想要储蓄，既要性解放又想要完整家庭，既要享受周到的公共设施和社会福利（左翼主张）又不愿缴税（右翼主张）"，有一种"减肥可乐"式的纠结和自我分裂。这意思差不多是，怪不了左派，也怪不了右派，是这一届人民真的不行。选民们本身亦左亦右，非左非右，时左时右，想把天下好事占全，又想把责任统统推卸，因此只能让民主死机，陷于一片道德伦理的深深泥沼。

面对这样一届人民，政治家（哪怕是优秀政治家）能怎么样？真正可行的破局之策在哪里？

人口崩溃是最后的自然吗

诊断个人主义，家庭大概算得上一项重要的体检指标。

家庭是最小的"群"，最小的"公"，最基本的社会细胞和团结单元，即费孝通所说"差序结构"这一同心圆的最小内径，因此是遏阻个人主义的最后一道防线。赫胥黎（Henry Huxley）说过："人生是一场连续不断的自由混战。除了有限的和暂时的家庭关系，霍布斯所说的每个人对抗所有人的战争，是生存的正常状态。"[1]这里的家庭，虽被他贬为"有限"和"暂时"，但还算是他勉强豁免的唯一群体形式。

不幸的是，眼下对于很多人来说，"家"这件事也已难以启

1　参见 The Struggle for Existence in Human Society（《人类社会中的生存竞争》），赫胥黎，一八八八年版。

齿,"家"的概念日渐空洞。不久前,美国的畅销书《乡下人的悲歌》[1]透露:作者从穷人区一路打拼到大学名校,发现很多同龄人"常为'兄弟姐妹'这个词的意思伤透脑筋:你母亲前任丈夫们的孩子算不算你的兄弟姐妹?如果是的话,你母亲前任丈夫们后来又有了孩子呢?……"其实,美国有犹太-基督教的传统垫底,一般来说维系家庭还算够努力的,只是对于很多人来说,"全家福"的照片过于奢侈,想想都太难。笔者遇到非洲某国一青年作家P君,他说该国的新政府投巨资办教育,考试上线者只需填写一张包含家庭情况的表格,便可免费上大学。但居然是这一小小的表格,竟将大半青年挡在门外,因为他们眼下根本没法知道父母分别在哪里,甚至不知道父亲是谁,不知"监护人"是啥东西以及该如何联系……

对那里的"家庭",我们该如何想象?

好吧,再来看一看东亚。这里的先民曾以家族为价值核心,创造过"国家"这一合成词,血亲意识根深蒂固,绝非"有限和暂时"(赫胥黎语)的小事。二十世纪二十年代末,陶希圣等推动制定《亲属法》,既想扫除腐朽的族权、父权、夫权,又想防堵西方法理中的个人本位,制衡个人主义,至少在"国家"和"个人"之间揳入"亲属"一环,从婚姻、财务、人伦秩序、互助责任等方面来巩固"家"的地位,巩固"中国本位的文化建设"[2]。这与俄国、印度等地一些学人曾企图以立法手段维护他们的村社传统,可谓异曲同工。但这一类努力均告失败。眼下国人们重新热炒孝文化,用法律催儿女们"常回家看看",不过是大家吃后悔药,亡羊补牢。

---

1 《乡下人的悲歌》,J.D. 万斯著,江苏凤凰文艺出版社,二〇一七年版。
2 参见《中国本位的文化建设宣言》,陶希圣等著,载一九三五年一月《文化建设》第一卷第四期。

韩国统计局二〇一九年八月二十八日发布数据，显示该国总生育率已降至零点九十八，低于紧随其后的日本（一点四二），在全世界垫底，意味着人口崩溃危机已经到来（稳定人口的总生育率需要达到二点一）。中国也不妙，民政部《二〇一七年社会服务发展统计公报》显示，各地离婚数已升至或超过结婚数的一半，且从历年情况看，前升后降的总趋势恐难逆转，正在助推生育率一路破底（已至一点七），一个"未富先老"的萧瑟前景和社保困局正在赫然逼近。这一切令人震惊。似乎一夜之间，畏婚、畏育、不婚、不育在东亚已蔚为新潮，儿女被很多人视为经济负担或对自己幸福的侵犯，"累觉不爱"正大幅度削弱、减少、取消家庭。这一切居然发生在往日那个阡陌相连、鸡犬相闻、儿孙满堂的东亚，如果不说是程度最深，至少也是速度最快！

家庭不是人类最基本的"自然选择"和"自然秩序"吗？精子和卵子还要"自然"到哪里去？眉来眼去、谈情说爱、男婚女嫁、生儿育女，这些古老得不能再古老的寻常，怎么"自然"来"自然"去的，竟在当今变成了全社会紧急而艰巨的救援工程——难道断子绝孙才是"自然"所向？连自由主义者赫拉利（Yuval Noah Harari）也不相信这一点。他说过，"欲望并不是出于自由选择""自由意志"不过是"自由主义的神话"，人类已暴露出"可驯化的动物"真面目，那些"最容易被操纵的人将是那些相信自由意志的人"[1]。

其实，笃信"自然"的知识界主流，一开始就参与了对人类的"驯化"，参与了他们最憎恶的"人为的设计与强制"。包括伪女权主义就是瓦解千万家庭的"人为"之一，其俗名叫"作"。本

---

[1] 参见 The Myth of Freedom（《自由的神话》），赫拉利，载二〇一八年九月十四日《卫报》。

来，随着工业化实现，战争与生产都越来越不再依靠肌肉，女性解放拦也拦不住。女人靠撒娇、崇拜、侍候、服从来依附男人的日子一去不返——这一过程还在继续。不过，这并不意味女人看了几部韩剧、几首粉色小诗、几篇"咪蒙"公号的毒鸡汤文，就有理由张牙舞爪打天下，就可以要求"你负责挣钱养家，我负责貌美如花"，把自己当作生活不能自理者，靠专业杠精＋公主病，将男性霸权那一肚子坏水全套照搬。不，这种"不作不死"，与女性解放毫无关系，总是指向幻觉中一切可能的"舔狗"，包括男人也包括女人，比如，男方的母亲、姐妹、女亲戚、女同事、女邻居，更不要说那些看上去地位低下的女摊贩和女保姆。换句话说，这种尊卑等级的新款，不可能带来性别的平等与和谐，只可能加大两性沟通成本，造成更多一拍两散的孤男寡女。

"范跑跑"也是一份"拜我教"样本，一个男版的公主病患者。这位二〇〇八年汶川大地震中的新闻人物、北大才子，据说当教师还不错，竟在轻度地震时弃学生而先跑，还认为哪怕丢下自己母亲，也理所当然，因为他"是一个追求自由和公正的人"，不需要先人后己一类虚招子。这位"纯个人"和"唯一者"的高调自炫，引起了一场公共舆论风波。值得注意的是，至少在风波早期，质疑声音并不占优势，报纸、电视、网络上为他站台的精英大咖众多，甚至有人称颂他为"中国第一文科教师"，连《人民网论坛》也曾载文赞其"诚实是最可贵的美德"。直到后来，有人搬出泰坦尼克号沉船（搬出黄继光、关云长、佛陀一类估计不管用），拿他与西方绅士和义士的美德相比，才使公议风头开始转向。不过，对他的支持声量恐怕已给人留下深深寒意，特别是在千万女人的心里。想想看，如果男人都这样，都横下一条心这样了，婚姻的温暖和浪漫还剩下几何？"舔狗"终于暴露狼性，那么一个个小公主还当不当得下去？

在更多底层民众那里,家庭当然还意味着一大堆具体难题。有些困难是心理的。消费主义时尚吊高大家的胃口,穷人也要享富人的福,要比照着广告过日子,那么无房、无车、无包包、不能吃喝玩乐天天爽,简直就没法活,就是十足的苦逼,婚姻自然无从谈起。另一方面,有些困难当真是物理的。房价飙升,医药费看涨,化妆和应酬成了职场刚需,子女的课外班是无底洞,各种生活成本洗劫钱包,自己的那份破职业哪一天还可能不保。在这种情况下,婚姻那事即便成了,岂不也是自添其苦?一旦养育出儿女将来眼中的轻蔑和怨恨,为父母者哪有地缝可钻,又何以面对残生?

于是,心理和物理的两头夹击之下,双重煎熬中,有些人或有出头的机会,但学习、劳动、节俭在他们眼里更是多么扎眼的超级苦逼啊,如果他们不愿这样,不愿这样缺心眼和丢份儿,那么沦为"屌丝"的概率当然小不了。

到最后,作为一片"原子化"的散沙,这些人既无群体抗争的意愿,也无个体抗争的能力,依据个人主义利益理性的精算,弱者的最后出路和自救方略,当然只能是对更弱者下手,比如,"啃老"——去父母那里咬牙切齿,连哭带闹,拍桌打椅。

直到父母消失,直到其他更弱者也消失(或搞不定),这些在底层和边缘飘来飘去的独行人,相信满世界十面埋伏,无处不是套路,无一不是操蛋,终于活成了一大批又"渣"又"丧"的游魂。

"我想有个家……"这样的歌常让他们泪流满面心头滴血。但除了毒品或抑郁,他们的家园似乎已无迹可寻。

再敲黑板:这是一个"自然"的过程,还是"驯化"的过程?是一切本该如此还是一切不该如此?

美国电影《超脱》(二〇一一年)里,一个女校医面对一位混

不吝的问题女生,面对一张永远的冷脸及其挑衅的厉目,终于忍无可忍发出咆哮:

啊,上帝!你真肤浅,真令我作呕!

你想知道事实吗?第一,你进不了任何乐队,也当不了模特,因为你一无所长,没有抱负和努力。你只能去同百分之八十的美国劳动力竞争一份薪水低微的工作,直到你最后被电脑取代!第二,你唯一的才能,是让男人们上你,让你的人生变成痛苦不堪的嘉年华,直到你无法忍受,直到每一天每一个小时都难以忍受,情况还会变得更糟!

现在,我每天来到这个办公室,看着你们作践自己。说实话,熟视无睹太容易了,在乎你们才需要巨大的勇气!

但你们不配!

不配!

滚!滚出去!滚出去!滚你妹!

女校医骂哭了自己。在那一刻,两个女人都是伤害者,也都是受害者,却不知道一切的一切为何会变成这样。

对于她们来说,伏尔泰的一句话也许并非多余:"雪崩时没有哪片雪花会认为自己负有责任。"

"上帝"的原型与化身

母亲为什么总是受到歌颂?

一个名校才子"自由和公正"地弃母而逃,跑得比谁都快,为什么总让人觉得不对劲?因为母亲并不是 AA 制下的另一方,更不是博弈者和交易者,通常意味着奉献和牺牲,意味着权利的自我放弃,意味着自我责任的最大化,而不是自我利益的最大化——至少在儿女面前是这样,从而已是儿女生命的一部分。人们日后日夜思念的,是母亲把家里仅有的一张饼给了你,从未扣下自己应有的那一半。人们日后泪如雨下的,是母亲承担了沉重的家务,从未想到无可厚非的所谓母权(如果女权、童权、民权、族权、国权等都是合理的话),不会自己每洗一个碗,要求你也必洗一个,甚至按年龄、体力、食量的公平计算要求你多洗一个。当车祸或地震袭来,母亲最可能下意识地把你搂在怀里护在身下,不惜以命换命,并不在乎自己的安全、健康、美丽乃至性自由。

母亲是人类道德伦理的起点,几乎是上帝的原型和化身。以母爱为代表、为高标的所有美好情感和高尚精神(部分+),才是"自然选择"和"自然秩序"的最大秘密,一种浩瀚无边和无处不在的伟大力量,使人间得以延续至今,也值得经历一次。

不错,个人当然也是硬道理。只要机器人还未替代人类,私利就真真切切,个人主义也就无法消灭,就是人性和天道的一部分,相关的制度与文化源远流长,需要一种包容、尊重、引导、协调、合理利用——这正是群体关怀的应有之义。

不仅如此,在一个组织性、互联性、整体性更强的人类新时代,阻止个人主义对个人的危害迫在眉睫,实为重建群体关怀的重要议程。否则,如果让个人主义的隐形瘟疫继续反噬世界的方方面面,反噬所有的制度和文化,人类就只能滑入一种可悲的自由落体。在那种情况下,多少年、多少代的启蒙积累也没用,理性这种"激情的奴隶"(休谟语),一不留神就是蒸腾私欲的小奴隶。知识、思想、运动等都会程度不同地成为一地鸡毛,既无心肝,也缺脑子,常常不过是一些小人的借壳上市和谋财分赃。他们的旗号五花八门,但这派或那派都暗伏一颗有毒灵魂,说到底都是小算盘派、有口无心派、入戏太深派、双重标准派，你一嗅就气味可知，你一认真就先输了。

进一步说，那种散沙化也是权力、资本、宗教任性和霸凌的条件就位，是利益寡头们最感安全、最可放心、最少民众压力和群体反抗的好日子，甚至是他们最可能被无奈者们奉为救世强人从而加以盼望和欢呼的时刻。

德国的施蒂纳之后有希特勒，这一前鉴并不遥远。

对这事，你不认真可能就更输了。

二〇一九年十二月

○ 最早发表于二〇二〇年《文化纵横》杂志。

重说道德

一

很长一段时间里,"道德"一词似已不合时宜。遇到实在不好回避时,以"文化"或"心理"来含糊其辞,便是时下很多理论家的行规。在他们看来,道德是一件锈痕斑驳的旧物,一张过于严肃的面孔,只能使人联想到赎罪门槛、贞节牌坊、督战队的枪口、批斗会上事关几颗土豆的狂怒声浪。因此,道德无异于压迫人性的苛税与酷刑,"文以载道"之类纯属胡扯。

与之相反,文学告别道德,加上哲学、史学、经济学、自然科学等纷纷感情零度地 no heart(无心肝),似乎才是现代人自由解放的正途。

柏拉图书里就出现过"强者无需道德"(语出《理想国》一书)一语。现代人应该永远是强者吧?永远在自由竞争中胜券在握吧?现代人似乎永远不会衰老、不会病倒、不会被抛弃、不会受欺压而且是终身持卡订座的 VIP?因此,谁在现代人面前说教道德，那他不是伪君子，就是神经病，甚至是精神恐怖主义嫌犯，应立即拿下并向公众举报。二十世纪九十年代针对"道德理想主义"的舆论围剿，就曾在中国文学界不少官方报刊上热闹一时。

奇怪的是，这种"去道德化"大潮之后，道德指控非但没有减少，反成了流行口水。道德并未退役，不过是悄悄换岗，比如解脱了自我却仍在严管他人，特别是敌人。美国祭出"邪恶国家"概念，就出自一种主教口吻，有强烈的道德意味。很多过来人把中国"文革"总结为"疯狂十年"，也摆出了超然圣母的姿态，对一切都是黑白两分快意恩仇。在他们看来，邪恶者和疯狂者，一群魔头而已，天生为恶和一心作恶之徒而已，不是什么理性的常人。如果把他们视为常人，视为我们可能的邻居、亲友乃至自己，给予几分设身处地的分析和理解，那几乎是令人惊骇的无耻辩护，让正人君子无法容忍。

这样，在一种双重标准下，"邪恶国家"和"疯狂十年"（更不要说希特勒）这一类议题似乎必须道德化，甚至极端道德化。很多人相信：把敌人妖魔化就是批判的前提，甚至就是够劲儿的批判本身。

这种省事和痛快的口水是否伏下了危险？是否会使我们的批判变得空洞、混乱、粗糙、弱智从而失去真正的力量？倒越来越像"邪恶国家"和"疯狂十年"那里不时入耳的狂热嘶吼？

二

敌人是一回事，主顾当然是另一回事。当很多理论家面对权力、资本以及民粹大众，话不要说得太刺耳，就是必要的服务规则了。于是，道德问题被软化为文化或心理的问题，绕开了善恶这种痛点，绕开了责任这种难事。如果可能的话，不妨将其进一步纳入医学事务,从而让烦心事统统躺入病床。

"情商"或"逆商"一类时鲜话题,通常是大众不大明白的话题。在很多情况下,这其实是道德让人难以启齿,社会又庞大和复杂得让人望而却步,那么让昔日的牧师和政委,如今都穿上白大褂,开一点药方,摆弄一些仪表,也许更能赢得人们的信任:他们是很关爱你们的,但他们不愿意谈是非对错,管不了世道人心,只负责治病。对不起,你们的抑郁、焦虑、狂躁之类都不过是生物/化学问题,请你们为自己的中年综合征、写字楼综合征、电脑综合征、长假综合征、手机依赖综合征、移民综合征、注意力缺乏综合征、阿斯伯格综合征……签字付费。

已有专家在研究"道德的基因密码",称至少有百分之二十的个人品德是由基因决定(见二〇一〇年六月十四日俄国《火星》周刊)。还有人宣布懒惰完全可以用基因药物治愈(见二〇一〇年九月四日英国《每日快报》);甚至发现政治信仰一半以上取决于人的遗传基因(见二〇一〇年《美国心理学家》杂志)。如果让上述英国人、俄国人、美国人、瑞典人、以色列人研究下去,我们也许还能发现极权主义的单细胞,或民主主义的神经元;也许还能发明让人一吃就忠诚的药丸,一打就勇敢的针剂,一练就慷慨的气功,一插就热情万丈的生物芯片,一用就能免疫华尔街贪欲的化学方程式……事情是这样吗?

即便这些研究不无道理,比古代术士们对血型、体液、面相、骨骼的解读有更多依据,但人们仍可怀疑:只要科技再发展一点,有关研发投入再增加一些,心理实验室就真能取代上帝?

好吧,到那时,道德化的全面戒严诚然不再,同性恋、堕胎、再婚一类的脱罪化可望如期完成,人类的各种合理欲望终于都在一种精神大赦之下自由释放。那确实值得张灯结彩庆贺一番。但值得一问的是:是非对错问题就没有了吗?价值判断就不需要了？一切道德纠结与纷争都只剩下物质化、技术化、医案化的解决之法，得求助于现代术士们的科研新成果，即获得快乐与幸福的升级秘方——

是那样吗？

三

道德的核心是价值观，是义与利的关系。

其实，义也是利，没那么虚玄，不过是受惠范围稍大的利。老弟帮老哥与邻居打架，在邻居看来是争利，在老哥看来则是可歌可泣的仗义。民族冲突时的举国奋争，对国族之外来说是争利，在国族之内则是慷慨悲歌的举义。可见义与利是一回事，也不是一回事，只是取决于不同的观察视角。

一个高尚者还可能大爱无疆，爱及人类之外的动物、植物、微生物以及整个深空宇宙，把小资听众感动得热泪盈眶。但从另一角度看，如此大爱其实也是放大了的自利，无非是把天下万物视为人类家园，打理家园是确保主人的安乐。假设有人爱到了这种地步：主张人类都死光算了，以此阻止海王星地质结构恶化，那他肯定被视为神经病，比邪教还邪教，其大爱一文不值且不可思议。

正是在这个意义上，道德其实很世俗，充满人间烟火味，不过是一种福利分配方案，一种让更多人活下去、活得好的大口径和长时段方案。一个人有饭吃了，也让父母吃一口，让儿女吃一口，就算得上一位符合最低标准的道德义士——虽然在一个网络、飞机、比基尼、语言哲学、联合国所组成的时代，并非每个人都能做好这一点。

作为历史上宏伟的道德工程之一，犹太/基督教曾提交了最为普惠性的福利分配方案。"爱你的邻居！"《旧约》曾这样训谕。耶和华在《以赛亚书》里把"穷人"视若宠儿，一心让陌生人受到欢迎，让饥民吃饱肚子。他在同一本书里还要求信奉者"寻求公平，解放受欺压者，给孤儿申冤，为寡妇辩屈"。圣保罗在《哥林多书》中也强调："世上的神，选择了最软弱的，叫那强壮的羞愧。"这种视天下受苦人为自家骨肉的情怀，既是一种伦理，差不多也是一种政纲，与儒家常有的圣王一体甚为接近；与后来某些宗教更醉心于永恒（道教）、智慧（佛教）、成功（福音派）等，则形成了侧重点的差别。

在这一方面，中国古代也不乏西哲的同道。《尚书》称"天视自我民视，天听自我民听"。《管子》称"王者以民为天"。《左传》称"夫民，神之主也"。而《孟子》的"民贵君轻"说，也明显含有关切民众的天道观。稍有区别的是，中国先贤们不语"怪力乱神"，最终没有走向神学。虽也有"不愧屋漏"或"举头神明"之类玄语，但对天意、天命、天道一直语焉不详，或搁置不论。在这里，如果说西方的"天赋人权"具有神学背景，是宗教化的；那么中国的"奉民若天"则是玄学话语，具有几分半宗教、准宗教、软宗教的品格。

但不管怎么样，无论西哲或中哲，它们都有一个共同点，即置最广大人民群众的利益于道德核心。其"上帝"也好，"天道"也好，不过是神学或玄学的形象化标识，一种方便于传播和教化的代指符号，各便其用而已。就其内涵指向而言，它们却有高度内在的一致：

人民！

四

"上帝死了"，是尼采在十九世纪的判断。但上帝这一符号所聚含的人民情怀，在神学动摇之后并未断流，进入了一种隐形的延续。

如果人们注意到早期空想社会主义者多出自僧侣群体，然后从卢梭的"公民宗教"中体会出宗教的世俗化转向，再从马克思的共产主义构想中，从他对无产阶级的礼赞中，读到"弥赛亚""特选子民"的意味，甚至从"各尽所能、按需分配"制度蓝图，嗅出教堂里平均分配的面包香和菜汤香，嗅出教产公有制，大概都不足为怪。这与毛泽东强调"为人民服务"，宣称"这个上帝不是别人，就是全中国的人民大众"（见《愚公移山》一文），同样具有历史性——毛泽东不过是"奉民若天"这一古老道统的现代传人之一。

这样，尼采说的上帝之死，其实只死了一半。换句话说，只要"人民"未死，只要"人民""穷人""无产者"这些概念还闪耀神圣光辉，世界上就仍有潜在的大价值和大理想，传统道德就保住了基本盘。

"上帝"说或"天道"说，一经系列的语词转换，便蜕变为后神学或后玄学的共产主义理论。事实上，共产主义早期事业一直充满道德激情，甚至不无某种宗教感，曾展现出一幅幅圣战的图景。团结起来投入"最后的斗争"，《国际歌》里的这一句相当于《圣经》里 Last Day（最后的日子），绽放出大同世界已近在咫尺的感觉，苦难史将一去不复返的感觉。那时的赴汤蹈火、舍身就义、出生入死、同甘共苦、先人后己、道不拾遗……并非出自虚构，而是一两代人日后入骨的亲历性记忆。他们内心中燃烧的道德理想，其实源于几千年历史深处的雅典、耶路撒冷、丰镐和洛邑，只是凭借现代启蒙理性的激发，再次复活为一种政治狂飙，从十九世纪到二十世纪呼啸百年。

问题是，"人民"是否也会走下神坛？或者说，人民之死是否才是上帝之死的最终完成？或者说，人民之死是否才是福柯"人之死（Man is dead）"一语所不曾揭破和说透的更重要真相？

柏林墙推倒后，标举"人民"利益的社会主义阵营遭遇重挫，其不可否认的贫穷、虚伪、残暴等震惊世人，使十九世纪以来流行的"人民""人民性""人民政府"一类词蒙上阴影。这个世界需要人们重新辨认。"为人民服务"变成"为人民币服务"，是后来的一种粗俗说法。理论家们却也有权质疑"人民"这种大词，这种整体性、本质性、神圣性、政治性的概念，是否真有依据，或者说有多少依据。就拿工人阶级来说，家居别墅的高级技工与出入棚户的码头苦力是一回事？摩门教的银行金领与什叶派的山区奴工很像同一个"阶级"？一旦遇上全球化，富豪们无国界地发财，穷鬼们有国界地打工；全世界的资产阶级富得一个样，全世界的无产阶级穷得不一样；于是人民与人民之间的行业冲突、地区冲突、民族冲突、宗教冲突普遍升温，直到闹得怒目相向，隔空交战，不共戴天。在这种情况下，你说的"人民"到底是哪一伙或者是哪几伙？

前不久，澳大利亚总理陆克文就看花了眼：他向大矿业主加税，相信这种义举能获得中下层选民的支持。让他大跌眼镜的是，恰好是选民把他哄下了台。其原因无非是，很多人即便不是大亨，但通过股票等与大矿业主发生了利益关联，或通过媒体鼓动与大矿业主发生了虚幻的利益关联，足以使他的政治精算出错。

这样，"人民"正在被"股民""基民""彩民""纳税人""消费群体""劳力资源""利益关联圈"等概念取代。在一个过分崇拜私有化、市场化、金钱化的社会，"人民"已开始解体，越来越丧失群体情感、共同目标、利益共享机制，也不再有启蒙和革命小说里那种穷兮兮黑黝黝的统一形象。更让人寒心的是，在很多时候和很多地方，不知是大众文化给大众洗了脑，还是大众使大众文化失了身，用遥控器一路按下去，很少有几个电视台不在油腔滑调、胡言乱语、拜金纵欲、附势趋炎，靠文化露阴癖打天下。在所谓人民付出的人民币面前，在收视率、票房额、排行榜、人气指数的压力之下，文化的总体品质一步步下行，正在与"芙蓉姐姐"（中国）或"脱衣大赛"（日本）拉近距离。身逢此时，一个心理脆弱的文化精英，夹着两本哲学或艺术，看到贫民区里挺着大肚腩、说着粗痞话、吃着垃圾食品、看着八卦新闻、随时可能犯罪和吸毒的冷漠男女，联想到苏格拉底是再自然不过的——太想唤醒民众的苏格拉底，正是被民众判处死刑，灌下了毒药。

这当然是一个严重的时刻。

上帝死了，是一个现代的事件。

人民死了，是一个后现代的事件。

至少对很多人来说是这样。

五

有一种低阶道德，以私利为出发点的道德布局，意在维持公共生活运转，使无家可归暂得心灵栖居。其中的富商和长官们不是愤青，不会永远把"叛逆"当饭吃。相反，他们必须交际和组织，不能没有社会形象和声誉意识，因此会把公共关系做得十分温馨，把合作共赢讲得十分动人，甚至在环保、慈善等方面一掷千金，成为频频出镜的爱心模范，不时在粉色小散文或烫金大宝典那里想象自己的人格增高术。应运而生的大众文化明星也会热情推出"心灵鸡汤（包括心灵野鸡汤）"，炖上经典和花絮，再加一点好莱坞温情大片的甜料，让人们喝得气血通畅茅塞顿开，明白利他才能利己的大道理，差不多是吃小亏才能占大便宜的算计——也可以说是理性。

不否定自私，但自私必须君子化。不否定贪欲，但贪欲必须绅士化。理性的个人主义，或者说可持续、更有效、特文明的高级个人主义，就是善于投资的无利不起早。这有什么不好吗？既然已是"小时代"，那么放低一点身段，把道义从目的变为手段，不也能缓解一些社会矛盾？相对于很多书生在学理上逃离弃守和自废武功，相对于他们大张旗鼓的神秘化（诗化哲学）、碎片化（文化研究）、技术化（语言分析）、虚无化（解构主义），把道德理性捣成一盆糨糊，"心灵鸡汤"还算是差强人意的世俗替补吧？

很多书生的失语和退场，当然也基于一种真实的苦恼：说善心不一定出善行，这当然很对。说善行不一定结善果，这当然也很对。说恶是文明动力，再说到善恶难辨、善恶相生、道德无定规等，这些在某一角度看来，无疑比"心灵鸡汤"有更多学术含量和精英品位（坦白地说，我也受益不少）。不过，用诗化哲学、文化研究、语言分析、解构主义捣出一盆盆高级糨糊后，他们还是要走出书房的，还是要吃饭穿衣的，须面对现实生存的每分每秒。比方说，一位高薪才子喝下毒奶粉，会觉得这是善还是恶？会不会把毒奶粉照例"悬置"或"解构"成好奶粉？会不会宣称道德仍是一个假命题？会不会重申幸福不过是一种纯粹主观的意见和叙事法，因此喝下毒奶粉同样怡然自得？……

书本上被他们争相禁用的二元独断论，在此时此刻却变得无法回避。套用莎士比亚的话来说：

喝，还是不喝？是一个问题。

生气，还是不生气？是后现代主义无法绕过的学术大考。

独断论确应慎用。人间事千差万别，一把非此即彼的二元尺子显然量不过来。稍有生活经验的人都知道，面子这事在有些人那里很要命，对另一些人而言则无关紧要。交响乐是有些人的生命所系，在另一些人那里却不值一提。由己推人不等于一厢情愿。把寺庙强改成超市，说面纱不如露背装，强迫斋戒者赴饕餮大宴，这都可能引起文化误解的惨烈事故。但无论利益如何多样化、主观化、感觉化，无论文化可以怎样五花八门千奇百怪，但只要人还是人，还需要基本的生存和尊严，酷刑与饿毙在任何语境里也不会成为美事，鲁迅笔下的阿Q把挨打当胜利，也永远不会有合法性。

这就是说，"由己推人"向文化的多样性开放，却向自然的同一性聚结；向善行方式的多样性开放，却向善愿动机的同一性聚结。对当代哲学深为不满的法国人阿兰·巴丢（Alain Badiou），将这种道德必不可少的同一性，称之为"一个做出决定的固定点"和"无条件的原则"（见《哲学与欲望》）。他必定痛切地知道：若取消这一点，世界上的所有德行都将失去前提，任何仁慈都涉嫌强加于人的胡来，任何卑劣也都疑似不无可能的恩惠。同样，离开了这一点，本能的恻隐，宗教的信仰，理性所规划和统计的世俗公益，都成了无事生非。

这就是很多书生要干的事？是他们戴方帽、写专著、大皱眉头的职能所在？是他们衣冠楚楚投入各种研讨会和评审会的专业成果？他们专司"差异"，擅长"多元"，冲着各种传统意识形态一路下来去魅毁神，诚然干出了一些漂亮活，但如果他们在一袋毒奶粉面前居然不敢生气，那就无异于挖坑自埋。

毕竟，学问的好处，一定是使问题更容易发现和解决，而不是使问题更难于发现和解决；一定是使人更善于行动，而不使人在行动时更迟钝、更累赘、更茫然、更心虚胆怯和无所适从。

六

俗话说，乱世出英雄。这已道出了历史真相：崇高英雄辈出之日，一定是天灾、战祸、社会危机深重之时，必有饿殍遍地、血流成河、官贪匪悍、山河破碎的惨状，有人民群众承担的巨大代价。当年耶稣肯定经历了太多精神煎熬，才走上了政治犯和布道者的长途——那种履历几乎用不着去考证。大勇，大智，大悲，大美，不过是危机社会的自我修复手段。"耶稣们"只可能是苦难的产物，就像医生只可能是病患的产物，医术之高与病例之多往往构成正比。

为了培养名医，不惜让更多人患病，是否有些残忍？为了唤回崇高，希望社会早点溃乱和多点溃乱，更早和更多地遭受天灾人祸，是否纯属缺德？与其那样，人们倒该庆幸一下英雄稀缺的日子吧？

事情真是有点难办。就总体而言，英雄的功能就是造就安康；然而安康总是令人遗憾地滋生平庸——这没有办法，几乎没有办法。我们没法让丰衣足食甚至灯红酒绿的男女天天绷紧英雄的神经，争相去卧薪尝胆，过上英雄们赢来的好日子又拒绝这种好日子，享受安康又诅咒这种安康。于是，英雄的尽头是安康，安康的尽头是平庸，平庸的尽头必是危机，直到让危机和苦难再次去催生英雄……如此西西里弗似的历史循环故事，不免乏味，让人唏嘘。

但说破这一点，倒有了做点什么的可能。不是吗？至少，在有些人那里，在社会的某些局部，就可能干预、扰动、破断、修改自己最可能的人生轨迹——那也构成了社会变量的一部分，进而影响到变化的结果。

知识精英最应该这样想。相对于庶民大众，他们从来就承担着更多历史关切和道德理想。"君子喻于义，小人喻于利。"二者的责任分配并非一样。如果说无道德不为君子，那么低阶、低调、低难度的道德就是"伦理"，或称"伦常"，即常人们做到即可的基本行为规则。在历史上，欧式 Idealism 的理想主义或理念主义偏重于前，常有一种刚性划一的高调风格，如"爱你的敌人"（基督教名言）那种全口径、一根筋的博爱；而中国古人则偏重于后，以人情为底蕴，大多分亲疏，别远近，讲"差序格局"（费孝通语），爱出了一种熟透了的圆融、分寸感、可行性。如《孟子》说，假如同屋人斗殴，你一定得去制止，即便弄得披头散发衣冠不整也在所莫惜；若是街坊邻居在门外斗殴，你同样披头散发衣冠不整一番，那就是个糊涂人了。关上门户，其实也就够了（见《离娄下》）。

孟子这话想必是对常人说的，无非是因类施教取其下一档，让一种个人主义的升级版，差不多成为群体主义的初级版，以求公中有私，群中有己，成己成物两相平衡。但另一方面，他教化庸常之余，却对精英另有一套明确和苛严的精神纪律，另有一种高峻的神情，强调"为富不仁"与"为仁不富"不可调和，强调"大丈夫""富贵不能淫，贫贱不能移，威武不能屈"，永远高扬道德理想的义旗。在他看来，如果只为谋食，那当然也可以，但这种人充其量只能去做"抱关击柝"（打更）的小吏（见《万章下》）。这与柏拉图几乎不谋而合。后者在《理想国》中同样主张，一般大众不妨去发财，不妨去红尘万丈，但哲学家就是哲学家，必是特殊材料做成的，断断不能有房子、土地及任何财物，连儿女也不得家养私有，还应天天吃在"公共食堂（all eat together）"——这差不多是完全无视精英（即当时的"哲学家"）权益，相当于派苦差、上大刑、强收精英税，肯定会吓晕当今满世界知识分子。哪个大学名校要这样干,很多师生肯定会联想到纳粹集中营,然后一哄而散,甚至喷泪狂逃。

显然,中外先贤"抓上放下",上下有别,力图营构一种精神生态的合理结构。在他们看来,精英们既然享受了良好的成长条件和教育资源,就不可将自己等同一般老百姓,必须克己,必须节欲,必须先忧后乐,必须承担导向性的高阶道德,与低阶伦常配套互补,以尽可能平衡社会的堕落势能。

不无讽刺的是,历经多次启蒙和革命,现代人至今未能破解取消权力和资本的等级制,却首先打掉了道德责任的等级制。对道德的狂踩和群殴,首先来自精英群体而不是底层民间——这是二十世纪九十年代以来媒体上的真实故事。很多精英终于得见天日,放飞自我,解脱了柏拉图、孟子那一类糟老头所强加的义务苦差,以致"砖(专)家"和"教兽(授)"——特别是有官帽和能控股的,总是一窝蜂抢先致富,而且更有条件去调动司法资源,为自己的恶行免责;有更多的话语资源和舆论手段,把自己的恶行洗白。这已构成当代社会的一大痼疾。

七

利己是动物学的一条硬道理——承认这一点无需太多智慧。同样须提醒的是:人类是一种特殊动物,一旦有了文化和文明,就有了个体/群体的双重性。拉丁词 persona(人),其字面原义是"传声""声向",已标注了人的互联特征,乃至半社会主义的特性。离群索居的成长,对于乌龟或狗熊或有可能,于人却绝无可能,比如没有语言文字这一公共化成果,一个人就只能是猴子。

个体——这东西有形、易见、好懂,而群体性则有点抽象,就像砖瓦好懂，房屋结构机理却不大好懂。但这世界上如果没有房子，砖瓦就只会是泥土，永远不会成为砖瓦。这里有一个整体大于部分之和的道理，即整体性使 n 部分（比如泥土）演变为 N 部分（比如砖瓦）的道理。

人们总是容易看到有形之物而忽略其他，因此惦记一下群体关系，惦记一下义、道德、价值观等，并非特别容易。把中东人肉炸弹和贵州失学少年想象成自己的家事，更是让很多人觉得不可思议。这种关切半径越来越小的风气，在相当程度上已接近"利克义者为乱世"（荀子语），差不多是一种人类紧急解散的状态，一种砖瓦们齐刷刷要求从房屋退回泥土的冲动，每个人从 N 部分退回 n 部分的冲动。

有些问题很朴素：为什么不能当希特勒？为什么当权者不能家天下？为什么不能弱肉强食欺男霸女？为什么需要人权、公正、自由、平等以及社会福利？为什么不能做假药、毒酒、细菌弹、文凭工厂、人肉馒头以及儿童色情片？……如果利己成为唯一兴奋点，如果对"利益最大化"无所节制，那么这一切其实都不值得大惊小怪，轻易击破某些人的难为情，是迟早的事。这是逻辑和实验几乎帮不上忙的地方，是理性主义最大的系统漏洞。

接下来，如果大家都不再难为情，如果地球人都狠狠心，把物质利益这一人生真谛看了个底儿透，这个世界会怎么样？心乱必然带来世乱。一旦社会凝结机能缺位，每个人对每个人的隐形世界大战就开始了，直至官贪民刁，直至越来越多的身份高危化——从矿工到乘客，从食客到医生，从裁判到交警，从乞丐到富翁，从税务局到幼儿园。同时发生的事情，是左派政治和右派政治一同陷入道德泥沼，轮番登台又轮番失灵，与民众不断"闪婚"和"闪离"，没几个不灰头土脸。到那时，即便经济有所发展，官民矛盾、劳资纠纷、民族或宗教冲突等却四处冒烟，一再滑向极端和暴力。人们很难找到一种精神的最大公约数，来给这个易燃易爆的世界降温。

文明还有吗？没错，文明一直是物理的、物质的、物态的，常靠黑压压的逐利者们推动，与个人名望、王室赏赐、公司利润、绝色佳人等密切相关。但文明的"包荒含秽"（程颐语）并不是只有荒秽。恰恰相反，在实用功利之外，在探求真理最高端又最基础的某些前沿，很多伟大艺术看上去是"没有用"的，以致不少艺术家曾差一点饿死；很多伟大的科学看上去也是"没有用"的——如果它们一时无望转化为吸金和掘金的产业。无论是公元前五百年左右的全球文明大爆炸，还是十六世纪后全球文明的大跨越，在文明的核心区，倒是一再惊现高贫困率和高伤亡率，如苏格拉底的孑然就刑，如孔子的"丧家犬"凄然苦旅。哪怕像牛顿、伽利略、莱布尼兹那些科学家，与世无争，人畜无害，也从未享受过什么发明专利。时值欧洲仍有基督教的一统天下，他们大多出入清苦的经学院，恪守诫命，习惯于祈祷和忏悔，不过是醉心于寒窗斗室的胡思乱想，追求一种发现和创造的美学快感，堪称"正其宜而不谋其利，明其道而不急其功"（董仲舒语）的典范。

史上一座座文明高峰已证明：小真理是"术"，多为常人所求；大真理涉"道"，多为高士所赴。大真理如阳光和空气，惠及世界上所有人，惠及人类至大、至深、至广、至久的全部，因而在常人眼里无形无迹，并无特定的受益对象，难以产生交换与权益，至少不是俗世意义上的"有用"。不难理解，寻找这种大真理，往往需要苦行、勇敢、诚恳、知贤服善等人格条件，需要价值观的暖暖血温。高处不胜寒，文明的核心部位从来都是非淡泊者不入，非担当者不谋，非献身者不恒，传薪人差不多是一些不擅逐利的呆子。

一个呆子太少的时代,一个术盛而道衰的时代,我们对如火如荼的知识经济之类又能抱多大希望?

"为什么没有出现大师?"不久前一位著名核物理学家临终前的悬问,是提给中国的,也不仅仅是提给中国的。

这一逼问在久久等待回答。

回到本文最初的话题:"上帝""天道"以及"人民"的价值信念是否还需要,还能否找回?悠悠万事,唯世道人心为大。如果文明还可能绝处逢生,那么时间已经不多了,新的道德重建该从哪里开始?

二〇一〇年八月

○
最初发表于二〇一〇年《天涯》杂志。

"自我学"与"人民学"

回望历史,在十九世纪那些作家笔下,冒险家(杰克·伦敦)、暴发户(巴尔扎克)、灰姑娘(夏洛蒂·勃朗特)、凤凰男(司汤达)、心机姨(福楼拜)一类生动形象令人难忘。大动荡催生了大文学。作家们鲜活、敏锐、广博地表现世俗人间,富有烟火气,不避重口味,实现了认知的一时井喷。以至不少读者至今还感叹:要说小说,还是十九世纪的好看得多——他们的文学趣味,至少是小说趣味,大体定型于那一轮"井喷"盛况。

从总体上说,那一过程将文学从神学状态(想一想《荷马史诗》《山海经》《圣经》等),从稍后时期"神怪+王侯"的半神学或后神学状态(想一想司马迁的纪传、莎士比亚的四大宫廷剧等),最终推向了Humanism,即人文主义、人道主义、人间主义,或者说"文学即人学"的广阔大地。

人成为文学中最燃、最爆的主题。不过,当时流行的人性论和善恶模式,作为文学的聚焦区,作为现代启蒙思潮的重要部分，在进入二十世纪的前后数十年里却出现了分化。

这同样是借助了历史的推动。

情况之一，"人学"成为"自我学"，或者说出现了"自我"路线。这种现象多来自发达国家的都市，发生在资本主义体系的内部危机中。尼采的"酒神"说、弗洛伊德的"本我"与"无意识"说，为这种自我的沉迷和发现，提供了重要的理论引导。尽管弗洛伊德因临床数据不实，后来在心理医学界光环不再，但阴差阳错，正如彼德·沃森在《思想史》中指出："现代主义可以看作是弗洛伊德无意识的美学对应物。"普鲁斯特、乔伊斯、福克纳、伍尔夫、卡夫卡等这些西方作家，差不多不约而同，把文学这一社会广角镜，变成了自我的内窥镜，投入了非理性、反社会的"向内转"，让作品纷纷弥漫出孤绝、迷惘、冷漠、焦虑甚至晦涩的风格。"他人即地狱"，萨特的这一名言，打掉了人道主义的乐观与温情，鼓舞了多少人进入一种"原子化"的高冷幽闭或玩世放浪。在整个二十世纪里，他们不一定引来市场大众的欢呼，却一直是院校精英们的标配谈资，构成了不安的都市文化幽灵。

情况之二，"人学"成为"人民学"，或者说出现了"人民"路线。陀思妥耶夫斯基在追念普希金的文学成就时，使用了"人民性"这一新词，阐明了有关的三大内涵，即表现"人小物"，吸收民众和民族的语言，代表民众的利益。后来，托尔斯泰、果戈理、契诃夫等俄国作家，大多成为这种忧国和亲民的文学旗手，一直影响到中国以及东亚"为工农大众"的"普罗文艺"，乃至影响大半个地球的"红色三十年代"。这一幕出现在资本主义体系的底部和外部，特别是发展中国家和地区。不难理解，深重的人间苦难，非同寻常的阶级撕裂和民族危亡，作为弱国和穷人的尖锐现实，构成了文学新的背景和动力。鲁迅怀疑抽象的人性，说流汗也得分"香汗"与"臭汗"，已有阶级理论呼之欲出。托尔斯泰不赞成"西欧主义"，贬斥莎士比亚不道德的"肉欲诱惑"，也与早期欧洲的人道主义拉开了距离，其激烈态度甚至被列宁怀疑为过了头。若比较一下后来东西方的经典书目即可发现，哪怕像狄更斯的《双城记》、托尔斯泰的《复活》，更不要说高尔基和鲁迅了，都因社会性强，下层平民立场彰显，通常会在西方院校那里受到无视或差评。这与它们在东方广受推崇，形成了意味深长的错位，从而比对出东西方不同的主流精英视角。

"人民学"和"自我学"，大概构成了二十世纪两大文学遗产。

其实，不论是哪一种遗产，都没有高纯度，且一直充满争议，在传播中也可能遭遇曲解和误读。一般来说，在正常情况下，"自我"与"人民"，作为微观与宏观的两端，不过是从不同角度拓展对"人"的认知和审美，差不多是一方水土养一方人，一种生活催生一种文字，释放了不同的感受资源和文化积淀。在良性互动的情况下，双方构成了"人学"的一体两面：真正伟大的自我，无不富含人民的经验、情感、智慧、愿望以及血肉相连感同身受的"大我"关切；同样道理，真正伟大的人民，也必由一个个独立、自由、强健、活泼、富有创造性的自我所组成。

可惜的是，庸才总是多于英才，历史实践总是泥沙俱下，任何一种遗产都可能被有些人学偏和做坏，包括出现教条化、极端化、投机化的自我挖坑。当年鲁迅批判过"留声机器"和"招牌"式的高调"革命文学""文革"时期也出现过"造神"化的文艺宣传，直到当下广受非议的"抗日神剧"之类，"人民"的形象在这些文字泡沫中屡遭扭曲，一再变得空洞而干瘪。另一方面，非理性、反社会的独行者们也并非灵感大神，其自恋、自闭、自大的文字，其幽闭或放浪的风格，无论是"沉默的"（布朗肖语）、"零度的"（罗兰·巴特语），还是"无意义的"（昆德拉语）写作，都让后来文学中的诸多"自我"越来越面目雷同，离真正的个性更远，离复制和流行倒是更近，很快成为另一种高发性都市心理病——以至"文青""文艺腔""文科生"这些词，不知何时已在互联网上声名狼藉，已是舆论场上嘲讽和同情的所向，成为文学及其相关教育的负资产。

更重要的是，时代在变化，文学不能止步于二十世纪。"人民"与"自我"也都在苟日新，日日新，又日新。随着市场化、全球化、信息化的大潮扑来，旧时的阶级图景正日渐错杂，文化的、族裔的、宗教的、性别的等更多剖面，正在更新政治的定义，展现更为丰富的社会纵深，那么各种视角该如何彼此含容和多元统一，重新熔铸成一个个血肉丰满的人物形象？又比如，自有了生物克隆和人工智能，很多"自我"，或者说"自我"的很大一部分，其实都是可以格式化、数据化，甚至能精确预测和管理的——哪有作家们以前想象的那么天赋异禀？当人的部分智能被机器接管，众多专家发现，人类最后的差异性，恰恰表现于人的情感、精神、价值观、创造力——而这一切，恰好是共生环境和群体关系千变万化的产物，是"一切社会关系的总和"（马克思语），大大超出了"自我"的边界，不再那么"自我"，不是什么人成天照镜子可以照出来的。

换句话说，进入二十一世纪以后，"人民"与"自我"，都进入了新的陌生水域，都需要注入实践和理论新的活血。

可以说，文学可能仍是"人学"——至少到目前为止，不大可能回归神学或半神学。那么，在认知"人"的漫漫长途上，随着科学理论的刷新和社会现实的演变，文学的二十一世纪该是一个什么新模样，可能会是一个什么模样，还需写作人进一步体会和探索。

二〇一九年三月

○ 最初发表于二〇一九年《文艺报》。

佛魔一念间

一

佛陀微笑着，体态丰满，气象圆和，平宁而安详。它似乎不需要其他某些教派那样的激情澎湃，那样的决念高峻，也没有多少充满血与火的履历作为教义背景。它与其说是一个圣者，更像是一个智者；与其说在作一种情感的激发，更像是在作一种智识的引导；与其说是天国的诗篇，更像是一种人间的耐心讨论和辩答。

世界上宗教很多，说佛教的哲学含量最高，至少不失为一家之言。十字和新月把人们的目光引向苍穹，使人们在对神主的敬畏之下建立人格信仰的道德伦理，佛学的出发点也大体如此。不过，佛学更使某些人沉迷的，是它超越道德伦理，甚至超越了神学，走向了更为广阔的思维荒原，几乎触及和深入了古今哲学所涉的大多数命题。拂开佛家经藏上的封尘，剥除佛经中各种攀附者夹杂其中的糟粕，佛的智慧就一一辉耀在我们面前。"三界唯心"（本体论），"诸行无常"（方法论），"因缘业报"（因果论），"无念息心"（人生论），"自度度人"（社会论），"言语道断"（认知论），"我心即佛"（神义论）……且不说这些佛理在多大程度上逼近了真理，仅说思维工程的如此浩大和完备，就不能不令人惊叹，不能不被视为佛学的一大特色。

还有一个特色不可不提，那就是佛学的开放性，是它对异教的宽容态度和吸纳能力。在历史上，佛教基本上没有旌旗蔽空尸横遍野的征服异教之战，也基本上没有对叛教者施以绞索或烈火的酷刑。佛界当然也有过一些教门之争，但大多只是小打小闹，一般不会演成大的事故。而且这种辱没佛门的狭隘之举，历来为正信者所不齿。"方便多门""万教归一"，佛认为各种教派只不过是"同出而异名"，是一个太阳在多个水盆里落下的多种光影，本质上是完全可以融合为一的。佛正是以"大量"之心来洽处各种异己的宗派和思潮。

到了禅宗后期，有些佛徒更有慢教风尚，不惜刀口向内，所谓"逢佛杀佛，逢祖杀祖"，不拜佛，不读经，甚至视屎尿一类秽物为佛性所在。他们铲除一切执见的彻底革命，最后革到了佛祖的头上，不惜糟践自己教门，所表现出来的几分奇智，几分勇敢和宽怀，较之其他某些门户的唯我独尊，显然不大一样。

正因为如此，微笑着的佛学从印度客入中国，很容易地与中国文化主潮汇合，开始了自己新的生命历程。

二

佛家与道家结合得最为直接和紧密，当然是不难理解的。道家一直在不约而同地倾心于宇宙模式和生命体悟，与佛学算得上声气相投，品质相类，血缘最为亲近。一经嫁接就有较高的存活率。

　　印顺在《中国禅宗史》中追踪了佛禅在中国的足迹。达摩西来，南天竺一乘教先在北方胎孕，于大唐统一时代才移植南方。南文化中充盈着道家玄家的气血，文化人都有谈玄的风气。老子是楚国苦县人，庄子是宋国蒙县人，属于当时文化格局中的南方。与儒墨所主导的北文化不同，老庄开启的道家玄学更倾向于理想、自然、简易、无限的文化精神。南迁的佛学在这种人文水土的滋养下，免不了悄悄变异出新。牛头宗主张"空为道本"，舍佛学的"觉"字而用玄学的"道"字，已显示出与玄学有了瓜葛。到后来石头宗，希迁著《参同契》，竟与道家魏伯阳的《参同契》同名，更是俨然一家不分你我。这些符码的转换，因应并推动了思维的变化。在一部分禅僧那里，"参禅"有时索性改为"参玄"，还有"万物主"本于老子，"独照"来自庄子的"见独""天地与万物""圣人与百姓"更是道藏中常有的成语。到了这一步，禅法的佛味日渐稀薄，被道家影响和渗透已是无争的事实。禅之"无念"，差不多只是道之"无为"的别名。

　　手头有何士光最近著《如是我闻》一书，从个体生命状态的体验，对这种佛道合流做出了新的阐释。他是从气功入手的，一开始更多地与道术相关涉。在经历四年多艰难的身体力行之后，何士光由身而心，由命而性，体悟到气功的最高境界是获得天人合一的"大我"，是真诚人生的寻常实践。在他看来，练功的目的绝不仅仅在于俗用，不在于祛病延寿更不在于获得什么特异神通，其出发点和归宿点，恰恰是要排除物欲的执念，获得心灵的清静妙明。练功的过程也无须特别倚重仪规，更重要的是，心浮自然气躁，心平才能气和，气功其实只是一点意念而已，其他做派，充其量只是一线辅助性程序，其实用不着那么重浊和繁琐。有经验的练功师说，炼气不如平心。意就是气，气就是意，佛以意为中心，道以气为中心。以"静虑"的办法来修习，是佛家的禅法；而以"炼气"的办法来修习，是道家的丹法。

追寻前人由丹通禅的思路，何士光特别推崇东汉时期魏伯阳的《周易参同契》。老子是不谈气脉的。老子的一些后继者重术而轻道，把道家思想中"术"的一面予以民间化和世俗化的强化，发展成为一些实用的丹术、医术、占术、风水术等，于汉魏年间蔚为风尚，被不少后人痛惜为舍本求末。针对当时的炼丹热，魏伯阳说："杂性不同类，安肯合体居？"并斥之为"欲黠反成痴"的勾当。他的《周易参同契》有决定意义地引导了炼丹的向内转，力倡"炼内丹"，改物治为心治，改求药为求道。唐以后的道家主流也依循这一路线，普遍流行"炼精化气，炼气化神，炼神化虚"乃至"炼虚合道"的修习步骤，最终与禅宗的"明心见性"主张殊途而同归。

身功的问题，终究也是个心境的问题；物质的问题，终究也是个精神的问题。这种身心统一观，强调生理与心理互协，健身与炼心相济，较之西方那种纯物质性的解剖学和体育理论，岂不是更为洞明的一种特别卫生法？

在东土高人看来，练得浑身肌肉疙瘩去竞技场上夺金牌，不过是小孩子们贪玩的把戏罢了，何足"道"哉。

三

每一种哲学，都有术和道、或说用和体两个方面。

佛家重道，但并不是完全排斥术。佛家虽然几乎不言气脉，但三身、四智、五眼、六通之类概念，并不鲜见。"轻安"等气功现象，也一直是神秘佛门内常有的事迹。尤其是密宗，重"脉气明点"的修习，其身功、仪轨、法器、咒诀以及灌顶一类节目，铺陈繁复，次第森严，很容易使人联想起道士们的作风和做法。双身修法的原理，也与道家的房中术不无暗契。英国学者李约瑟就曾经断言："乍视之下，密宗似乎是从印度输入中国的，但仔细探究其（形成）时间，倒使我们认为，至少可能是全部东西都是道教的。"

　　术易于传授，也较能得到俗众的欢迎。中国似乎是比较讲实际求实惠的民族，除了极少数认真得有点呆气的人，一般人对于形而上地穷究天理和人心，不怎么打得起精神，没有多少兴趣。据说中国一直缺少严格意义上的宗教，据说中国虽有过四大发明的伟绩，但数理逻辑思维长期处于幼稚状态，都离不开这种易于满足于实用的特性。种种学问通常的命运是这样，如果没有被冷落于破败学馆，就要被功利主义地来一番改造，其术用的一面被社会放大，被争相仿冒，成为各种畅销于城乡的实用手册。儒家，佛家，道家，基督教，马克思主义，自由主义，现代主义或绿色思潮……差不多都面临过或正在面临这种命运，一不小心，就只剩下庄严光环下的一副俗相。故在很多人眼里，各种主义，只是谋利或政争的工具；各位学祖，也是些财神菩萨或送子娘娘，可当福利总管一类角色客气对待。

　　时下的气功热，伴随着易经热、佛老热、特异功能热、风水命相热，正成为世纪末的精神潜流之一。这种现象与国外的一些寻根、原教旨、反西方化动向是否有关系，暂时放下不谈。这里需要指出的是，中国传统文化蕴积极深，生力未竭，将其作为重要的思想资源予以开掘和重造，以助社会进步，以助疗救全球性的现代精神困局，不仅是可能的，而且是已经开始了的一个现实过程。

　　但事情都不是那么简单。就眼下的情况来看，气功之类的这热那热，大多数止于术的层面，还不大具有一种新人文精神的姿态和伟力，能否走上正道，导向觉悟，前景还不大明朗。要弄迷信骗取钱财的不法之徒，且不去说它。大多数商品经济热潮中的男女，洋吃洋喝后突然对佛道高师们屏息景仰，一般目的是为了健身，或是为了求财、求福、求运、求安，甚至是为了修得特异功能的神手圣眼，好操控麻将桌上的输赢。一句话，是为了习得能带来实际利益的神通。这些人对气功的热情，多少透出一些股票味。

神通利己本身没有什么不好，或者应该说很好，但所谓神通一般只是科学未发明之事，一旦科学能破其奥秘，神通就成为科技。这与佛道的本体没有太大关系，因此将神通利己等同于道行，只是对文化先贤的莫大曲解。可以肯定，无论科技发展到何种地步，要求得人心的清静妙明，将是人类永恒的长征，不可轻言高新技术以及候补高新技术的"神通"（假的除外），可以净除是非烦恼，把世人一劳永逸地带入天堂。两千多年的科技发展在这方面并没有太大的作为。这也就是不能以"术"代"道"、以"术"害"道"的理由。杨度早在《新佛教论答梅光羲君》文中说过，"求神不必心觉，学佛不必神通"；"专尚神秘，一心求用，妄念滋多，实足害人，陷入左道"。

这些话，可视为对当下某种时风的针砭。

四

求"术"可能堕入左道，求"道"也未见得十分保险，不意味着从此就有了一枚激光防伪的标识，走到哪里都可牛皮哄哄。

禅法是最重"道"的，主张克制人的物质欲望，净滤人的红尘心绪，所谓清心寡欲，顺乎自然，"无念为本"。一般的看法，认为这些说法涉嫌消极而且很难操作。人只要还活着和醒着，就会念念相续不断，如何"无"得了？人在入定时不视不闻惺惺寂寂的状态，无异于变相睡觉，一旦出定，一切如前，还是摆不脱现实欲念的才下眉头又上心头。

熊十力曾对"无我"之说提出过怀疑，认为这种说法与轮回业报之论自相矛盾：既然无我，修行图报岂不是多此一举（见《乾坤衍》）？如果业报的对象还是"我"，还被修行者暗暗牵挂，那就无异于把"我"大张旗鼓从前门送出，又让它蹑手蹑脚从后门返回，开除以后还是留用，主人说到底还是有点割舍不下。

诘难总会是有的，禅师们并不十分在意。从理论上说，禅是弃小我得大我的过程。虚净绝不是枯寂，随缘绝不是退屈，"无"本身不可执，本身也是念，当然也要破除。到了"无无念"的境界，就是无不可为，反而积极进取，大雄无畏了——何士光也是这样看的。在他看来，"无念"的确义当为"无住"，即随时扫除纷扰欲念和僵固概念。六祖慧能教人以无念为宗，又说无念并非"止念"，且常诫人切莫"断念"（见《坛经》）。三祖曾璨在《信心铭》中也曾给予圆说："舍用求体，无体可求。去念觅心，无心可觅。"——从而给人心注入了几分积极用世的热能。

与这一原则相联系，佛理中至少还有三点值得人们注意：一是"菩提大愿"，即佛陀决意普度众生，众生不成佛则我誓不成佛。二是"方便多门"，即从佛者并不一定要出家，随处皆可证佛，甚至当官行商也无挂碍，从而给入世修为留下了空间。三是"历劫修行"，即佛法为世间法，大乘的修习恰恰是不可离开事功和实践，因此治世御侮也好，济乱扶危也好，皆为菩萨之所有事和应有义。

这样所说的禅，当然就不是古刹孤僧的形象了，倒有点像活跃凡间的革命义士和公益模范，表现出英风勃发热情洋溢自由活泼的生命状态。当然，禅门只是立了这样一个大致路标，历来少有人对这一方面作充分的展开和推进，禅学也就终究吸纳不了多少政治学、经济学、军事学、自然科学等，终究保持着更多的山林气味，使积极进取这一条较难坐实。在这种情况下，人们可以禅修身，但不易以禅治世。尤其是碰上末世乱世，"无念"之体不管怎么奥妙也总是让人感觉不够用，或不合用。新文化运动中左翼的鲁迅，右翼的胡适，都对佛没有太多好感，终于弃之而去，便是自然结局。

在多艰多难的人世间，禅者假如在富贵荣华面前"无念"，诚然难得和可爱。但如果"无"得什么也不干，就成了专吃救济专吃施舍的寄生虫，没什么可心安理得的。虫害为烈时甚至还少不了要唐武宗那样的人，来一个强制劳改运动，以恢复基本的经济结构平衡。在另一方面，对压迫者、侵略者、欺诈者误用"无念"，也可能是对人间疾苦一律装聋或袖手，以此为所谓超脱，其实是冷酷有疑，怯懦有疑，麻木有疑，失了真性情，与佛门最根本的悲怀和宏愿背道而驰。

这是邪术的新款，是另一种走火入魔。

佛魔只在一念，一不小心就弄巧成拙。就大体而言，密宗更多体现了佛与道"用"的结合，习密易失于"用"，执迷神秘之术；禅宗则更多体现了佛与道"体"的结合，习禅易失于"体"，误用超脱之道。人们行舟远航，当以出世之虚心做入世之实事，提防心路上的暗礁和险滩。

五

二十世纪初，具有革命意义的量子力学，发现对物质的微观还原已到尽头，亚原子层的粒子根本不能呈现运动规律，忽这忽那，忽生忽灭，如同佛法说的"亦有亦无"。它刚才还是硬邦邦的实在，顷刻之间就消失质量，没有位置，分身无数，成了"无"的幽灵。它是"有"的粒子又是"无"的波，可以分别观测到，但不能同时观测到。它到底是什么，取决于人们的观测手段，取决于人们要看什么和怎样去看。

不难看出，这些说法与佛家论"心"（包括道家论"气"）几乎不谋而合。很多人太相信它就是一份迟到的检验报告，证实了东土经藏千年前的远见。

佛学是精神学。精神的别名还有真如、元阳、灵魂、良知、心等。精神是使人的肌骨血肉得以组织而且能够"活"起来的某种东西，也是人最可以区别于动物的某种东西——所谓人是万物之灵长。但多少年来，人们很难把精神说清楚。从佛者大多把精神看成一种物质，至少是一种人们暂时还难以描述清楚的物质。如谈阿赖耶识时用"流转""识浪"等词，似乎在描述水态或气态。这种看法得到了大量气功现象的呼应。在很多练功者那里，意念就是气，意到气到，可以明明白白在身上表现出来，有气脉，有经络，有温度和力度。之所以不能用X光或电子显微镜捕捉到它，是因为它可能存在于更高维度的世界里而已。也许只要从量子力学再往前走一步，人们就可以完全把握精神规律，像煎鸡蛋一样控制人心了。

在这一点上，有些唯物主义者是他们的同志。比如，恩格斯就曾相信，意识最终是可以用物理和化学方法证明为物质的。

这些揣度在得到实证之前，即便是一种非常益智而且不无根据的揣度，似乎也不宜强加于人。洞悉物质奥秘的最后防线能否突破，全新形态的"物质"能否被发现，眼下尚无十足的理由一口说死。更重要的是，如果说精神只是一种物质，那么就如同鸡蛋，是中性的、物性的、不含情感和价值观的，人人都可以拥有和运用——这倒与人类的经验不大符合。在日常生活中，人们称所有洋洋得意之态都是"有精神"，诚然是将"精神"一词用作中性。但更多时候，人们把蝇营狗苟称为"精神堕落"，无意之间给"精神"一词又注入了褒义,似乎这种东西为好人们所专有。提到"精神不灭",人们只会想起耶稣、穆罕默德、孔子、贝多芬、哥白尼、谭嗣同、苏东坡、张志新……决不会将其与贪佞小人联系起来。这样看,精神又不是人人都可以或时时都可以拥有的。它可以在人心中浮现(良心发现);也可以隐灭(丧失灵魂)。它是意识、思维的价值表现并内含价值趋力——趋近慈悲、智慧和美丽,趋近大我,趋近佛。

佛的大我品格,与其说是人们的愿望,不如说是一种客观自然,只是它如佛家所说的阿赖耶识,能否呈现须取决于具体条件。与物理学家们的还原主义路线不同,优秀的心理学和生命学家当今多用整体观看事物。他们突然领悟:洞并不是空,只是环石的增生物。钢锯不是锯齿,只是多个锯齿组合起来的增生物。比起单个的蚂蚁来,蚁群更像是一个形状怪异可怖的大生物体,增生了任何单个蚂蚁都不可能有的智力和机能,足以承担浩大工程的建设(见 B·戴维斯:《上帝与新物理学》)。这就是整体大于部分之和。同理,单个的人如果独居荒岛,只会退化成完全的动物。只有组成群类之后,才会诞生语言、文化、高智能,还有精神——它来自组合、关系、互动、共生,或者叫做"场"一类无形的东西。

这意味着,人类的精神或灵魂就只有一个,是整体性的大我,由众生共有,随处显现,古今仁人不过是它的亿万化身。这也意味着,"灵魂"确实可以不死——这不是说每个死者都能魂游天际,而是对于人类这一个大生物体来说,个人的死亡就如同一个人身上每天都有的细胞陈谢,很难说一一都会留下灵魂。但只要人类未绝,人类的大心就如薪火共享和薪火相传,永远不会熄灭。个人或可从中承借一部分受用,即所谓"熏习";也可发展和创造,"其影像直刻入此羯摩(即灵魂——引者注)总体之中,永不消灭"。这是梁启超的话，他居然早已想到要把灵魂看成了流动的"总体"。

精神无形无相，流转于传说、书籍、博物馆、梦幻、电脑以及音乐会。假名《命运交响曲》时，贝多芬便犹在冥冥间永生，在聆听者的泪光和热血中复活。这就是整体论必然导致的一种图景。它可以启发我们理解精神的价值定向，理解为何各种神主都有大慈大宥之貌，为何各种心学都会张扬崇高的精神而不会教唆卑小的精神——如果那也叫"精神"的话。换句话说，精神既来自整体，就必然向心于整体，成就于整体，成就于公共的社会福祉，成为对全人类的宽广关怀。

因此，把人仅仅理解为"个人"是片面的，至少无助于我们理解精神。所谓"人群"大于"个人"之和，精神就是这个"大于"之所在，至少是这种所在之一。在这个意义上，"个人"的概念之外，还应有"群人"的概念。所谓入魔，无非是个人性浮现，只执利己、乐己、安己之心，难免狭促焦躁；所谓成佛，则是群人性浮现，利己利人、乐己乐人、安己安人，顿入物我一体、善恶两消、通今古纳天地的圆明境界。

作为这种说法的物理学版本：以还原论看精神，精神是实体和物料，可由人私取和私据，易导致个人囿闭；以整体论看精神，精神便是群聚结构的增生物，不过是一种关系，一种场，只能融会与共享，总是激发出与天下万物感同身受的群人胸怀——佛家的阿赖耶识不过是对它的古老命名罢了。

精神之谜远未破底。只是到目前为止，它看上去是这样一个东西，既是还原论的也是整体论的，是佛和魔的两面一体，是大我与小我的两相交集。

汉语中的"东西"真是一个好词。既东又西，对立统一，能永远给我们具体辩证的智慧暗示。

六

有这样一个流传很广的故事：坦山和尚与一个小和尚在路上走着，看见一个女子过不了河。坦山把她抱过去了。小和尚后来忍不住问：你不是说出家人不能近女色吗，怎么刚才要那样做呢？坦山说：哦，你是说那个女人吗？我早把她放下了，你还把她一直抱着。小和尚听后，大愧。

事情就是这样。同是一个事物，看的角度不同，可以正邪迥异。同样一件事情，做的心态不同，也势必佛魔殊分。如上所述，求"术"和求"道"都可成佛，也都可入魔，差别仅在一念，迷悟由人，自我立法，寸心所知。佛说"方便多门"，其实迷妄亦多门。佛从来不能教给人们一定之规——决不像傻瓜照相机的说明书一样，越来越简单，一看便知，照做就行。

世界上最精微、最圆通、最接近终极的哲学，往往是最缺乏操作定规且最容易用错的哲学，一旦让它从经院走入社会，风险总是影随着公益，令有识之士感情非常复杂。从根本上说，连谈一谈它都是让人踌躇的。精神几乎不应是一种什么观念和理论，更不是一些什么术语——不管是用佛学的符号系统，还是用其他宗教的符号系统。这些充其量只是谈论精神时一些临时借口，无须固守和留恋，无须有什么仇异和独尊，否则就必是来路不正居心不端。

禅宗是明白观念并非精神这一点的，所以从来慎言，在重视观念的同时，又不把观念推导、观念澄清、观念革新之类壮举太当回事。所谓"不立文字"，所谓"随说随扫"，所谓"说出来的不是禅"，都是保持对语言和观念的超越态度。《金刚经》警示后人：谁要以为我说了法，便是谤我。《五灯会元》中的佛对阿难说：我说的每一字都是法，我说的每一字都不是法。而药山禅师则干脆在开坛说法时一字不说，只是沉默。他们都深明言语的局限，都明白理智一旦想接近终点就不得不中断和销毁，这实在使人痛苦。

但不可言传的佛毕竟一直被言着传着，且不同程度地渗染到中国传统文化的每一个细胞。在上一个世纪之交，一轮新的佛学热在中国知识界出现。倾心或关注过佛学的文化人，是一长串触目的名单：梁启超、熊十力、梁漱溟、章太炎、欧阳竟无、杨度……一时卷帙浩繁，同道峰起，高论盈庭。这种鼎盛非常的景观直到后来"神镜（照相机）"和"自来火（电）"所代表的现代化浪潮排空而来，直到内乱外侮的烽烟在地平线上隆隆升起，才悄然止息。一下就沉寂了将近百年。

又一个世纪之交悄悄来临了。

何士光承接先学，志在传灯，以《如是我闻》凡三十多万字，经历了一次直指人心的勇敢长旅。其中不论是明心启智的创识，还是一些尚可补充和商讨的空间，都使我兴趣生焉。我与他在北京见过面，但几乎没有说上什么话。我只知道他是小说家，贵州人，似乎住在远方一座青砖楼房里。我知道那里多石头，也多雨。

一九九四年十二月

○ 最初发表于一九九五年《读书》杂志，
已译成英文境外发表。

"阶级"长成了啥模样

有一段时间,"阶级"一词让中国人心惊肉跳。那时贫富两端其实相距不远,常常只隔一辆自行车或一块手表,但睡个懒觉,发句牢骚,揩公家油水,穿奇装异服……倒可能惹下大事,被指为凶险的阶级敌情,得动员革命人民愤怒批斗。"文革"嘛,那种盯住思想的做法,在脑电波和眼神里查阶级、划敌我,随意性太大,属于"阶级斗争扩大化"的政治过敏和道德洁癖,显然只会搅乱社会。

那以后,就大多数国人的理解而言,"阶级"一词大体上重返经济学义涵,再次聚焦于物质。唯物主义者本来就是这风格。此前的一九五〇年是这样,《政务院关于划分农村阶级成分的决定》规定:"占有土地,自己不劳动,或只有附带的劳动(指一年内劳动不满四个月——引者注),而靠剥削为生的,叫做地主。"如此等等。此后的一九八八年也差不多,《中华人民共和国私营企业暂行条例》规定:"私营企业是指企业资产属于私人所有、雇工八人以上的营利性的经济组织。"如此等等。

这里的"土地""资产""雇工"等,是划分阶级的主要依据,都是物态的,有形有貌的,可以算出来的。"四个月""八人"等等,是有关法规中定义剥削的临界值。

亚当·斯密、李嘉图、梯叶里、基佐等西方前辈学者都说过这事,觉得这种量化与直观的方法容易听懂,容易上手。马克思更进一步,面对低版本工业化的欧洲,面对几如"乡镇企业"景观的作坊、包工头、大烟囱、蒸汽机、褴褛劳工、黑屋私刑,更是把阶级问题上升到唯此唯大的高度,一再强调财富的产生方式和占有关系构成了阶级最本质的特征,即社会科学第一大要务。在《共产党宣言》中,他把现实社会分为两大阶级,即资产阶级(Bourgeois)和无产阶级(Proletarians),并说"到目前为止的一切社会的历史都是阶级斗争的历史"。

马克思主义者此后都没法绕过这一经典性、核心性论断——无论他们在各自处境中有多少理由需要绕过,需要遗忘和含糊:拿花式学术去取悦潮流,用四面讨好去竞选吸票,话都不宜说得太刺耳。仇富仇官的喧嚣民粹也让人心疑。但他们不得不承认,至少是私下承认,不管在什么时候,老马的影子就是挥之不去。哪怕只是碰上经济小地震,这一幽灵便及时复活,呼啸天下,王者归来,蔓延为燃爆民众情绪的冲天大火。即便马克思早已被舆论机器踩过千百遍,踩出了大饥荒和劳改营的血腥味,事情怪就怪在,那个名字仍如民间的神秘咒语,一再在民众那里脱口而出,甚至在全球思想家评选活动中令人意外地名列榜首(一九九九年九月英国广播公司发起的全球网上票选)。

这原因其实无他:贫富分化的压力有增无减。

太多数据显示,自十八世纪英国工业革命至今,三百年来全球范围内的贫富差距非但没有缩小,反而在扩大,至二〇一五年全球百分之一人口所拥有的财富量已赫然超过其余所有人的财富总和[1]，构成了"占领华尔街""欧洲黑夜站立"、全球恐怖主义袭击等一系列事态的深刻背景。习近平在二〇一六年二十国集团杭州峰会上也指出："现在世界基尼系数已经达到百分之零点七左右，超过了公认的百分之零点六危险线，必须引起我们的高度关注。"

大概没有人公开质疑这些说法。问题是，随着工业化升级版的金融化、信息化、全球化到来，阶级图谱确实出现了很多异动，新的观察切面密集绽开，形如线路板和二维码，要看清、要说清并非易事——这恐怕是有些人不得不暧昧的另一原因。某些人最初的困惑是，在德国特里尔这个马克思生活了十七年的故乡，"工人都开着小汽车，用着微波炉，过着舒适的小资生活。看不出是如何贫穷的"（保罗·萨缪尔森语）。接下来，即便在新兴国家，一个工人也可能同时是房主、持股者、小业主（即雇工八人以下的个体户），那么他们还算"无产阶级"？一个富豪倒可能并无股权，不过是受雇于人的教授、企业高管，或自己单干的艺人、发明家，那么他们还算"资产阶级"？……如果贫富关系与劳资关系不再整齐对应，不再精准重合，一把牌洗下来，某些"劳"肥"资"瘦的怪事该如何识别？

"管理"算不算劳动，或是一种更高级的劳动？"资本"算不算劳动，至少一部分资本在特定条件下或是一种沉淀和凝固了的劳动？[2]"中产阶级"又是怎么回事？——这个人口占比越来越大的群体，这个收入、财富、依存结构正在多元化的群体，是打了

---

1 见国际慈善组织乐施会（Oxfam）二〇一七年一月十六日《百分之九十九民众的经济》报告。
2 比如，股市众多小散户以辛苦积累的薪资剩余入市，其资本从最初形态看，显然是一种劳动的沉淀和凝固；至于在动态过程中，后来是否演变为剥削性的资本，则是另外一个问题。

折扣的资产阶级，还是变了模样的无产阶级？抑或他们本是社会新物种，正悄然膨胀于传统的阶级分析框架之外，造成一种"橄榄形社会结构"，使很多旧时的概念、逻辑、描述不够用？

一方面是贫富分化加剧，一方面却是阶级边界日渐模糊。一方面是不说不行，一方面却是开口也难。这对左翼构成了奇诡的挑战。

阶级政治曾是左翼的主业。左翼不讲"穷人""剥削""弱势群体"，简直是无照驾驶和喊错爹娘，自己乱了方寸。退一步说，即便搁置激进的阶级斗争论，换上温和的阶级博弈论，把零和关系甜化为双赢关系，但为了坚守经典的中下层立场，也得以阶级分析为前提，得从贫富这事说起吧。现在好，"阶级"本身暧昧了，成了一些失准、低效、过于含糊的说辞，事情就不大好办。东拉西扯、大而化之就可能成为左翼病。有时他们把栏杆拍遍，一心兼济大众解放天下，但他们出门转上一圈，却可能不知道自己的群众基础和动员对象在哪里，不知道潜在的同志们在哪里。他们用收入线这把尺子一个个比，专找最穷的、最累的、最黑的、最愁的面孔，结果可能把同志圈划得很小，多是些鲁蛇（Loser）而已，祥林嫂或阿Q那种，怎么看也难成气候。他们或是用所有制、雇佣关系的另一把尺子量下去，结果可能把同志圈划得太大，似乎谁都可以来插一脚，都可以来搅和一把。女权与豪宅混搭，宗教与时尚同框，腰缠万贯、志得意满、气焰逼人者不乏其人——同这些牛人推杯换盏，同这些既得利益者讲团结、讲立场、讲情怀、讲社会主义，自己一开始也狐疑。

在这种情况下，从情怀到实践困难重重，路线、方案、可行性都有点头重脚轻虚多实少。热血左翼、书生左翼、豪华左翼、苦逼左翼、投机左翼、官僚左翼、一根筋左翼……五光十色或可成为知识圈文化界一道风景线。格瓦拉男神出场的怀旧秀，吸粉无数,道德光芒四射,彰显价值观优势,有时让权贵也客气三分。但就办实事而言,无论在富国还是穷国,"左派总是长不大"常成为人们私下一叹。几十年就这样过去了,这样或那样的运动都闹过了,他们常常还是选票上不去,点击率上不去,最要紧的几句一再被人们闪过去或没看懂——这些事当然无伤大雅,就当作体制的小余数好了。说不过去的是,民意的最大热点依旧无解,左翼最不能忍的社会不公依旧刺眼,基尼系数所警示的贫富分化总体上一路拉升。对这一势头的失控,对这一势头的阻遏乏力或纠正迟缓,证明了左翼的失能。换句话说,冷战后新自由主义在全球范围内横冲直撞、为害多方,不仅是华尔街的得手,左翼其实也以其身的僵化、困惑、软弱、激情自嗨提供了助攻,铺垫了重要条件。

新的财富形态

左翼最需要从实事求是的态度重新出发,从"不唯上,不唯书,只唯实"(陈云语)出发,放开眼界,放下身段,因病立方,刮骨疗毒,一是一,二是二,来看一看自己的方法论是否出了问题,比如,看一看现实中的"阶级"已长成了啥模样,与此相关的"财富"又长成了啥模样。

也许至少有以下现象值得注意:

(一)金融财富

美联储前主席保罗·阿道夫·沃尔克(Paul Adolph Volcker)说过,二十世纪八十年代后美国金融发生的最大,也是最不幸的变化,就是金融由当年的"产业服务模式"异化为"金融交易模式"。皮凯蒂(Thomas Piketty)在《二十一世纪资本论》中强调本世纪有个非常重要的现象，即"财产性收入增长大大超过工资性收入增长"。他们说话角度不同，说的却差不多是同一回事：经济的"脱实向虚"。

即使在中国这个一直谨慎把控金融市场的国家，一个拐点也悄然到来：二〇一四年金融所得税（其相当部分来自金融交易）赶上了制造业所得税，并在二〇一五年激增百分之十三，达八千五百七十二亿元，而后者下降百分之零点三，至七千四百二十五亿元。[1]

促成这一拐点的，是火爆的银行、券商、信托、第三方理财，是热遍各地的炒楼、炒地、炒股、炒汇、炒债、炒藏品、炒期货、炒黄金、炒比特币、炒企业（资本运作）……有时连大学生和小镇大妈也卷入其中，生怕落后于邻居那谁谁谁。炒家们热衷于"钱生钱"，天天盯着屏幕上的符号攻防，憋住尿也不能漏过任何道听途说，一批批告别了实业生产。他们用追涨杀跌的"抢蛋糕"取代了夜以继日、久久为功的"做蛋糕"。

面对行情山呼海啸，这些人的自我不再是统一的，而是分裂的；不再是大体稳定的，而是多变无常的。他们的财富不再是土地、工厂这些物态，与锦衣玉食也关系不大，而是一些缥缈的可能性，一些来去如风的数字，一种最终套现前谁也说不准的价值预估——估值谁说就不是硬货？因此，在一部延绵不绝的心理化盈亏史中，他们亦贫亦富几成常态：在工资单上是长工级的，在炒盘上是财主级的；在这一周是长工级的，在下一周是财主级的；在最后割肉放血时是长工级的，在自我想象和自我期许中却永远是财主级的。他们到底算长工还是算财主？

金融是现代经济的血脉，是现代生活中企业、社团、居民、

---

[1] 引自《经济导刊》二〇一六年第六期张云东文。

政府都不可缺少的能量调节系统和效率增长工具。但事情往前多走一步，天使就成了魔鬼。金融泡沫覆盖下来，不仅造成产业空心化，伏下全社会巨大的经济风险，而且逼得很多炒家扛不住，只能由投资转向投机，在金融赌局中陷入人格的"资本化"，或"半资本化"，或"四分之一资本化"——哪怕他们的盘外身份不过是普通的工人、商人、教师、农民，而且其绝大多数，最终不过是金融战一地炮灰，是处境更糟的工人、商人、教师、农民。

一种"双阶级"人格开始形成。其中或显或隐的资本角色，与资本大寡头或多或少的共谋关系，最终很可能被我们自己和他人忘记。从这一点看，整个过程不过是用共谋关系最终实现敌我关系的奇诡过程。

（二）智能财富

马克思在《资本论》中区分了"简单劳动"和"复杂劳动"。前者在低版本工业化那里显然是普遍现实，理应得到当时学者们的更多关切。随着科技进步，经济活动中的知识含量，或说智能含量，显然在大幅提升。"学区房"一再暴涨的价格，已拉出了一条俗称"知识经济"的行情大阳线。教育资源分配不公，被视为阶级固化的最重要根源，已成多数媒体的共识，让众多家长耿耿于怀、愤愤不平。要致富，先扶智；要发财，先有才。大家都这样说。至于"简单劳动"，不就是挖地、打铁、织布、扛包那些老皇历吗？在有些人笔下，知识白领取代蓝领和黑领，更像是创造世界的当代英雄。

文学形象"周扒皮"，新闻报道里的"血汗工厂"，当然不构成经济奥秘的全部。在企业待过的大多知道，新时代真正优秀的企业，不是靠拼人头和拼汗水，即便是劳动密集型企业，也不是靠人多打群架，其利润多来自研发，来自管理，都是智能性活动，包括企业领导团队的核心竞争力，包括他们的信息、知识、才能、经验、创意以及人格精神。这样说，并不是说要向老板们三叩九拜，更不是美化剥削——但另一方面的事实是，正如俗话说"千军易得，一将难求"，左翼若一见"老板"就扭鼻子噘嘴巴，无视管理和研发的重要性，就是同常识过不去，就先输了右翼一大截。

管理者可以是周扒皮，也可以是任正非、董明珠；可以剥削，也可以被剥削，包括被员工们剥削（高尚的企业家通常如此）。人工智能专家凯文·凯利（Kevin Kelly）在《失控》一书里，也强调当下经济生活的"去物质化"趋向。与其说这是呼应降能降耗的环保，不如说更是给智能的权重张目。社会学家佛罗里达（Richard Florida）的另一本书[1]，将管理者、律师、医生、设计师、程序员、艺术家等，打包成一个在美国人口占比百分之四十左右的"创意阶级"，进而比对"工人阶级（Working Class）"的消失。这一结论下得太早，但作者观察所得不像是瞎编，对知识的意义确认也并不过分。

问题是，智能产品撞上了市场化，有一个估值的大难题。智能不像粮食、钢材、牛马、玉镯子……这东西无形无影，看不见，摸不着，有用时就价值连城，无用时就如一团空气。因此眼下一切专利、品牌、信息、创意、学历、数据库、软实力、管理活动、文化产业、IP人气（点击率）等被评估机构标出了各种价码，其实多是错估，至少是疑估，差不多是拍脑子的精确化和数学化，人们听听就好。一位企业高管该拿年薪三十万，还是三千万，就很难有客观的衡量尺度。对一项"粉丝经济"的投资到底会如何，不论借助哪种测算工具，说成说败，都可能各有其

1　The Rise of the Creative Class，另译名《创意阶层的崛起》，中信出版社，二〇一〇年版。

理。那么问题来了：估来估去之余，智能市场就成了一个最混乱的市场。一个烂教授居然可以靠兜售市场秘籍和心灵狗血身价飙升，一个低俗网红可以靠色相和胡闹吸金千万，一堆呕吐物被炒成了天价艺术品，一家媒体吃定假新闻却屡挫不败照赚不误，而另一些智能劳模却可能长久遇冷。

充分竞争之后，水落石出之时，劣质智能不是可以被淘汰吗？话是这样说，但大多数顾客识别智能产品，远比识别白菜和手机这些物质产品要难；再加上人们对物质的刚性需求有限，对知识和文化的弹性需求却几乎无限，从而让伪劣货有了超大回旋空间，东方不亮西方亮，换个马甲又上台。在这一场不断加时和延时的淘汰赛中，较之于小煤窑和黄标车，落后知识产能的退出过程必定要漫长得多。

当鱼龙混杂的知识产品都换来了真金白银，智能财富就成了财富的一部分，进入复杂的社会分配网络——包括有些人不过是依附、寄生、吸血于文化泡沫和知识垃圾，把智能经济做成忽悠大餐，正在实现一种新型的剥削。

没说错，就是剥削。

（三）身份财富

阶级并不是一个高度同质化群体，内部的差异性不少。中国土地革命时期的一个故事是这样的：一个村子的农民打完了本村土豪，或对本村土豪打不下手，便去打别村的土豪，涉嫌抢人家饭碗，于是同那个村的农民结下梁子，甚至剑拔弩张暴力对峙。两村农民仅因属地身份不一，在这一刻就不是见面亲、同志情、一家人了——这类故事常被书生们当作小八卦，不大进入他们的思考和学术。

其实，当下欧美国家严重的移民、难民问题危机，没有什么好奇怪的，也就是上述乡村故事的放大吧？往深里说，也是屁股指挥脑袋的经济利益纠纷吧？在那些国家，劳工群体常比其他人（比如，硅谷和好莱坞）更排斥外来面孔，相当于高等工人阶级反对低等工人阶级，以至主张本村的"土豪"只能由他们来打，要分浮财也只能由他们来分，凭什么让高家店或王家湾的插手？同理，全世界范围内的无产者不团结久矣，有隔阂久矣，不一定是思想特务离间的结果，至少不完全是。美国的工会巨头劳联/产联一直比联邦政府有更强反华倾向，更喜欢对外吐口水，晃拳头，上政治广告，无非是眼看着资本家们跨境投资，相当于本村"土豪"深夜外逃，与外人里应外合，沆瀣一气，把金银细软、香车宝马、小老婆都带去了中国，把楼房和道路都挪到中国去了——肥水流进外人田，太平洋那边的黄种眯眯眼岂不成了外逃阴谋的同案犯？

身份政治也容易成为一个火药桶，与阶级政治两线交叉。这些看上去不太像巴黎公社和十月革命，但若忽略其中经济利益逻辑，其结果，要不就是剪除阶级内外的复杂性和丰富性，要不就是抽空重要真相，任其成为一堆认知碎片（种族、宗教、文化等）。碰上什么乱子，就只能当作坏种族、坏宗教、坏文化肇事，当作坏人肇事——这种万能的道德口水正在解释一切却也正在掩盖一切。

移民是一种身份变更。现代国家体制逐渐成熟，社会福利成为国家制度一部分。福利分配体现法权性的层级架构，形成各种排他性壁垒，给诸多身份注入了特定含金量。最基本的是国民身份。富国的国籍或"绿卡（永久居民身份证）"意味着相应权益，意味着一份身份财富的自动获取，常让穷国的名校生和拉面哥趋之若鹜。不管是通过非法还是合法途径，他们都力图来一次易地脱贫，一次捷径赶超，一次短平快的生活处境改善，甚至可能成功"插队",比很多原住民赢得更多机会。作为对这种外来冲击的反弹,在民族/国家体制下,民族/种族身份则可能成为反"插队"的武器之一。亨廷顿(Samuel Huntington)在最后一本书《我们是谁》中,一再缅怀 White Anglo-Saxon Protestant(白肤色、盎格鲁-撒克逊、新教徒)的美国。这里的"白"一般不适合嚷嚷,不大上得了台面。不过一旦移民压力增强,外来的以及原住的有色人种都可能骤然紧张。如果他们视尊严感、安全感、平等地位等为利益分配的一部分,就不难在三天两头的肤色歧视那里,在可疑的贫困率、失学率、入监率、毙亡率那里,确证自己"民族/种族身份"的负资产性质,比对出高等肤色"白"的优越。

中国的户口也绑定身份财富。国人们记忆犹新的"农转非",时下某些地方稀奇的"非转农",都是一种敏感的财富追求。以前的"非"农户口,代表了城镇居民的国家粮、招工优先权、廉租房、肉票、油票、较好的教育和医疗福利等;时下有些地方的"农"村户口,则代表法定的无偿承包田、承包地、承包山林、承包草原、廉价宅基地等,都有相应的影子价格。在城乡一体化最终消除这些影子价格之前,一个户口簿形如境内小"绿卡",制约了太多人的命运。中国不少相关小说、电影里的悲情控诉,至今还是一些人的心理疤痕。"进城奋斗一辈子,不如城里一套老房子。"这种稍有夸张的说法,是指资产价格高涨之下,老一代市民可能坐收崛起红利,让来自乡村的新一代市民望尘莫及。新市民可能比老市民更独立、更勤奋、普遍学历更高,但错过了一班车,就得为上户口的时间差埋单,在"房东/房奴""两大阶级"(某青年作家语)的斗争中处于弱势一方。

在一张身份福利清单上算高低,更高福利当然在垄断性的行业、企业、社会组织那里。无论是以官营还是民营为背景,垄断系统如果不是社会所需且受到严格控制,一旦形成就多是福窝子、贵宾室、金饭碗。混迹其中者，连一个抄电表的也可年薪十万，连一个司机也可攒五六处房产，这一类新闻不能不让底层民众垂涎三尺或怒火万丈，总是成为社会治理难题。更难的是，一个正常社会没法承受无政府、多政府的乱象，因此政府就成了垄断中的垄断，必须具有唯一性。特别是在强势政府传统深厚的中国，这唯一性还是加大号。于是，官职这种在古代的家谱和牌位上、在现代的欢迎词和追悼词里最不容易漏掉的东西，被注入更多权力，最牵动老百姓苦乐安危，也最可能被逐利者围猎。著名的黄炎培延安窑洞之问，就是针对这一千古难题的念兹在兹。连官员的外围亲友，也多有潜在的身份估价，进入围猎者的瞄准镜，以致一个蔫头蔫脑的家伙突然在饭桌上说出某官员三亲六故各自的姓名、生日、喜好、住址、住院床号，历历如数家珍，如此民间组织部的功夫，不算什么奇事。一旦社会管制松弛，这些官职及其人脉关系，便最容易恶变出官商联体的超级身份，从而集聚超级财富。既摆脱民意和官规的政治监督，又规避市场竞争的淘汰，"红顶商人"们大可左右逢源两头通吃。

　　一个虚拟经济的成功故事，很容易让他们失笑。虚什么拟？"虚拟"的老祖宗其实就在这里，根本用不着那些花里胡哨的商业包装。盖一个章就是淘金矿，下一个文就是收楼盘，走走门子就是炒热干股，拿腔拿调的官样文章就是概念经济项目私募或分红……他们从来看不上脏兮兮的工厂和农场，早就是"空手道"玩家，与当下各种新式"空手道"大可无缝对接，无痛转型，全面会师，使超级身份成为有些人最为向往的成功魔棍。

（四）贷租财富

　　"消费社会"一词，是继"市场社会""信息社会""知识社会""后工业社会""福利社会"之后，另一种对当下现实的描述。

全社会上了市场经济的战车，结果之一就是生产力日增，消费却常常拖后腿，成为发展短板，屡屡逼得人们喘不过气来。少消费就是慢发展。不消费就是不发展。因此有条件的要上，没条件的创造条件也要上，创造消费就是促进和刺激消费的最新举措。在有些经济学者眼里，一位国民若不丧心病狂去卖场血拼，不憋出几个花钱新点子，简直就是可悲可耻、误国误民。

各种强势促销和花式促销应运而生。于是有了"租"赁消费，在传统的租房和租车之外，在时兴的"共享单车"和"共享雨伞"之外，还能租珠宝、租名表、租手包、租礼服、租古玩、租豪车、租颜值和友情（美女帅哥陪游或陪访）……奢侈品几乎应有尽有，构成了一套轻奢主义攻略，满足很多人的幸福追求和几分虚荣心——这里不妨名之为奢租。于是也有了"贷"款消费，相当于给消费加杠杆，与金融杠杆相配合，鼓励超前花钱，鼓励财务透支，鼓励一辈子享三辈子的福，享出封面女郎和广告男模的样子来。二〇〇八年美国恶名昭昭的"两房"次贷风暴，重挫西方各国经济，就是这种错把借钱当赚钱的后果之一。中国此前各种违规越界的房贷、车贷、消费贷、"校园贷"……远超此前信用卡的超支限额，大多以高消费为目标，甚至变相流入股市和楼市，不仅搅乱社会资金的合理流向，而且把很多当事人推入险境。借借借一朝不慎就成了血血血，相关的命案报道时见报端——这里不妨名之为奢贷。

奢贷与奢租，大举越过了贷、租的合理度，是把好事办坏。之所以把这两件事放在这里一起说，是因为它们有共同特点，合力助推了一种虚高消费，营构了另一种虚高财富，也是现代财富的另一部分。这也许有利于某些穷小子未劳先富，少劳多富，再不济也算"拟富"和"仿富"了一把；也许还有利于降低全社会的资源闲置率，让古驰和保时捷物尽其用——奢侈品行业扶贫有何不好？不过事情的另一面是，虚高消费超过必要的防火线，就成为经济运行中巨大的定时炸弹。自古以来，由俭入奢易，由奢入俭难。奢贷奢租所撬动的一片繁荣不过是"打白条"经济、"兴奋剂"经济，最终只可能吞噬劳动的意愿和能力，首先从心理和文化上压垮实体经济。

贷和租的另一个共同特点，是有异于低版本工业时代，呈现出一种"拟有"混同于"所有"的情形。这里的使用者不必是拥有者，支配权稀释了所有权。不求为我所有，但求为我所用，这一流行说法使传统左翼最关切的"所有制"，出现了权益的相对让渡、相对分解、相对多重性，出现了产权、物权的漂流和"液体化"（凯文·凯利语），一如中国乡村土地的所有权、承包权、经营权出现相对分离。这样下来，奢贷奢租者成了"有产"/"无产"二元标准下的边缘人，怎么站位也不对，常有一种不无忐忑的自我幻觉，好像自己什么都有，又什么都没有；或者说，在履约无虞时什么都有，在资金链断裂时什么都没有；在贷租财富膨胀时是小姐心，在贷租财富突然清零时是丫鬟命——活脱脱又是一种"双阶级"人格，是两种获利方式、两种财富形态及其占有关系所交织出来的双面人形象。

不知什么时候，这两种感受都可能极端化，放大社会心理动荡的振幅。

那么，他们该被放在阶级图谱里的哪一头？莫非他们真是在见证"液体化"式的"共产主义"美梦成真？

……

新型的财富形态也许还有其他。

不用说，这些财富形态各有特点，又在实际生活中相互渗透、相互重叠、相互激发、相互借力，共同编织了一幕扑朔迷离的现代化。一个成功的快钱手，从穷光蛋迅速变身大富豪的人生传奇——街头小报上多次绘声绘色描述的那种，通常会提供如下细节：大学文凭或创意文宣（智能财富），外国绿卡或高官好友（身份财富），租来的写字楼和拉来的可疑贷款（贷租财富），楼市或股市上的盆满钵满（金融财富）……当事人在这些财富之间巧妙勾兑，然后一个咸鱼翻身进入什么排行榜，通常被视为天纵奇才的创业宝典。只是小报未提到的是，震惊全球的"庞氏骗局"其实也具有这一故事里的全部基因。

这样说，并不是说这些财富都是不道德的。事实上，如同劳动者的收成、薪资等传统财富，新型财富中的一部分，不过是劳动价值的延伸、衍生、转换、远期兑换，或本身就是新型劳动的成果，有利于经济发展，有利于人民。

区分的难点恐怕只是在于，哪里才是事情的合理度？"脱实向虚"的临界线在哪里？每一种财富的异化机制是什么？新形态财富是怎样在一种投机自肥的异化过程中，成为虚拟/虚高的泡沫（或俗称泡沫财富），成为有毒资产，从来自劳动和服务于劳动，变成了来自剥削和服务于剥削？

理解"阶级"的方法

任何推论都只是一种概率性描述，"阶级"说也如此。说乌龟跑不过兔子（懒兔未必如此），说水被烧至一百摄氏度蒸发（高原区未必如此），说资产阶级反对无产阶级革命（开明老板未必如此）……都是在一定条件下，针对巨大样品量的概率性总结，属于"有规律的随机事件"（数学家伯努利语）。

因此，这些说法在宏观上高效，在微观上低效；针对大数肯定管用，针对个别则相当不灵。这就是概率的"大数定律"。不理解这一点，就会一根筋、一刀切，比如，咬定"什么藤上结什么瓜",于是在宏观和微观两端都看走眼,相信豪门里肯定出不了恩格斯,或相信豪门里出来的肯定都是恩格斯。事实上,不少中国革命领袖(周恩来、彭湃等)也曾是豪门异数,起码有过上学读书的财务条件,因此他们既代表社会中下层利益,又能成为人类浩瀚知识积累、文明积累的传承者。

同某些一根筋的人说话最费力,也很危险。

每一个大活人都丰富而复杂。对乌泱乌泱的大活人予以概括归类,有点像数学里的集合论课题。这话的意思是,设定一个满足条件,相当于确立一种识别口径,就可筛选出一大批元素,组成一个集合。另设一个满足条件,也可以另组一个集合,与前一集合所形成的关系,或部分交叠,或受其包容,或彼此无关。马克思无非就是以收入线、所有制、雇佣关系为满足条件,约定了一个"无产阶级"的集合。这当然并不妨碍人们以新教徒、山区人、大个子、同性恋等其他口径,约定另一些集合。社会学家韦伯(Max Weber)就别有一根筋。他最重视文化与精神,不赞同经济决定论,有时候更愿意用"地位"一词置换马克思的"阶级",另组一个集合。在他看来,所有制没那么重要,社会分化也许更取决于经济以外的荣誉、气质、风习、宗教等。[1] 这种重脑袋轻肚皮的文化范儿,肯定不能让饿汉们心服,在大面积贫富对撞时必被弃为书生之见。但谁知道呢,也许在一些社会局部,在某些特定时段,吃饱和没吃饱的确实可能抱团取暖,气味相投、惺惺相惜,一如攻城略地的文化工业一并驯服了大都会中央金融区的大款与屌丝,形成了某种共同文化圈,经交互感染表现出相近的生活风格和舆论偏好。面对这个以证券、网剧、美容、时尚等为特

---

[1] 比如,他认为欧洲现代史中更有决定性作用的,是超越阶级的新教/天主教差异。见《新教伦理与资本主义精神》,生活·读书·新知三联书店,一九八七年版。

征的高尚办公区集合，韦伯重返人们记忆，恐怕不是一件难事。

看来，"阶级"一词并非处处合用，有时候换成"阶层""集团""群体""关联圈"等，可能更照顾人们的差异化现实感受。

"无产阶级"的集合条件也需要因势而新。收入线还是重要的，所有制、雇佣关系也还是有效尺度。全球范围内周扒皮、血汗工厂虽占比有所减少，但仍大量存在，逼得人们有时想换个说法也改不了口，只能那样了。不过，把一些胼手胝足带领乡亲们致富的企业家看成"资"方，倒把一些炒房获利千万的单干户看成"劳"方，这样说有哪里感觉不对吧？在高版本现代化图景中，硬要说"劳动四个月"以下一定这样，"劳动四个月"以上就一定那样；硬要说"雇工八人"以下一定这样，"雇工八人"以上就一定那样……那也太烧脑，太像梦游，只可能把大家搞崩溃。

当然，取消"阶级"说的修正主义同样可能把大家搞崩溃。因为事实同样摆在面前：马克思说的贫富不是一个假问题——尽管贫富关系已不一定完全对应劳资关系；马克思说的剥削也不是一个假问题——尽管剥削正发生在实体经济和虚拟经济等不同层面；马克思说的"阶级斗争"更不是一个假问题——尽管斗争双方可能戴上了种族、宗教、文化等面具，或与种族、宗教、文化等矛盾相交集。怎么说呢，这些真问题不妨反过来问：如果抽去贫富／剥削／阶级这一基本面，抽去价值的创造与分配这一基本线索，整个哗啦啦坍塌的社会认知大厦还剩多少？是要我们忘记钱和生存这回事吗？忘记奢华和苦逼的差别？到那一刻，人们肯定不会惊喜自己脑洞大开，不会觉得天下从此永享大同，更不会在社会不公面前甘之如饴心花怒放。

现实已发生了巨大变化，还将发生巨大变化。应该说，眼下"阶级"不是消失了，只是变化了，成了一种流动的定位，多面的形体，犬牙交错的局面。若从剥削这一点看，其实不难看出一种新的剥削方式正异军突起，正蔚为大势，通常在经济"脱实向虚"的临界线周围滑动，以双虚（虚拟／虚高）财富为大杀器，力推金融财富、智能财富、身份财富、贷租财富的恶变，正在实现对民众最疯狂、最凶险、最快捷、最全面、最大规模的洗劫。亚洲一九九七年金融危机，整个西方二〇〇八年以来的经济连环地震，不过是最早的几个血腥屠场。俄罗斯的"休克"崩溃也与之部分有关。那些厌劳动、不劳动、反劳动、灭劳动的洗劫者，玩的就是以虚博实，以懒博勤，以伪博真，力图用大大小小的"庞氏骗局"轻取天下。他们庶几已形成一个投机自肥阶级，或叫"快钱"阶级，或叫"快钱"资产阶级——其危害远超其他剥削者。

就用这个词吧："快钱"资产阶级。

说到这里的"快"，任何实业其实都是"快"不了的，哪怕科学和文艺也从来是欲速不达。从业者即便偶有灵感奇迹，有顿悟天机和一通百通，但灵感无不以长期的学习、实干、试验、挫折、经验积累、外部条件准备为前提，以艰难的摸爬滚打和呕心沥血为前提，总体上说快不到哪里去。相比之下，"快钱"阶级的剥削性就表现为，取消前提摘果子，删除过程跳龙门，偏偏要图一个不劳而获——哪怕他们走门子、耍心机、到处陪客、深夜灌单也很像"劳动"，不一定比别人消耗卡路里少。一个卡路里测量表眼下看来已不足以区分劳动与剥削。

参与"快钱"剥削的群体，即主要收入来源于"快钱"的那种，包括却不限于金融寡头。他们以金融寡头、腐败官僚、文化奸商三位一体为核心，若从一个静态的社会截面来看，却含有大富的、小富的、未富的各类，有受雇的、自雇的、少雇的、多雇的各类，是一种超越旧式阶级图谱的新型集合。就个人而言，他们不一定是恶棍，冒出些解囊救灾或跳河救人的事迹完全可能。邻居王老头就曾是个好所长、好校长，光鲜出众的名校出身，只是十多年来沉浮于股海,一直炒到自家停用热水器(节省电费)、停用冰箱(无鲜可保)、老婆夏天上街也舍不得喝一瓶矿泉水的绝境——是不是很像"无产阶级"?但恰恰是他,连做梦也一心盼望华尔街的黄金万两杀过来托市救民,做梦也盼望国家全面弃防,以便他箪食壶浆喜迎王师,扭秧歌踩高跷欢庆解放。他的后半辈子相当于一部盼解放、求解放、相信解放的敌后斗争史,不相信在自由和公平的股市规则下,他与华尔街大亨们就不是一家人。为此他同一个个老同学、老同事、老亲戚闹翻也在所不惜。

千万个王老头就这样构成"快钱"体系最理想的庞大底部和海量末梢,直到他们最终被鲸吞之前,也无比坚定地羡慕、认同、跟从、相信资本大鳄。为了做到这一点,为了持续不断提供这种最美好的底部和末梢,赢家们肯定知道,保持文化洗脑必不可少,行政权力或明或暗的出手必不可少。

因此,就某种经济、政治、文化的全方位蜕变而言,就一种机制和心态而言,"快钱"是人间大恶。"快钱"党与实业党的两种心理逻辑几乎一开始就形如水火,蓄聚不同的冲动导向:

其一,后者无论面对多少同行竞争,从总体上说,全社会的大多数人越富,购买力越强,自己的销售空间就越可能大,做实业就越有戏。而前者无论面对多少同行竞争,从总体上说,全社会的大多数人越亏,越是损兵折将烂手烂脚,自己的赢面就越可能大;这包括实体经济越是一片片熄火停摆,那里的血库越被抽干,待大量社会游资避冷就热,自己的行情拉升就越有充足银弹。

其二,后者觉得全社会大多数人越智,越洞明,越神清气爽求真务实,市场公平就越有保障,好产品和好服务就越有出路;而前者觉得全社会大多数人越愚,越虚妄,越六神无主人云亦云,自己忽悠做局的机遇就越可能多,"剪羊毛"的收益就越可能大。换句话说，出于一种下意识的本能反应，出于一种在商言商的硬道理，后者也必是文化建设的受益者和促进者，而前者必是文化败坏的受益者和促进者。

这难道不是一种阶级斗争？在这里，几乎用不着道德评价出场——前者的掠夺性、寄生性、反社会性，还有隐秘的腐蚀性，已不难辨别。

弱肉强食的"丛林法则"反复上演的历史中，又一场抗争大戏已经开场。这也意味着，"快钱"资产阶级从反面催生的实业界公约数、劳动者公约数，作为当下最大的两个文明公约数交叠，作为"人民"的最新定位，正呼之欲出。

知识界需要做的，只是创造"快钱指数"（或"投机指数"）一类识别工具，替代"收入线""雇佣数"等旧的量化尺度，尽快把新的人民及其对立面识别出来，区分出来，以实现有效的改良或革命。

可惜很多当事人对此无所意识。

或不知如何言说。

毛泽东在《中国社会各阶级的分析》一文中，曾依据中国的实际情况，提出了"民族资产阶级"新概念，将其纳入革命统一战线，据说成了后来国旗上四颗小星之一。不用说，给那些长袍马褂、西装革履者"星"级待遇，送温暖，讲友谊，说说唐诗宋词，似乎背离马克思主义原教旨，在有些人眼里必是右派行径（托洛茨基就是这样看的）。抗日战争时期，共产党连地主阶级也不打击了，只是提出改良的"减租减息"，以便与老财们同舟共济联手对外，在有些人看来更是严重的修正主义，跌破了镰刀斧头的原则底线。其实，在多种矛盾中抓住"主要的矛盾和矛盾的主要方面""牵牛牵住牛鼻子"（毛泽东语），正是革命过程中正常的生动活泼与善谋善成，是一切实践者的当家本领。

具体情况得具体分析。不同情况得有不同言说。身处一个半殖民地国度（马克思从未待过），当年面对外强资本独霸，泛泛地谈资产阶级无异于浪费时间。实践者提出"买办阶级""买办资产阶级"就对了，就能牵住牛鼻子，就摸准了脉，能与人们的实际感受豁然贯通。身处一种专制主义官本位积习甚深的国度（马克思也从未待过），当年面对官僚资本坐大，泛泛地谈资产阶级就不过是隔靴搔痒文不对题。当年实践者捣腾出一个"官僚阶级""官僚资产阶级"也就对了，就找到了最清晰对焦点，找到了最佳突破口，能把更多的积极因素团结起来，把人们更多的日常感觉、切身经历、街谈巷议、知识解读、群体情绪都调动起来，凝聚起来，实现最高效率的社会动员。在这一点上，真正的马克思主义者一直最瞧不起马克思复读机，最不愿模仿复读机的腔调。

　　那些往事足以成为后人的启迪。

二〇一七年十一月

○ 最初发表于二〇一八年《文化纵横》杂志，已被德国卢森堡基金会译成德文在境外发表。

民主：抒情诗与施工图

"民主"已是一个敏感的词，被有些人说得吞吞吐吐——只有美国总统布什这样的人才把"民主价值"和"民主联盟"当一碗饭，走到哪里就说到哪里。

这也难怪，民主的概念与体制本是西方所产，从游牧时代一直延伸到工业化和信息化时代。那里的民主虽一度与奴隶制相配套，一度与殖民主义相组合，但毒副作用大多由民主圈之外的弱势阶级（如奴隶）或弱势民族（如殖民地人民）消化，圈内人感受不会太强烈。他们即便也痛苦过、危机过、反抗过，但堤内损失堤外补，圈外收益有助于减灾止损。就一般情况而言，特别是在经济腾飞的好光景，他们更多印象来自官吏廉能、言论自由、社会稳定与活跃等民主红利。当时有机构宣布：世界上前十位最廉政国家中有九个实行民主制。仅此一条，就不难使民主成为很多人的神圣信仰，乃至成为圣战目标——十字军刀剑入库以后，民主义军的炸弹不时倾泻于外。

后发展国家似乎有点不一样。它们移植民主，既缺乏传统依托，也没有役奴和殖民等外部收益以为冲突的回旋余地，各方一较上劲就只能死磕。一旦法制秩序、道德风尚、财政支持、教育基础等条件不到位，民主大跃进很可能加剧争夺而不是促进分享。小魔头纷起取代大魔头，持久的部落屠杀、军阀割据、政党恶斗、国家解体，成了这些地方的常见景观。迄今为止，二十世纪一百多个"民主转型"国家中的绝大多数，一直在民选制和军政府之间来回折腾，前景仍不明朗。自以为民主了的俄罗斯、新加坡等并不入西方精英法眼，蒙受一次次打假声讨。靠全民直选上台的巴勒斯坦哈马斯政府，更被视为恐怖主义。中国一九一一年至一九一三年的民主，引发了旷日持久的混乱与分裂，后来靠一番铁血征战才得以恢复稳定和统一国家。一九六六至一九六八年的红色"大民主"同样导致动乱，最后借助全面军管和反复整肃才收拾残局。

毫无疑问，很多过来人对此心存余悸，对民主化的性价比暗自生疑。民主教练们虽然硬在一张嘴上，实际上也常无所适从。美国就支持过皮诺切特（智利）、苏哈托（印尼）、马科斯（菲律宾）、佛朗哥（西班牙）、索莫查（尼加拉瓜）等独裁者。据前不久《国际先驱导报》报道：当伊拉克的爆炸此起彼伏，美国纽约大学全球事务中心的智囊们立刻向政府建言：必须在伊拉克建立独裁。

发展中国家都是民主培训班的劣等生和留级生？是这些地方的专制势力过于强大和顽固？还是这些地方缺少足够的物质资源和杰出的民主领袖？抑或这些野蛮人从来就缺少民主的文化遗传乃至生理基因？……

这些问题都提出过的，是可以讨论的，然而误解民主也是原因之一。

误解源自无知，源自操作经验太少，源自很多人只是在影视、报纸、教科书那里道听途说，对具体实践十分隔膜。他们最可能把民主当成一首抒情诗，而不是一张施工图，缺乏施工者的务实态度、审慎研究、精确权衡、不断总结经验的能力，还有因地制宜和除弊兴利的创造性思考。一般来说，抒情诗多发生在大街和广场，具有爆发力和观赏性，最合适拍电视片，但诗情冷却后可能一切如旧。与此不同，施工图没有多少大众美学价值，不能给媒体提供什么猛料，让半吊子的演艺明星和记者使不上劲。它当然意味着勇敢战斗，但更意味着点点滴滴和不屈不挠的工作，牵涉繁多工序、材料、手艺活，任何一个细节都不容马虎——否则某根大梁的倾斜，任何一点掺杂使假，都可能毁掉整个工程。

施工者们还必明白物性万殊和物各有长的道理，不会用电锯来紧固螺丝，不会将水泥当作油漆，更不会坐在沙滩上坐想高楼。这就是说，他们知道民主该干什么，能干什么，知其短故能用其长。

这里先说说民主可能用错的地方：

涉外事务：

用民主处理内部事务大多有效，反腐除贪、擢贤选能、伸张民意等是常见的好处。但一个企业决议产品涨价，民主时可能不顾及顾客的钱包。一个地区决议建水坝，民主时可能不顾及下游区的航运和灌溉。一个个国家的民选议会，还经常支持不义的对外扩张和战争，如对印第安人的种族灭绝，就曾打上入侵强国的民主烙印；二十世纪的两次世界大战，也曾得到民主声浪的催产。一旦议员们乃至公民们群情激奋，本国利益最大化顺理成章，绥靖主义或扩张主义的议案就得以轻松过关，为战争机器发动引擎。

其实，这一切并非偶然事故，与其归因于小人操纵民意，毋宁说是制度设计缺陷的寻常。民主者，民众做主也，意指利益相关者平等参与公共事务的管理。如果这一理解大体不错，那么以企业、地区、民族国家等为单元的民主，在处理涉外事务方面从一开始就违背这个原则：外部民众是明显的利益相关者，却无缘参与决策，毫无发言权与表决权。这算什么民主？即便在最好的情况下，这种半聋半瞎的民主，是否也有内善而外恶的大概率？

涉远事务：

群体如个人，追求利益最大化，常表现为追求眼前利益最大化，对远期利益不一定顾得上，也不一定看得明白。俄国的休克疗法方案，印度的锁国经济政策，都曾是民主一时的利益近视，只是时间长了才显现为令人遗憾的自伤疤痕。美国一九九七年拒签联合国《京都协议书》，就是以为气候灾难与生态危机还十分遥远，至少离美国还十分遥远。美国长期以来鼓励高能耗生活消费，汽车大排量，空调永不停，就是今朝有酒今朝醉。较之以后那些破事，现时的经济繁荣似乎更重要，支持社会福利的税收增长更紧迫。

但这种民主考虑了十年、二十年、三十年后吗？——那时候的民意于此刻尚未初孕。考虑了子孙后代了吗？——那时候的美国人在眼下不可能到场。于是，又是一大批利益相关者缺席，却无辜承担前人短期行为的代价，再次暴露出权力与责任的匹配关系，出现了跨代际的失衡。正是为了抗议这一点，一些生态环境保护活动家最喜欢找一些儿童来诵诗、唱歌、发表宣言、制定决议。从某种意义上说，这种象征性的"儿童参政"，不过是预报未来民意的存在，警示民主重近而轻远的功能偏失。

涉专事务：

民众也常有利益判断盲区，就算是民意代表都高学历化了，要看懂几本财政预算书也并非易事，更遑论其他。真理可能掌在少数人手里，远见卓识者在选票上并不总是占有优势，特别是在一些涉及专业知识的话题上，如果不辅以知识教育与宣传的强力机制，那么民主就是听凭一群外行来打印象分，摸脑袋拍板，跟着感觉走。由广场民众来决定哲学家苏格拉底的功罪，由苏维埃代表来决定沙皇一家的生死，由议会来决定是否修一座水坝或是否大规模开发生物能源，这样的决策并无多少理性可言，常是独裁者瞎整的声量放大。

不久前，中国一次"超女"选秀大赛引起轰动，被一些外国观察家誉为"中国民主的预演"。可疑的是，能花钱、愿花钱的投票者能否代表民众，在多大程度上代表民众，并非不成为一个问题。更重要的是，对文艺实行"海选"式民主，很可能降低社会审美标准，错乱甚至倒置文明的追求方向。文艺如同教育、金融、法律、水利或能源的技术，有很强的专业性，虽说也要广开言路，但民主的范围和方式理应有所变通。对业内重大事务（自娱性群众文艺活动一类除外）的适度集权似不可少——由专家委员会而不是由群众来评奖、评职称、评项目……就是通常的做法。用对话协商而不是投票的方式来处理某些专业问题，也是必要的选项。

专家诚然应尊重民众意见，接受民众监督，但若放弃对民众必要的引导和教育，人民就可能异变为"庸众"（鲁迅语），"民意"就不是时时值得信任。当超女完败孔子，《红楼梦》被变形金刚覆盖，色情和迷信网站呼风唤雨为害天下，很多人就可能怀念孔子的"上智下愚"说，还有"民不可与虑始而可与乐成"（商鞅语）的类似感慨；怀念柏拉图的"哲学家治国"论，包括《理想国》所断言的：民主只可能带来腐败和"彻底的价值虚无"（no one of any value left）。这里的精英傲慢诚然令人不快，也不无可疑，但承认民众也有弱点不失为另一层面的诚实，至少在涉专事务范围内有效。事实上，人们质疑"文革"期间由"大老粗"全面接管上层建筑，质疑由消费者所构成的"市场"劫持教育和医疗，主宰艺术和科学，已有多方面的实践体会。他们只是受制于某种时代思想风尚，不敢像古人那样把零散心得做成理论，说得那么生猛和刺耳。

依某种现代标准，孔子和柏拉图是严重的"政治不正确"。新加坡李光耀先生主张"精英加权制"（一人多票）同样是严重的"政治不正确"。这样私下想一想尚可，说出口就是愚蠢，就是自绝于时代——不拍民众的马屁，不挑人多的地方站，岂不是自己制造票箱毒药？贵族统治时代已成过去，"人民万岁"或"民主万岁"不断深入人心。这当然没错。民众利益确实是不可动摇的价值基点，是文明政治的宗旨所系，是一切恶政终遭天怨人怒的裁判标尺。

但有些含糊其辞的疑点还是需要重提：

民众利益与民众意见是不是一回事？

民主所释放的民众意见又是不是可靠的民众意见？或者怎样才能成为可靠的民众意见？

这样一些基础性问题，让民主的施工者们无法止步绕行。

美国前副总统戈尔算得上一个政坛老手。在不久前出版的《对理性的侵犯》一书中，指出"铅字共和国"正在被"电视帝国"侵略和占领，电子媒体已可成功对民众洗脑，"被统治者的同意"正逐渐成为一种商品，谁出价最高，谁就可以购买。据他回忆，他的竞选班子曾建议投放一批政治广告，预计这笔钱花出去后，他的支持率可以提高多少个百分点。他开始根本不相信这种计算，但叫人大跌眼镜的是，有钱能推民主的磨，后来的事实完全证明了他是错的而助手们是对的——一张张支票开出去后，支持率不多不少果然准确上升到了预估点位，"民意"竟然被如期套购。

不难看出，随着现代传媒的日新月异和呼风唤雨，民意的原生性和独立性易遭削弱，依附性与可塑性却正在增强。很多时候，政治就是媒体政治，由权力和金钱支配的媒体正在成为民意制造机，"可以在两周之内改变政治潮流"（戈尔语）。与此相关的是，集会造势要花钱，雇请公关公司要花钱，"涮楼"（港台语）拜票要花钱，延揽高人来设计候选人的语言、服装、动作、政策卖点等也要花钱……连有些中国的贪官也看懂了其中门道，常贪污千万却省吃俭用，其积攒巨资的目的，只是为了有朝一日投入官场竞选（见海南省戚火贵大案相关报道）。可见他们都已明白：民主算个鸟，不也就是钱嘛，"一人一票"的老皇历已变成了"N元一票"的新工艺。

政教合一结束之后，不幸有金权合一来暗中补位。大批选民放弃投票的无奈和冷漠，流行病一般蔓延，是这一事态的自然结果。

人们就不能采取更积极一些的反抗吗？比方说，用立法来限制各种政客、资本、宗教势力对媒体的控制？包括限制主流媒体的股权结构和收入结构，确保它们尽可能体现出公共性和公平性？……再不济，用古希腊亚里士多德最为赞赏的"抽签制"（某些基层社区已经用这种方式来产生维权民意代表），来替代票选制，是否也能多少稀释和避开一点劣质民主之害？

遗憾的是，现代人殚精竭虑，与时俱进，不断改进对金融、贸易、生态、交通、玩具、化妆品、宠物食品的管理，MBA大师满街走，法规文本车载斗量，但在政治制度创新方面却常见裹足不前和一再装睡。找一个万能的道德化解释，视结果顺心的民主为"真民主"，视结果不顺心的民主为"假民主"，成为很多人最懒惰的流行判断，差不多是一脑子糨糊的忽热忽冷。有些政客更不愿意开放相关的制度反思及辩论——因为那只能使现存体制破绽毕露,危及他们的控制。他们更愿意在"民众神圣"一类甜点大派送之下,继续各种熟练的黑箱游戏。

民众并不是神。因此理性的民意需要培育和保护,需要反误导、反遮蔽、反压制、反滥用的综合制度保障,才能使民主不被扭曲,从而表现出相对的绩效优势:贪腐更少而不是更多,社会更安而不是更乱,经济更旺而不是更衰,人权更能得到保护而不是暴力横行性命难保……可惜很多地方的情况并非如此,反而进入了实效的下滑通道,民主已沦为叠床架屋虚头巴脑的花架子。特别是在涉外、涉远、涉专等事故多发地带,漏洞多,风险大,有关制度一直过于粗陋。以《公司法》和企业治理为例:一个企业光有董事会、大股东的民主远远不够,更合格的企业一定还要有员工民主(工会和职工代表大会)、顾客民主(价格听证与监管制度)、关联区民主(环境听证与监管制度)等,从制度上防止"血泪企业""霸王企业""毒魔企业"之类的合法化。一个民族国家光有内部民主也远远不够。考虑到气候、防疫、信息、经贸等方面的全球化,更充分的民主一定要照顾"他者",包括睦邻的制度设计——就像欧盟的试验,把一部分外交、国防、金融、环保的国家职能,交给一个超国家的民主机构,以兼顾和协调各方利益,减少国与国之间冲突的可能。至于欧盟与"X盟"之间更高层级的共治共享构架,只要当事各方有足够的意愿和理性,也不是不可进入想象。

可以预见,如果人类有出息,新的民主经验还将层出不穷。一种以分类立制、多重主体、统分结合为特点的创新型民主,一种参与面与受益面更广大的复合式民主,不管在哪个层级都值得进一步深耕和密织。作为一项远未完成的事业,民主还在路上。

中国是一个官僚集权传统深厚的大国,百年来的体制变革寻寻觅觅，既有过专制僵化症，又有过民主幼稚病——有时用民主之短不少，用民主之长不多，未得民主之利，却先得民主之弊，从而挫伤人们的民主信心，窒息人们对民主的深度思考。中国一九一一年至一九一三年与一九六六至一九六八年的那些乱局，最终都使军队入场成为民心所向，不失为现代国家成长期的一部分经验积累。

民主一直是社会主义的应有之义。尽管集权乃至专制也能维持稳定，也能发展经济[1]，但至少在现代，没有民主的繁荣如同白血球不足的肥体，缺乏全社会可持续的参与热情与喷涌活力。现代社会的复杂程度和管理量与日俱增，需要更灵便、更周密、更及时的信息传感和调控反应系统。如无民众全方位的监督和制约，仅由官僚和富商掌控资源，必滋生各种自肥性利益集团，无异于定时炸弹遍布各处。即使内部反腐紧绷，"救火队"忙个不停，也不足以治本。换句话说，身处因特网和高速公路的时代，民众的知情触角无所不及，其表达、参与、当家作主的要求若未导入建设性的政治管网，不满情绪一旦积聚为心理高压，就可能酿成破坏性事故。事实多次证明，任何一个再成功的现代君王也总是危险四伏。当年发展经济和改善福利并不算太差的罗马尼亚，其总统齐奥塞斯库刚被英国女王授勋，刚被西方社会誉为改革模范，旋即就死在本国同胞的乱枪之下，不能不令人深思。

只是丘吉尔的名言还可补充，即民主不仅是他眼中"坏体制中的最好体制"，而且民主本身是流动的，是成长的，还可以更有效，须因时因地换代升级。以现代政治文明进程中后来者的身份，发展中国家缺乏传统依托，却也没有传统负担，完全可利

---

[1] 很多国家或地区在新兴阶段或困难时期，都曾借助集权体制，如二十世纪后期的"亚洲四小虎"，又如克伦威尔时期的英国，拿破仑时期的法国，卑斯麦时期的普鲁士等。

用后发优势,不仅借鉴西方的选举制、代议制、多党制、三权制等管理经验,还可博采一切本土制度资源,比如,中国君权时代的"禅让"制、"谏官"制、"揭贴"制、"封驳"权等,比如,中国革命时代的"群众路线""多党参议""民主生活会""职工代表大会"等,比如,中国改革开放时代的"法案公议""问卷民调""电视问政""民主测评""消费者维权"等……这一切土办法和新办法,一切有助于善政的举措,都可通过去芜存菁而得到整合与汲收,从而让人们放开眼界解放思想,培育出民主的本土根系,解决所谓民主"水土不服"的难题;同时也丰富和扩展民主的内涵,为人类政治文明建设做出独特贡献——一个文明复兴大国理应有此抱负和责任。

几年前,笔者遇到一位瑞典籍学者兼欧盟官员。他说民主不仅仅是一种政体,更是一种交往习俗和生活方式。他引导笔者走进一座旧楼,参观他们的妇女手工活培训班、职工读书沙龙、社区青年环保画展……说这都是很重要的民主。因为分裂而孤独的个人"原子"状态就正是专制的理想条件,人们只有经常在一个共同体内交流、参与、分享,才可能增强民主的意识与能力,才能有民意的形成、成熟以及表达。在他看来,欧洲民主的希望与其说在于电视里某些政治秀,不如说更在于这些老百姓脸上越来越开朗而且自信的表情——他和同道们正为此争取更多的预算、义工以及跨国性讨论。

这是一个满头银发的长者。

可惜我的几位同行者没听懂他的话,对劳什子手工活一类完全不感兴趣,一个个东张西望哈欠滚滚,只想早一点返回宾馆。连译员也把"民主"一词译得犹犹豫豫,好像老头说跑了题,好像自己耳朵听错了——这些鸡毛蒜皮与伟大的 democracy 能有什么关系呢?也许在他看来,只有大街和广场上的激情才够得上民主的劲道。

我也曾高举标语牌走向大街和广场，在上个世纪的中国，在这个世纪的美国。但正是那些经历让我明白，民主要比这多得多，要繁重和深广得多。

此时的银发长者有点沮丧，已不知该说什么好。

这尴尬一刻，便成了本文的缘起。

二〇〇七年九月

○ 最初发表于二〇〇七年《天涯》杂志，已译为英文在境外发表。

人情超级大国

一

走进中国的很多传统民居,如同走进一种血缘关系的示意图。东西两厢,前后三进,父子兄弟各得其所,分列有序,脉络分明,气氛肃然,一对姑嫂或两个妯娌,其各自地位以及交往姿态,也在这格局里暗暗预设。在这里的一张八仙大桌前端坐,目光从中堂向四周徐徐延展,咳嗽一声,回声四应,余音绕梁,一种家族情感和孝悌伦理油然而生。

中国文化就是在这样的民居里活了数千年。这些宅院繁殖出更庞大的村落:高家庄、李家村、王家寨等,一住就是十几代或几十代人。即便偶尔有杂姓移入,外来人一旦落户也热土难离,于是香火不断子孙满堂的景观也寻常可见。生活在这里的人们,秉承明确的血缘定位,保持上下左右的亲缘网络,叔、伯、姑、婶、舅、姨、侄、甥等称谓不胜其烦,常令西方人一头雾水。英文里的亲戚称谓要少得多,于是嫂子和小姨子都是"法律上的姐妹（sister-in-law）"，姐夫和小叔都是"法律上的兄弟（brother-in-law）"，如此等等。似乎很多亲戚已人影模糊，其身份有赖法律确认，有一点法律至上和"N亲不认"的劲头。

农耕定居才有家族体制的完整和延续。"父母在，不远游"；即便游了，也有"游子悲乡"的伤感情怀，有"落叶归根"的回迁冲动，显示出祖居地的强大磁吸效用，人生之路总是指向家园——这个农耕文明的特有价值重心。海南省的儋州人曾说，他们先辈的远游极限是家乡山头在地平线消失之处，一旦看不见那个山尖尖，就得止步或返回。相比较而言，游牧民族是"马背上的民族"，逐水草而居，习惯于浪迹天涯，"家园"概念要宽泛和模糊得多。一个纯粹的游牧人，常常是母亲怀他在一个地方，生他在另一个地方，抚育他在更遥远的地方，他能把哪里视为家园？一条草原小路通向地平线的尽头，一曲牧歌在蓝天白云间飘散，他能在什么地方回到家族的怀抱？

定居者的世界，通常是相对窄小的世界。两亩土地一头牛，老婆孩子热炕头，亲戚的墙垣或者邻家的屋檐，还有一片森林或一道山梁，常常挡住了他们的目光。因此他们是多虑近而少虑远的，或者说是近事重于远事的。亲情治近，理法治远，亲情重于理法就是他们自然的文化选择。有一个人曾经对孔子说，他家乡有个正直的人，发现父亲偷了羊就去告发。孔子对此不以为然，说我们家乡的人有另一种正直，父亲替儿子隐瞒，儿子替父亲隐瞒，正直就表现在这里面。这是《论语》里的一则故事，以证"法不灭亲"之理。《孟子》里也有一个故事，更凸显古人对人际距离的敏感。孟子说，如果同屋人相互斗殴，你应该去制止，即便弄得披头散发衣冠不整也在所不惜；如果是街坊邻居在门外斗殴，你同样披头散发衣冠不整地去干预，那就是个糊涂人。关上门户，其实也就够了。在这里，近则舍身干预，远则闭门回避，对待同一事态可有两种反应。孟子的生存经验无非是：同情心标尺可随关系远近而悄悄变易，"情不及外"是之谓也。

孔子和孟子后来都成了政治家和社会理论家，其实是不能不虑远的，不能不忧国忧天下的。"老吾老以及人之老，幼吾幼以及人之幼"，循着这一思维轨道，他们以"国"为"家"的放大，以"忠"为"孝"的延伸，由近及远，由亲及疏，由里及外，编织出儒家的政治和伦理。但无论他们如何规划天下，上述两则故事仍泄露出中国式理法体系的亲情之源和亲情之核，留下了农耕定居社会的文化胎记。中国人常说"合情合理""情"字在先，就是这个道理。

同样是因为近事重于远事，实用济近，公理济远，实用重于公理自然也成了中国人的另一项文化选择。儒学前辈们"不语怪力乱神"，又称"未知生焉知死"，搁置鬼迹神踪和生前死后，于是中国几千年文化主流一直与宗教隔膜。与犹太教、婆罗门教、基督教、伊斯兰教等文明地区不同，中国的知识精英队伍从来不是以教士为主体，而以世俗性的儒士为主体，大多只关心吃饭穿衣和齐家治国一类俗事，即"人情"所延伸出的"事情"。汉区的多数道士和佛僧，虽有过探寻宇宙哲学的形而上趋向，仍缺乏足够的理论远行，在整个社会实用氛围的习染之下，论着论着就实惠起来。道学多沦为丹药、风水、命相、气功一类方术，佛门也多成为善男信女们求子、求财、求寿、求安的投资场所，成为一些从事利益交易的教门连锁店。

一六二〇年，英国哲学家弗兰西斯·培根写道："印刷术、火药和磁铁，这三大发明首先是在文学方面，其次是在战争方面，随后是在航海方面，改变了整个世界很多事物的面貌和状态，并引起无数变化，以至似乎没有任何帝国、派别、星球能比这些技术发明对人类事务产生更大的动力和影响。"培根提到的三项最伟大技术，无一不是来源于中国。但中国的技术大多不通向科学，仅止于实用，缺乏古希腊从赫拉克利特、德谟克利特一直到亚里士多德的"公理化"知识传统——这个传统既是欧洲宗教的基石，欲穷精神之理；也是欧洲科学的基石，欲穷物质之理。就大体而言，中国缺乏求"真"优于求"善"的文化特性，也就失去了工具理性发育的足够动力，只能眼睁睁看着西方在数学、物理、化学、生物学、航海学、地理学、天文学等方面后来居上，直到工业化的遥遥领先。

这是现代中国人的一桩遗憾，但不一定是古代儒生们的遗憾。

对于一个习惯于子孙绕膝丰衣足食终老桑梓的民族，一个从不用长途迁徙到处漂泊四海为家并且苦斗于草原、高原和海岸线的民族，它有什么必要一定得去管天下那么多闲事？包括去逐一发现普适宇宙的终极性真理？——那时候，鸦片战争的炮火还没灼烤得他们坐立不安。

中国古人习惯于沉醉在现实感里。所谓现实，就是近切的物象和事象，而不是抽象的公理。当中国古人重在"格物致知"的时候，欧洲古人却重在"格理致知"。当中国古人的知识重点是从修身和齐家开始的时候，欧洲古人却展开了神的眼界，一步跃入世界万物背后的终极之being——他们一直在马背上不安地漂泊和游荡，并且在匆匆扫描大地的过程中，习惯于抽象逻辑的远程布控，一直到他们扑向更为宽广的蓝色草原——大海。那是另一个故事的开端。

二

烧烤的面包和牛排，能使我们想象游牧人篝火前的野炊。餐桌上的刀叉，能使我们想象游牧人假猎具取食的方便。人声鼎沸的马戏、斗牛、舞蹈，能使我们想象游牧人的闲暇娱乐。奶酪、黄油、皮革、毛呢、羊皮书一类珍品，更无一不是游牧人的特有物产。还有骑士阶层，放血医术，奥林匹克运动，动不动就拔剑相向的决斗，自然都充满着草原上流动、自由、剽悍生活的痕迹。这可能是欧洲人留给一个中国观察者的最初印象。统计资料说，现代美国白人平均五年就要搬一次家，这种好动喜迁的习性，似乎也暗涌着他们血脉中游牧先民的岁月。

当然，古欧洲人不光有游牧。他们也有葡萄、橄榄、小麦以及黑麦。只是他们的农耕文明不易构成主体和主流。相比之下，中国虽然也曾遭北方游牧民族侵迫，甚至有过元朝、清朝的非汉族主政，但农耕文明的深广基础数千年来一直岿然不动，而且反过来一次次同化了异族统治者，实为世界上罕见的例外。直到二十世纪前夕，中国仍是全球范围内一只罕见的农耕文明大恐龙，其历史只有"绵延"而没有"进步"（钱穆语）。

一个游牧人，显然比一个农耕人有更广阔的活动空间，必须习惯于在陌生的地方同陌生的人们交道，包括进行利益方面的争夺和妥协。在这个时候，人群整合通常缺乏血缘关系和家族体制，亲情不存，辈分失效，年长并不自动意味着权威。那么谁能成为老大？显而易见，一种因应公共生活和平等身份的决策方式，一种无亲可认和无情可讲的权力产生方式，在这里无可避免。

武力曾是最原始的权威筹码。古希腊在荷马时代产生的"军事民主制"就是刀光剑影下的政治成果之一。现在西方普遍实行的"三权分立"在那时已有蓝本：斯巴达城邦里国王、议会、监察官的功能渐趋成熟。现代西方普遍实行的议会"两院制"在那时亦见雏形。"长老院（senate）"至今还是拉丁语系里"参议院"

一词的源头。当时的民众会议（public）握有实权，由全体成年男子平等组成，以投票选举方式产生首领，一般都是能征善战的英雄。而缺乏武力的女人，还有外来人所组成的奴隶，虽然占人口的百分之九十却不可能有投票权。这当然没什么奇怪。希腊式民主一开始就是武力竞斗中胜出者的政治盛宴，弱败者不可入席。

　　随着城邦的建立和财富的积聚，长老院后来有了更大影响力。随着越洋拓殖和商业繁荣，中产阶级的市民逐渐取武士而代之，成为民主的主体。随着世界大战中劳动力的奇缺和妇女就业浪潮，还有工人反抗运动和社会福利保障政策的出现，妇女、工人、黑人及其他弱势群体也有了更多民主权利……这就是民主的逐步发育过程。但民主不管走到哪一步，都是一种与血缘亲情格格不入的社会组织方式，意味着不徇私情的人际交往习俗。在这个意义上来说，民主是一种制度，更是一种文化。一个观察台湾民主选举的教授写道，二十世纪八十年代台湾贿选盛行，一万新台币可买得一张选票，但人们曾乐观地预言：随着经济繁荣和生活富裕，如此贿选将逐步消失。出人意料的是，这位教授十多年后再去台湾，发现贿选不仅没有消失，反而变本加厉，"拜票"之风甚至到了见多不怪的程度。人们确实富裕了，不在乎区区几张纸币，但人们要的是情面，是计较别人"拜票"而你不"拜票"的亲疏之别和敬怠之殊。可以想见，这种人情风所到之处，选举的公正性当然大打折扣。

　　在很多异域人眼里，中华民族是一个人情味很浓的民族，一个"和为贵"的民族。中国人总是以家族关系为一切社会关系的母本，即便进入现代工业社会，即便在一个高度流动和完全生疏的社会里，人们也常常不耐人情淡薄的心理缺氧，总是在新环境里迅速复制仿家族和准血缘的人际关系——官员是"父母"，下属是"子弟",朋友和熟人成了"弟兄们",关系再近一步则成了"铁哥""铁姐"。从蒋介石先生开始,就有"章子不如条子,条子不如面子"一类苦恼:公章代表公权和法度,但没有私下写"条"或亲自见"面"的一脉人情,没有称兄道弟的客套和请客送礼的氛围,就经常不太管用。公事常常需要私办,合理先得合情。一份人情,一份延伸人情的义气,总是使民主变得面目全非。

这样看来,中国茶楼酒馆里永远旺盛的吃喝风,醉翁之意其实不在肠胃,而在文化心结的恒久发作,是家族亲情在餐桌前的虚构和重建。中国式的有情有义,意味着有饭同饱,有酒同醉,亲如一家,情同手足;同时也常常意味着有话打住,有事带过,笔下留情,刀下留情,知错不言,知罪不究,以维护既有的亲缘等级(讳长者或讳尊者)与和睦关系(讳友人或讳熟人)。一位警察曾对我说,时下很多司法机关之所以结案率低,很重要的原因就是取证难。好些中国人只要与嫌犯稍沾一点关系,甚至算不上亲属,也开口就是伪证,没几句真话。这种"见熟就护"往往导致司法机构在财力、物力、人力方面不胜其累,还有悬案和死案的大量积压。

民主与法治都需要成本,光人情成本一项,一旦大到社会不堪承受,人们就完全可能避难就易,转而怀念集权专制的简易。既然民主都是投一些"人情票",既然法治都是办一些"人情案",那么人们还凭什么要玩这种好看不好用的政治游戏?解决纠纷时,宁走"黑道"不走"白道",就成了很多人的无奈选择。显而易见,这是欧式民主与欧式法治植入中土后的机能不适,是制度手术后的文化排异。

我们很难知道这种排异阵痛还要持续多久。从历史上看,中国人曾创造了十几个世纪的绩优农业,直到十八世纪初还有强劲的"中国风"吹往西方,中国的瓷器、丝绸以及茶叶风靡一时,令欧洲的贵族趋之若鹜。中国人也曾创造了十几个世纪的绩优政治,包括排除世袭的开科取士,避免封建的官僚政府,直到十八世纪还启发着欧洲的政治精英,并且成为赫赫《拿破仑法典》制定时的重要参考。在这十几个世纪之中,大体而言,一份人情不是也没怎么坏事吗?

但工业化和都市化的到来,瓦解了农耕定居的生活方式。以家庭关系经验来应对公共生活现实,以"人情票"和"人情案"来处理大规模和高强度的公共管理事务,一定会造成巨大的混乱灾难。当然,这并不是说人情应到此为止。作为一种传统文化资源,亲缘方式不适合大企业,但用于小企业常有佳效。至少在一定时间内,认人、认情、认面子,足以使有些小团队团结如钢所向无敌,有些"父子档""夫妻店""兄弟公司"也创下了经济奇迹。又比如说,人情不利于明确产权和鼓励竞争,但一旦社会遇到危机,人情又可支撑重要的生存安全网,让有些弱者渡过难关。时下有些下岗失业者拿不到社会救济,但能吃父母的,吃兄弟的,吃亲戚的,甚至吃朋友熟人的,反正天无绝人之路,七拉八扯也能混个日子,说不定还能买彩电或搓麻将,靠的不正是这一份人情?这种民间的财富自动调节,拿到美国行得通吗?很多美国人连亲人聚餐也得 AA 制,还能容忍"人情大盗们"打家劫舍?

很多观察家凭着一大堆数据,一次次宣布中国即将崩溃或中国即将霸权,但后来又一次次困惑地发现,事情常在他们意料之外。这里的原因之一,就是他们忘了中国是中国。他们拿不准中国的脉,可能把中国的难事当作了想当然的易事,又可能把中国的易事当作了想当然的难事。

比方说,中国要实行欧式的民主和法治,缺乏相应的文化传统资源,实是一件难事;但承受经济危机倒不缺文化传统资源,算不上什么难事。

三

西方的知识专家们大多有"公理化"的大雄心，一个理论管天下，上穷普适的宗教之理，下穷普适的科学之法。不似中国传统知识"无法无天"，弱于科学（法）亦淡于宗教（天），但求合理处置人事，即合理处置"人情"与"事情"。

先秦诸子百家里，多是有益世道人心的"善言"，不大倚重客观实证的"真理"——善在真之上。除墨家、名家、道家有一点抽象玄思，其余大部分，恐怕只算得上政治和伦理的实践心得汇编。少公理，多政策；少逻辑，多经验；有大体原则，多灵活变通——孔子谓之曰"权"，为治学的最高境界。农耕定居者们面对一个亲情网织的群体环境，处置人事少不得"内方外圆"，方方面面都得兼顾，因此实用优先于理法，实用也就是最大的理法。

多权变，难免中庸和中和，一般不会接受极端和绝对。"物极必反""否极泰来""过犹不及""相反相成""因是因非""有理让三分""风水轮流转""退一步海阔天空"……这些成语和俗语，都表现出避免极端和绝对的心态。墨子倡"兼爱"之公心，杨子倡"为我"之私心，都嫌说过了，涉嫌极端和绝对，所以只能热闹一阵，很快退出知识主流，或被知识主流吸收掉。

与此相适应，中国传统的各种政治、经济、社会安排也从来都是混合形态，或者说和合形态。几千年的历史上，没有出现过标准的奴隶制社会，有记载的奴婢数量最多时也只占人口的三十分之一（据钱穆考证）。没有出现过标准的封建社会，中央政府至弱之时，郡县官僚制也从未解体，采邑割据形不成大势。更没出现过标准的资本主义社会，尽管明清两代的商业繁荣曾雄视全球,但"红顶商人"们亦官亦儒亦侠,怎么看也不像是欧洲的中产阶级。这样数下来,欧洲知识界有关社会进步的四阶或五阶模式,没有一顶帽子适合中国这个脑袋,于是马克思只好留下一个"亚细亚生产方式"存而不论,算是留下余地,不知为不知。

　　说到制度模式,中国似乎只有"自耕小农/官僚国家"的一份模糊,既无纯粹的公产制,也无纯粹的私产制,与欧洲人走的从来不是一路。从春秋时代的"井田制"开始,历经汉代的"限田法"、北魏的"均田法",等等,私田也都是"王田"(王莽语),"王田"也多是私田,基本上是一种统分结合的公私共权。小农从政府那里授田,缴什一税,宽松时则三十税一,差不多是"承包经营责任制",遇人口资源情况巨变或者兼并积弊严重,就得接受政府的调整,重新计口派田,再来一次发包,没有什么私权的"神圣不可侵犯"。后来,孙中山、毛泽东、邓小平的土地改革政策,也大多是国家导控之下"耕者有其田"这一均产传统的延续。

　　很多学者不大习惯这种非"公"非"私"的中和,甚至不大愿意了解这一盆不三不四的制度糨糊。特别是在十六世纪以后,欧洲的工业革命风云激荡,资本主义结下了甜果也结下了苦果,知识精英们自然分化出两大流派,分别探寻各自的制度公理,以规制人间越来越多的财富。

　　流派之一,是以"公产制"救世,这符合基督教、伊斯兰教——尤其符合犹太教的教义。作为西方主要教派,它们都曾提倡"教友皆兄弟姐妹"的教内财产共有,闪烁着下层贫民的理想之光。欧洲早期社会主义者康帕内拉、圣西门、傅立叶等,不过是把这种公产制由宗教移向世俗,其中很多人本身就是教士。接下来,犹太人马克思不过是再把它从世俗伦理变成了批判的政治经济学。在这里,显而易见,共产主义不是天上掉下来的,在某种意义上只是欧洲文化几千年修炼的终成正果,对于缺乏宗教传统的中国人来说当然有些陌生。这种公产制在表面词义上能与中国的"公天下"接轨,正如"自由""民主""科学""法治"等也都能在中国找到近义词,但作为具体制度而不是情感标签的公产制一旦实施,连毛泽东也暗生疑窦。针对苏联的国有化和计划经济,他曾多次提出中国还得保留"商品"和"商品关系",并且给农民留下一块自留地和一个自由市场,留下一线公中容私的遗脉。刘少奇等中共高层人士虽然也曾膜拜过公产制教条,但遇到实际问题,还是软磨硬抗地抵制"共产风",一直到二十世纪八十年代后推广责任田,重启本土传统制度的思路,被知识界誉之为"拨乱反正"。

  流派之二,是以"私产制"救世,这同样是欧洲文化几千年修炼的终成正果。游牧群落长于竞斗,重视个人,优胜劣汰乃至弱肉强食几乎顺理成章。在世俗领域里,不仅土地和财富可以私有,连人也可以私有——这就是奴隶制的逻辑(直到美国工业化初期还广获认可),也是蓄奴领地、封建采邑、资本公司等一系列欧式制度后面的文化背景。这种文化以"私"为基,既没有印度与俄国的村社制之小"公",也没有中国郡县制国家和康有为《大同书》之大"公"。可以想象,这种文化一旦与工业化相结合,自然会催生亚当·斯密和哈耶克一类学人,形成成熟的资本主义理论。与此相异的是,中国人有"均富"的传统,"通财货"的传统,"不患寡而患不均"的传统,最善于削藩、抑富、反兼并——开明皇帝和造反农民都会干这种事。董仲舒说:"大富则骄,大贫则忧。忧则为盗,骄则为暴。此众人之情也。圣者使富者足以示贵而不至于骄,贫者足以养生而不至于忧。"董仲舒在这里强调"众人之情",差不多是个半社会主义者,但求一个社会的均衡和安定:贫富有别但不得超出限度,私财可积但不可为祸弱小。

  在这样一个社会里,"中和"重于"零和",私中寓公,以公限私，其制度也往往有一些特色，比如，乡村的田土公私共权，表土为私有，底土为公有，国家永远持有"均田"的调剂权力，实际上是一种有限的土地私有制，较为接近当今的土地承包责任制。需要指出的是，从微观上看，这种制度可能不是实现生产集约化和规模经济的最佳安排。但从宏观上看，它的社会效益和经济效益能花开别处：比如，使一时无法得到社保福利的农民有了基本生存保障；比如，让进城的农民工有了回旋余地，一旦遭遇经济萧条，撤回乡村便是，与欧洲当年失地入城的无产阶级有了巨大区别，不至于导致太大的社会动荡。在二十世纪九十年代的亚洲金融风暴期间，很多中国的企业订单大减，但正是这种土地制度为中国减震减压，大大增强了农民工的抗风险能力，非某些学者所能体会。

由此看来，"共产风"曾经短命，"私有化"一再难产，这就是中国。中国的优势或劣势可能都在于此。中国知识界曾师从苏联，后来也曾师从美国，到底将走出一条什么道路，眼下还难以预料。但有一点可以肯定，中国以其独特的历史传统和文化资源，以其独特的资源和人口国情，不可能完全重复苏联或美国的道路，不可能在"姓社"还是"姓资"这个二元死局里憋死。

如果说欧洲代表了人类的第一阶现代化，苏联和美国代表了人类的第二阶现代化，那么假使让中国及其他发展中国家成功进入第三阶现代化，中国一定会以思想创新和制度创新，向世人展示出较为陌生的面目。

四

从十四世纪到十六世纪，大明中国的航海活动领先全球。郑和七下西洋，航线一直深入到太平洋和印度洋，其规模浩大、技术精良都远在同时代的哥伦布探险之上。首次远航，人员竟有两万八千之多，乘船竟有六十二艘之众，简直是一个小国家出海，一直航行到爪哇、锡南及卡利卡特，并且在苏门答腊等地悉歼海盗船队。后来的几次出航的线路更远，曾西抵非洲东海岸、波斯湾和红海海口，登陆印度洋上三十多个港口。而这一切发生时，葡萄牙人刚刚才沿非洲海岸摸索着前进，直到一四四五年才到达佛得角。

不过，与欧洲航海探险家的姿态不同，郑和舰队不管到了什么地方，不是去寻找黄金和宝石，不是去掠取财富回运，而是一心把财富送出去，携金带玉大包小裹去拜会当地领袖，向他们宣扬中国皇帝的仁厚关怀，劝说他们承认中国的宗主地位。原来，他们只是去拉拉人情关系，来一把公关活动和微笑外交。

出于农耕定居者们的想象，这个世界的统一当然只能以人情关系为基础，只能以"王道"而不是"霸道"为手段。

这种越洋外交后来突然中止，原因不详。历史学家们猜测，朝廷财政紧张应该是主要原因。于是中国人只好撤离大海，把无边海洋空荡荡地留给了欧洲人。意大利教士利玛窦曾对此百思不解。在纽约出版的《利玛窦日记》称："在一个几乎可以说疆域广阔无边、人口不计其数、物产丰富多样的王国里，尽管他们有装备精良、强大无敌的陆军和海军，但无论是国王还是人民，从未想到要发动一场侵略战争。他们完全满足于自己所拥有的东西，并不热求征服。在这方面，他们截然不同于欧洲人；欧洲人常常对自己的政府不满，垂涎于他人所享有的东西。"

但这个世界没有多少人领中国这一份情。

这样的教训多了，中国的文化自信不免陷入危机，包括绝情无义就成了很多人的最新信念。尽管中国人说"事情""情况""情形""酌情处理"等，仍有"情"字打底，仍有"情"字贯穿，但这些都只是文字化石，已不再有太多现实意义。很多中国人开始学会无情：革命革得无情，便出现了二十世纪六十年代的"红色暴力"；赚钱赚得无情，便出现八十年代以后太多的贪官、奸商、刁民以及悍匪。某个非法传销组织的宣传品上这样说："行骗要先易后难，首先要骗熟人、朋友、亲戚……"这与"文革"中很多人首先从熟人、朋友、亲戚中开始揭发举报一样，实有异曲同工之妙。时下传销组织的万众狂热和呼声雷动，也让人觉得时光倒退，恍若又一场"文革"正被金钱引爆。在这里，中国传统文化最核心的部位，正在政治暴力或经济暴力之下承受重击。

人们不得不问：中华民族还是一个富有人情味的民族吗？

当然，同一事物也可引出相反的问题："吃熟"和"宰熟"之风如此盛行，是不是反而证明了中国还有太多人情资源可供利用？

所谓改革，既不是顺从现实，也不是剪除现实，正如跳高不是屈就重力但也不是奢望一步跳上月球。因此，整合本土与外来的各种文化资源，找到一种既避人情之短又能用人情之长的新型社会组织方案，就成了接下来的重大课题。

往远里说，这一课题还关联到现代化的价值选择，正如爱因斯坦所说："光有知识与科技并不能使人类过上幸福而优裕的生活，人类有充分理由把高尚的道德准则和价值观念置于对客观真理的发现之上。人类从佛陀、摩西以及耶稣这些伟人身上得到的教益，就我来说要比所有的研究成果以及建设性的见解更为重要。"这段话表现出言者对现代化的及时反省和热切期盼。

事情已经很明白，一个不光拥有技术和财富的现代化，一个更"善"的现代化，即更亲切、更和合、更富有人情味的现代世界，是爱因斯坦心目中更重要的目标。如果这种现代世界是可能的话，那么它最不应该与中国擦肩而过。

二〇〇一年九月

○ 最初发表于二〇〇一年《读书》杂志。

文化：迭代与地缘两个尺度

这是一个不讨好的题目，很不好谈。大家都知道，文化是个筐，什么都能装，所以大至思潮和制度，小至吃喝拉撒睡，什么都是"文化"。那么，我们首先要约定一下，是在哪个层次意义上来谈文化。

在我看来，最粗糙的分法，文化也可分成大、中、小三个概念：

大文化，指的是人类包括物质生产在内的一切的活动，比方说，仰韶文化、龙山文化、河姆渡文化等，就是在这个意义上来说的，因此种稻子、种麦子、打个洞、挖个坑，那都是文化。

往下走，有一个中文化，大概是指人们常说的"上层建筑"，或者常说的"软实力"，体现于制度、政策、宗教、教育、新闻、文艺等。所谓"儒家文化"就是这样的概念，其中"礼"为制度方面，"乐"大约是文艺方面。

再往下走，还有小文化，只涉及眼下我们文化部、文化局的工作范围，是精神领域事务的一部分。比如，宗教、教育、新闻出版等，文化部都是不管的。前几年旅游与文化联姻，合并出一个文旅部，有人戏称为"诗和远方"部。

如果对上述大、中、小不做区别，不加约定，我们的讨论就肯定是一锅粥，打乱仗，自己找死。所以，首先申明一下：我们今天谈的是大文化，涉及人类的一切活动，涉及所有人，不仅仅是文化部管的那摊子事。

迭代的尺度

有两个关键词，一个叫"迭代"，一个叫"地缘"。

先讲讲迭代。所谓迭代，是指文化沿着一个时间轴，随着经济和技术的发展而不断演进，可被人们视为一种进步。从石器时代到铁器时代，从农牧时代到工业时代，就是这样一种迭代的关系，常常形成代序差异。

以前很多人一谈到文化就容易岔，容易爆，吵得一塌糊涂，我说你崇洋媚外，你说我顽固守旧，大帽子飞来飞去。其实这里隐藏着一种尺度的紊乱，表面上是谈中西，实际上是谈古今，是比较代序差异。因为很多人说的"洋"，并不是指中世纪的西方，不是指古罗马的西方，而是指十八世纪以后工业化的西方，专拣西方最强盛的一个特定阶段。说我们的油灯不好，欧洲的电灯好。说我们的牛车不行，欧洲的汽车很棒。那么，不崇洋不媚外也不行了，是不是？但这是拿工业文明与农业文明比，把不同的发展阶段拧在一起，差不多就是关公战秦琼。当年钱穆建议，说真正的中西文化比较，要等到双方经济发展水平接近了再说，就是这个意思。

日本一个学者叫福泽谕吉，写过一篇《脱亚论》。那时不仅很多日本人要脱亚入欧，俄国人、土耳其人也这样说，形成整个亚洲一个广泛的潮流。为什么要脱亚？他们都知道国土搬不走，但脱亚就是急吼吼地要脱农、脱贫、离穷邻居们远点，要成为欧洲式的工业国。福泽谕吉是著名的启蒙派，相当于中国梁启超、陈独秀这样的领袖级人物，其头像直到去年（二〇一九年）还一直印在一万元日钞的钞票上。但他又是殖民主义、帝国主义的意见领袖，一直鼓吹侵华战争。他的《文明论概略》大量抄自美国中学生的教材，知识产权其实是有点问题的，但它在中国也有广泛影响。他认为"日清战争是文明与野蛮的战争"，认为"支那人"就是彻头彻尾的野蛮民族，那么最好的前途就是到处插满大和民族的胜利旗帜。

由此可见，文化迭代没毛病，但迭代的进程并非各国同步。若把一时的差异静止化、绝对化、永恒化，就很可能产生民族歧视和对外战争。这种"进步主义"就危险了，就为弱肉强食的丛林法则提供了合法性。我上了车，你还没上车，那么我打你就是活该。我是四年级，你还是一年级，那你一年级的给我缴保护费就是天经地义的，是吧？这种理解，多年来玷污了"进步"这个字眼。

我翻译过一本书，在座有些中文系的，可能知道叫《生命中不能承受之轻》，是捷克裔法国作家米兰·昆德拉的一本小说。我记得小说中间有一段描写，印象特别深。他是写厕所，说当时的捷克太落后了，当局的治理失败，捷克的厕所就特别让人难受，那个马桶在他的形容之下，只是"一根废水管放大了的终端"——大概是这个意思吧。由此他对比西方发达国家的马桶，也用了比喻，说那种马桶多好啊，"像一朵洁白的水百合"。这比喻很形象，很精彩吧？他这样写，当然是要对比文明的先进和落后。这话没说错。谁不愿意坐在"水百合"一样的抽水马桶上呢？谁不喜欢有一个舒适干净的环境呢？

问题是，西方的厕所一直是这样的吗？或者说，西方的厕所什么时候才变成这样的？据史料记载，作为西方一个标志性的都市，巴黎很繁华，但也是一度出了名的脏乱差，还臭烘烘。直到文艺复兴时期，巴黎人口剧增，排污系统却跟不上，居民们都习惯了随处拉。因此当局颁布法令，说卢浮宫里画了红十字的地方不能拉，其他地方才能拉，这是一条。又说从临街楼上窗口往下倒马桶的，要大喊三声在先，让街头行人避让，否则就是违法。那么有了这三声警告，就是合法的滔滔屎尿天上来，这又是一条。以致有人说，巴黎的香水产业为什么那么发达？就是因为当时巴黎人要用香水来压住身上的臭味。可见，那时连巴黎也没有什么盛开的"水百合"。西方的厕所文化，只是到后来一定发展阶段的产物。

有了工业化，有了上下水系统，有了供电能力和通风设备，有了存水弯管、自控水箱等工业小发明，还加上相应的财政支持，才可能有所谓的厕所文化。它最早出现在西方，但与西方并无一开始就绑定的关系，至少与工业化以前漫长的西方史没有关系，与数千年的西方没有关系。同样道理，如果在什么时候，某些西方国家落后了，比如，在高铁、5G、移动支付等方面技不如人，我们也不必大惊小怪，不必上纲上线，用来当作自我文化整体优越的依据。你不就是会个微信扫码吗，哪有那么牛？

地缘的尺度

当然，并不是所有文化都是迭代演进的。我们下面来谈一谈餐饮。餐饮文化与经济和技术有一定的关系，但没有太大关系。具体地说，能不能吃饱，大概是经济和技术说了算；至于能不能吃好，如何才算吃好，经济和技术却做不了主。现在不少中国人有钱了，可以天天吃西餐，那不是什么难事，但有些人即便腰缠万贯，还是不爱吃西餐，吃来吃去，偏偏要吃"老干妈"，你怎么办？他们不爱吃奶酪，就要吃豆腐，不爱喝咖啡，就爱喝茶，你怎么办？

这不是一个钱能解决的问题，与什么发展阶段没关系。餐饮文化，特别是口味习惯，更多体现出一种地缘性的文化特征，受到诸多地理的、气候的、物产的、人种的随机因素和条件制约。这种文化一旦形成，就各有领地和版图，相对稳定和顽固，甚至能进入生理基因，形成一种遗传复制——不管你有没有工业化。很多人去了欧美，几乎在那里生活了大半辈子。他们思想上不一定爱国，但肠胃肯定爱国，哈喇子肯定爱国。一个个西装革履飙英语，一不留神，还是会奔唐人街，奔中餐馆。他们的厕所迭代了，但还是念念不忘"童年的口味""故乡的口味"。

相对而言，服饰文化没那么顽固，是比较容易变的。不过很长一段时间里，中国是农业国，靠的是雨热同季等宜农条件，衣料都是农业国盛产的棉花和丝绸。因此传统汉服非绸即棉，连官员的制服都像休闲装，软绵绵的一身。这不同于欧洲。作为以游牧为主业的民族，欧洲盛产羊毛和皮革，所做成的衣服不一定最柔软舒服，但特别御寒，也容易做得挺括有型，对吧？皮靴什么的，比中国的棉鞋和布鞋也更多几分光鲜。这种服饰美学后面，其实都有地缘条件的源头。

建筑呢，与地理和气候的关联度最大。我们今天身处海南，海南为什么有这么多骑楼？海南是热带地区，太阳很厉害，大家受不了。海南又多雨，大家出门不方便。那么盖成骑楼这种样式，街两边都有固定走廊，既可遮阳，又可避雨，就很有道理了。据说这种骑楼风格其实是外来的，最早源自南欧——那是地中海地区，也是一个多雨地带,是欧洲少有的农业区。可见只要地缘条件相近,有些文化就不分东西,东方里可以有西方,西方里也可以有东方。倒是琼海那边,前些年有些开发商脑子进水,盖了很多北欧式的尖顶屋,觉得好看是吧?觉得骑楼应该升级换代?但海南从无冰雪积压,尖顶房用不上。倒是有台风,三五个台风下来,尖顶房就死得很难看。

还可以说说文学。因为中国有深厚的农耕史,前人很早就发明了草木造纸,比欧洲早了近一千年。有了这种低廉和方便的书写工具,比羊皮纸方便得多,中国汉代就文运昌盛,有了发达的文学和教育。我在这里很惭愧,现在敲电脑,还敲不过司马迁、班固、扬雄那一拨古人,动不动就数百万字的著作量。有专家说,中国古代不是没有史诗,是因为历史都写进了《史记》《汉书》那样的作品,因此不需要口耳相传,就不需要史诗了。其实,中国的西藏、内蒙古、新疆,还有苗族地区也是有史诗的,《格萨尔》《江格尔》等都是,其原因与欧洲一样:如果农业不发达,如果纸张和文字运用得晚,运用得不够,口耳相传便成了文化传承的主要手段。这再次证明,一方水土养一方人,养一方文化。一个族群有没有史诗,主要取决于书写工具怎么样,取决于当地的物产等地缘条件。

两种尺度的交互并用

当然,"地缘"与"迭代"并不能截然两分,在实际生活中经常相互影响。

在很多时候,在某些方面,地缘条件也会有变化,随着经济和技术的发展而产生新旧之别。中国的食材和食谱就有古今差异,不会完全一成不变。

另一方面，在很多时候，在某些地方，迭代进程也会有不同面貌，受到各种地缘条件的制约，比方你这里有煤，他那里没煤；你这里靠海，交通方便，他那里是山区，交通不便。那么同是工业化，起步就先后不一，成败或强弱也有别。

在这些方面都有不难找到的例子。

但地缘与迭代各有侧重点，可作为观察文化的两个重要角度。这么说吧，前者是空间性的，后者是时间性的；前者是多元性的，后者是普适性的；前者对经济和技术的依存度低，后者对经济和技术的依存度高。如果借用一个平面直角坐标图，那么前者是水平坐标，后者是垂直坐标，可确定文化的分布和定位。

不妨想象一下，设一个坐标图，设定垂直的Y轴上，有迭代因素很高、偏高、偏低、很低的各个度，在地缘的X轴上也有很高、偏高、偏低、很低的各个度，那么在这个坐标图里，某一种现象是（二，一），另一种现象是（一，四），还有一种现象是（三，三）……我们用两个尺度，就不难测定它们各自的点位，便于具体情况具体分析，不至于打乱仗。我们既照顾了地缘传统，又照顾了迭代进程，就多一些识别文化的方便。

拿前面的例子来说，餐饮文化更多体现了地缘性，不大依赖Y轴的分值，因此无论经济和技术发展到哪一步，各有所爱，各美其美，百花齐放，都是合理的常态。但厕所文化不一样，更多体现了迭代性，与Y轴的分值密切相关，那么只要有了工业化，只要有足够的钱，无论在世界的哪一个角落，"厕所革命"都无可阻挡，清洁、舒适、隐私保护都势所必然，以致全世界的卫生间都变得越来越一样，没什么"多元化"。

这样是不是清楚一点了？你们再想想，如果不是这样，而是把包罗万象的文化都搅在一起，都打包处理，都组团参赛，然后搞国家排名，只用一个尺度来判胜负，如何说得清楚？

　　几天前，我看到一则新闻，说中国人的平均身高又提升了，在十九岁这个节点，男孩子平均一七五厘米，女孩子一六三厘米，已是亚洲第一。显然，平均身高提升到这一步，原因是多方面的。其中有经济和技术的因素，表现为 Y 轴的分值提升，表现为中国人吃饱了，吃好了，对吧？有了很多大水库，有了杂交水稻，有了袁隆平，对吧？还有了几十年前不可想象的各种体育设施，提供了健身条件。当然，吃饱了，但什么才算吃得好？能锻炼了，但愿不愿意锻炼？……这里面又有地缘传统的作用，有 X 轴上不同文化板块的情况。光说其一，不说其二，是远远不够的。印度穷人多，因此拿体育金牌少；但非洲穷人更多啊，可田径那什么的可了不得，强手如林，其原因是不是非洲在 X 轴上的原始分高？欧美有钱，因此体育金牌拿得多，但诸多海湾石油国家也不差钱啊，但为什么至今算不上大赢家，至少女性体育不大行？这大概是因为他们女的要蒙面，男的穿长袍，不方便运动，X 轴上的原始分偏低。

　　至于中国人，如果说平均身高还不够，不是世界最高之一，那么可能还有人种基因、传统习俗等方面的原因。比如，中国人吃肉蛋奶不够多，上海网红医生张文宏已经批评过了。中国人以前是"万般皆下品，唯有读书高"，优秀男人的形象大多不是五大三粗、身高力壮，而是旧戏台上那些白面书生，过于文弱，甚至娘炮，是满腹诗书进京赶考的那种，是花前月下谈情说爱的那种。中国人的运动爱好，也不如西方那些游牧民族的后裔。你到西方去看，每天下班以后到处都是跑步的或骑车的，但中国人一闲下来，就可能搓麻将、摆象棋、"斗地主"——虽然眼下年轻一代比前人已好了很多。

　　可见，就像很多文化现象一样，身高这码事，显然也是多因一果的结合效应，得用两个尺度交叉比量，话分两头说，才能说得大体到位。

"体用之辩"的百年混战

历史上，由于不善于区分上述两个尺度，最大的麻烦是知识界百年来反复折腾的一场"体用之辩"。这才是我们今天需要讨论的重点。

什么叫"体"？什么叫"用"？这两个中文词，给我们的联想经常有主次之分、本末之分、内外之分、本质和功能之分。

如果放在一个坐标图里，横坐标和纵坐标同等重要，是不可互相替代的。但一旦换成"体""用"这样的描述，要争一个谁是老大，谁坐头把交椅，问题就严重了，就争不清楚了，不打破头大概不可能。语言限制思想，一旦用词错误很可能为害深远。一百多年来，知识界为此大打口水仗，至今也无共识，哪怕在公开媒体上打不成，私下里其实还在打。

早在一八八九年，以张之洞、梁启超为代表的维新派，主张"中学为内学，西学为外学"，是提倡"中体西用"的。他们所谓"师夷长技"，不过是学西方的一些技术，学数理化，学坚船利炮，但骨子里是坚守本土的思想道统、政治体制、伦理规范。这大概是最开始的阶段。

后来有了新情况。另一个著名启蒙家叫严复，对"中体西用"产生了怀疑，说"体"和"用"分得开吗？马能上战场，就是因为有"马体"，牛能耕田地，是因为有"牛体"，你怎么可能用"牛体"来产生"马用"？或者怎么能用"马体"来产生"牛用"呢？他的意思，是说体用一致，不可能分开，实际上是主张"西体西用"，翻译成后来的话叫"全盘西化"，影响过新文化运动以后的很多中国人。海南有个前辈学者陈序经，据说是公开提倡"全盘西化"第一人。新时期有一位批评家说得更出格，说中国要搞成现代化，"起码还要被西方殖民三百年"。

再到后来，情况更复杂了。一个重要学者叫李泽厚，他大概既不满意"中体西用"，又觉得"西体西用"不妥，太简单了，于是换上另一种说法，叫"现代化为体，中学为用"。他在上海解释过这一点，说西方最早进入现代化，但现代化并不完全等同于西方，因此他把"现代"这个时间概念，与"中"这个空间概念拼接，给中国特色留下一点保留余地。此外还有新儒家，一直是一个大拼盘。从熊十力、梁漱溟等一路下来，并不排斥西方思潮，但更看重中国传统。他们大多是在哲学层面做"心性"的文章，差不多还是"中学为内学"的路线。当然，这个拼盘里也有一些讲究经世致用的，聚焦于国家发展道路的，如杜维明，从日、韩的经济发展中看到亚洲文化的价值，又借鉴韦伯处理新教伦理与资本主义的经验，提出"儒家资本主义"。还有一个蒋庆，提出"政治儒学"，认为"王道"高于"民主"，主张精英主义的"虚君共和"。这些都可看作是"西体中用"或"中体西用"的最新版本。

至于民间，大概看到西方后来也出现了一些问题，民主也好，市场也好，都有失灵的时候，于是有些人就走得更极端。他们一头扑向老祖宗，要恢复国学、恢复汉服、恢复作揖、恢复黄帝纪年、恢复繁体字、恢复皇权或类似皇权的体制——我在山东遇到一位著名学者，他就说过，一个大国最怕乱，最需要维稳，那么大国与小国不同，搞威权专制那就对了。据说，海南大学的学生前不久还去砸了一个场子，那个什么"女德讲堂"，宣扬女子的"三从四德"，确实很奇葩，算是彻头彻尾的"中体中用"。

我的疑惑是，如果照这样"中体中用"，如果都一窝蜂"国学救国""回归传统",那清王朝当年不是更"国学"更"传统"吗?为什么混不下去了?

我们回过头看,一百多年来,中国与西方既融合又冲突,形成一场旷日持久的世纪对话,"体"和"用"一直是中国人最大的心结。从当年的张之洞,到现在民间的"女德讲堂",尽管解决方案五花八门,但他们心目中的中西比较,其实都有一个共同的盲区。那就是看Y轴时,不看X轴;看横坐标时,不看纵坐标,或者干脆把两个尺度拧成了一个尺度。换句话说,他们心目中常常只有静止的中西,没有动态的中西,即便谈论普遍性和特殊性,好像公允、灵活了许多,但还是在一个文化版图的平面上纠缠,缺少时间的向度。

这种一根筋、一刀切、一条道走到黑的争论混战,经常形成无谓的耗费。当事人对迭代因素不是夸大就是忽略,或者对地缘因素不是夸大就是忽略,经常把脑子搞乱,把路子走偏。

由此应该建议:"体""用"这两个词最好列入禁用词汇,列为高危概念,不再进入有关文化讨论。有一位学者——我在《天涯》当编辑时,还编发过她的文章。她在后来的一篇文章中说,中国的文化传统太糟糕,对妇女压迫和残害太深,居然让花木兰去打仗,岂不是残忍?这当然有点扯,不像学者说的话。欧洲女人就不打仗吗?那圣女贞德算怎么回事?女人婚后都随夫改姓,那算不算男性霸权?美国国会大厦以前连女厕所都没有,女性的地位在哪里?不难看出,妇女受压迫,不是哪个民族的问题,不是有没有道德救星的问题,不过是文化迭代所决定的,是发展阶段所决定的。事实证明,只要有了工业化,生产甚至战争都不靠拼肌肉了,男人的生理优势自然消失,男人就"霸"不起来。工业化蔓延到哪里,不论在亚洲,还是在非洲或拉丁美洲,哪里的妇女就会有就业权、投票权、财务权、离婚权、避孕权等——虽然这一演变还在路上，还远远没有完结。在我们周围，不是有些人喜欢取笑上海"小男人"吗？好像上海男人都是舞台上巩汉林那种形象，说话尖尖细细的，成天扎一个小围裙，在厨房里转来转去。其实，即便说话者以偏概全，巩汉林也是暖男吧，是模范丈夫吧，至少没有男性霸权吧？其原因无他，不过是因为上海是中国最早实现工业化的地方，男女平权的势头，你拦也拦不住，那种"暖男"就必然多起来。

文化在这里不必"背锅"，但另一方面，文化也不应缺席。几个世纪以来，追求所谓现代化大概是人类共同的方向，但欧洲有欧洲的现代性，日本有日本的现代性，韩国有韩国的现代性，印度有印度的现代性……所谓"多重现代性"，这一大潮流还是有诸多内部差异的，有各自传统的脉络。就拿法治来说，中国媒体经常表彰一些父债子还、兄债弟还的事例。其实在西方个人本位的社会里，父债只能父还，兄债只能兄还，法律只认这个。但中国的法治之外还有德治，老百姓心里自有一套不成文法，欠债者的亲属就这样做了，你还得表扬一下吧？法院和政府也不能制止吧？孔子说："父为子隐，子为父隐。"这在西方法官看来就是作伪证，要追究的。但有些法官告诉我，考虑到中国的亲情传统，法官们在实际办案时，对亲人之间的某些隐瞒行为，通常会有一些酌情从宽的处理。这就是拒绝西方式的"法条主义"，根据实际国情有所变通。

由此想到，中国人眼下走向世界，到异国他乡去搞合作共建，可能都得绷紧文化这根弦。科技专利固然重要，资金投入固然重要，法律条文固然也重要，这都没有错。但不要忘了，任何事都是人做的，而任何人都是活在文化传统中的。因此，同老外们打交道，最忌的是想当然，需要注意各种细节，了解他们那里各种文化密码，包括了解各种"潜台词""潜规则"里的当地文化特性。

在这一方面，中文系的，文科领域的，应该多一些知识准备，多一些专业敏感，给这个世界帮上一些忙。

○ 此文为二○二○年十一月二十八日在海南大学的演讲记录稿，最早发表于二○二一年《天涯》杂志。

图书在版编目（CIP）数据

大道之问 / 韩少功著. -- 上海：上海文艺出版社，
2025. --（韩少功作品系列）. -- ISBN 978-7-5321
-8397-5
Ⅰ. I267.1
中国国家版本馆CIP数据核字第2025MJ8181号

责任编辑：丁元昌　江　晔
装帧设计：付诗意

书　　名：	大道之问
作　　者：	韩少功
出　　版：	上海世纪出版集团　上海文艺出版社
地　　址：	上海市闵行区号景路159弄A座2楼 201101
发　　行：	上海文艺出版社发行中心
	上海市闵行区号景路159弄A座2楼206室 201101 www.ewen.co
印　　刷：	浙江中恒世纪印务有限公司
开　　本：	1240×890　1/32
印　　张：	8.875
插　　页：	5
字　　数：	215,000
印　　次：	2025年5月第1版　2025年5月第1次印刷
ＩＳＢＮ：	978-7-5321-8397-5/I.6627
定　　价：	65.00元

告　读　者：如发现本书有质量问题请与印刷厂质量科联系　T:021-59404766